ANGELIKA SCHWARZHUBER

Ziemlich runde Zeiten

AF177975

Angelika Schwarzhuber

Ziemlich runde Zeiten

Roman

blanvalet

Penguin Random House Verlagsgruppe FSC® N001967

1. Auflage
Copyright © 2022 by Blanvalet Verlag,
in der Penguin Random House Verlagsgruppe GmbH,
Neumarkter Straße 28, 81673 München
Dieses Werk wurde vermittelt durch die
Literarische Agentur Thomas Schlück GmbH, 30161 Hannover.
Redaktion: Alexandra Baisch
Umschlaggestaltung und -motiv: © Johannes Wiebel | punchdesign,
unter Verwendung einer Illustration von Max Meinzold
LH · Herstellung: sam
Satz: GGP Media GmbH, Pößneck
Druck und Bindung: GGP Media GmbH, Pößneck
Printed in Germany
ISBN 978-3-7341-1045-0

www.blanvalet.de

Für Kurt

Kapitel 1

Ein völlig anderes Jahresende

»Das ist das erste Silvester seit sieben Jahren, an dem es keinen gemeinsamen Nachmittagsspaziergang auf der Fraueninsel gibt«, tönte meine beste Freundin Anna über die Boxen der Freisprechanlage des altersschwachen Leihwagens, in dem ich eine kleine Straße mit atemberaubendem Blick auf den Atlantik entlangfuhr. Erstaunlich, wie gut die Verbindung war, trotz der knapp fünftausend Kilometer Luftlinie zwischen dem Chiemgau in Oberbayern und den Kapverdischen Inseln westlich von Afrika, wo ich meinen Urlaub verbrachte.

»Und auch keinen Eierlikörpunsch von deiner Mama«, fügte ich hinzu und merkte, dass ich diese inzwischen sehr liebgewonnenen Rituale am Ende eines Jahres vermisste, und noch mehr Anna und ihre wunderbare und ein wenig chaotische Patchworkfamilie.

»Das holen wir nach, sobald du wieder zurück bist, Zoe«, versprach Anna.

»Unbedingt! Ist Ilona noch immer in der Toskana?«, erkundigte ich mich. »Ich hab schon ein paar Tage nichts mehr von ihr gehört.« Ilona war eine gemeinsame Freundin, wobei die Inhaberin eines kleinen, aber feinen Delikatessenladens in Prien am Chiemsee und ich uns erst im letzten Sommer näher angefreundet hatten. Wir kannten uns zwar schon viel länger, aber vorher gab es da – *nun ja, umschreiben wir es freundlich* – einige Unstimmigkeiten zwischen uns, die jedoch inzwischen Schnee von gestern waren.

»Ja, ist sie. Aber sie kommt gleich nach Neujahr wieder zurück … Bist du noch auf der Insel Boa Vista? Die Fotos, die du geschickt hast, sind ja atemberaubend.«

»Es ist wirklich paradiesisch dort. Inzwischen bin ich aber wieder auf Santiago.« Das war die vierte von mehreren Inseln des Archipels, die ich in den vergangenen zehn Tagen bereist hatte.

»Was hast du denn an deinem letzten Tag vor?«, wollte Anna wissen.

»Ich hoffe, dass es nur mein letzter Urlaubstag ist und nicht mein letzter Tag auf Erden«, sagte ich trocken.

»Ich meine natürlich den letzten Tag in diesem Jahr«, korrigierte Anna lachend.

»Wie beruhigend! Ich dachte schon, du willst deine Chefin loswerden«, feixte ich.

»Damit ich mir einen neuen Job suchen muss? Sicher nicht!«, beteuerte meine fünfzigjährige Freundin, die als medizinische Fachangestellte in meiner Zahnarztpraxis arbeitete und mehr als nur meine rechte Hand war.

»Also, was machst du heute?«

»Ich hab tatsächlich ein ziemlich volles Programm«, begann ich. »Gleich in der Früh war ich schon auf der Festung von São Filipe, und anschließend gab's gegrillten Fisch in einem Restaurant am Strand.«

»Du lässt es dir ja echt gut gehen!«

»Und wie! Jetzt bin ich auf dem Weg ins Landesinnere nach Assomada, um einen riesigen alten Baum zu besichtigen. Stell dir vor, der Kapokbaum ist weit über 500 Jahre alt und hat einen Umfang von 40 Metern.«

»Wie toll! Schick mir ja viele Fotos.«

»Klar. Aber vorher mache ich noch einen kurzen Abstecher in die Igreja de Nossa Senhora do Rosário. Wenn ich es richtig verstanden habe, dann handelt es sich dabei um die älteste Kolonialkirche der Welt. Sie wurde vor einem halben Jahrtausend erbaut.«

»Hach, es wäre so schön, jetzt mit dir die Insel zu erkunden. Stattdessen muss ich eine tote Maus entsorgen, die Conny vor die Terrassentür gelegt hat«, sagte Anna mit einem lauten Seufzer.

»Ein Beweis dafür, wie sehr dein Minitiger dich liebt, wenn du so besondere Geschenke bekommst.«

»Solange Conny nicht wieder einen Nager in meinen Brautschuhen versteckt …«

Bei der Erinnerung an Annas ziemlich turbulenten Hochzeitstag, der nur wenige Wochen zurücklag, lachte ich kurz auf.

»Wir gehen jetzt mal nicht davon aus, dass du so schnell wieder heiraten wirst und so etwas damit nicht noch einmal passiert«, prophezeite ich.

»Himmel nein! Ich habe mein Pensum mit zwei Hochzeiten mehr als erfüllt«, bekräftigte sie.

»Mir würde schon eine reichen«, murmelte ich und überholte einen Esel, der beidseitig mit fleckigen Wasserkanistern beladen war und von einem mageren Burschen geführt wurde.

»Das kommt schon noch«, meinte Anna aufmunternd. »Ich bin mir sicher, dass ich irgendwann auch auf deiner Hochzeit tanze.«

Ich zuckte mit den Schultern.

»Nach allem, was ich unternommen habe, um jemanden zu finden, sehe ich da eher schwarz als ein weißes Brautkleid!«

»Manchmal geht das schneller, als man denkt.«

»Und manchmal so langsam, dass man irgendwann nur noch Gesundheitsschuhe zum Brautkleid tragen kann, weil die Gefahr, sich auf schicken Pumps die altersschwachen Hüften zu brechen, zu groß ist«, warf ich ein.

»Ach komm. Du bist sieben Jahre jünger als ich.«

»Nur knapp sieben Jahre!«

»Jetzt sei mal nicht so pingelig und hab ein wenig Geduld!«

»Geduld zählt nicht gerade zu meinen Tugenden, wie du weißt, aber immerhin bist du ein ganz gutes Vorbild für mich, Anna«, erklärte ich.

»Und schau, wie schnell es mit Ilona und Chris ging.«

»Tja, wenn sogar Ilona einen Mann gefunden hat – dann kann ich doch kein ganz hoffnungsloser Fall sein. Vielleicht lerne ich ja einen passenden Typen beim Silvestermenü im Hotel kennen. Es gibt sieben Gänge, und dazu spielt eine Live-Band Coladeira-Musik. Jedenfalls hab ich vor, heute ganz viel zu tanzen!«

»Wow – das hört sich um einiges aufregender an als unser Programm: Raclette essen und Kniffel spielen mit Paul und meiner Mutter«, meinte Anna.

»Darauf kannst du wetten!«

Doch kaum hatte ich es ausgesprochen, erfasste mich unvermutet etwas Wehmut, und mir kam der Gedanke, dass das doch eigentlich auch ein ganz gemütliches Programm wäre.

»Gehst du da alleine hin?«, wollte Anna wissen.

»Nein. Mit Holly. Ich hab sie auf der Insel Sal kennengelernt. Sie ist Reisebloggerin für Seniorenurlaube.«

»Seniorenurlaube?«

»Nicht so, wie du dir das vorstellst. Ältere Leute heutzutage sind viel unternehmungslustiger, als man denkt. Von wegen gemütlich Kaffeefahrt und Spaziergänge am See. Tangotanzkurse, Höhlenwanderungen und Bikertouren durch die Wüste sind angesagt. Gestern war sie sogar beim Kitesurfen.«

»Gut zu wissen. In unserem Alter haben wir schließlich nicht mehr ewig bis zur Rente.«

»Du und Ilona vielleicht nicht …«

Doch Anna stieg nicht darauf ein.

»Wie alt ist denn diese Holly?«, fragte sie stattdessen.

»Schwer zu sagen, irgendwas zwischen sechzig und fünfundsiebzig, aber sie hat eine Energie, damit könnte sie eine Kleinstadt beleuchten.«

Anna lachte.

»Sag mal, wollen wir uns vielleicht heute Abend kurz per Zoom unterhalten und uns auf das kommende neue Jahr zuprosten? Ich kann auch Ilona fragen, ob sie Lust hat.«

»Ja! Das wäre echt super!«, rief ich. »Wann machen wir es denn? Ich bin ja von der Zeitzone zwei Stunden hinterher«, erinnerte ich.

»Umso besser! Wir fangen schon relativ früh mit dem Raclette an, damit es für Mutter nicht zu spät wird.«

»Dann schieben wir es genau dazwischen«, schlug ich vor.

Und so vereinbarten wir, uns um 21.30 Uhr deutscher Zeit für eine halbe Stunde online zu treffen. Anschließend würden Holly und ich gemeinsam zum Abendessen ins Hotelrestaurant gehen. Perfektes Timing!

»Ich schreibe dir noch, ob Ilona auch dabei ist«, versprach Anna.

»Sag ihr, ich bin beleidigt, wenn nicht.«

Sie lachte.

»Mache ich.«

»Danke. Dann bis später, Anna!«

»Bis dann, Zoe! Und hab noch einen schönen Tag!«

»Habe ich ganz bestimmt! Du auch! Und grüß mir alle. Vor allem deine Mutter!«

»Aber klar!«

Mit der Aussicht, kurz vor dem Wechsel ins neue Jahr online noch ein wenig mit meinen Freundinnen zu plaudern, fühlte ich mich richtig beschwingt, und der kurze sentimentale Anflug von vorhin war verflogen.

Langsam fuhr ich die Rua de Banana an kleinen Steinhäusern entlang zu meinem Ziel und parkte den Wagen. Ich warf einen Blick in den Rückspiegel und schob die Sonnenbrille über mein rot gefärbtes Haar, das Ilona gerne als moderne Interpretation des Pumuckl-Looks bezeichnete. Die Sonne hatte dem etwas dunkleren Teint, den ich meinen griechischen Wurzeln verdankte, einen warmen bronzenen Schimmer verliehen, der meine dunkelbraunen Augen funkeln ließ.

»Zoe Petrides, für Anfang vierzig hast du dich nicht übel gehalten«, lobte ich mich. In letzter Zeit führte ich immer öfter Selbstgespräche und hatte dabei tatsächlich das Gefühl, nicht allein zu sein. Eigentlich total praktisch, weil man sich die Gesellschaft selbst aussuchen konnte und immer ein Thema hatte, das einen wirklich interessierte! Ich schob die Brille wieder auf die Nase, griff nach dem Handy und der Handtasche und stieg aus dem Wagen.

Ich hatte Glück. Die in strahlendem Weiß gestrichene Kirche war an diesem Tag für Besucher geöffnet, was nicht jeden Tag der Fall war. Da ich es versprochen hatte, machte ich ein paar Fotos und natürlich auch das obligatorische Selfie mit Sehenswürdigkeit im Hintergrund, welches ich später auf meinem neuen Instagram-Account posten würde.

Das im gotischen Stil erbaute Gotteshaus in einer der ältesten Siedlungen auf den Kapverden schien mir nicht sonderlich spektakulär und war kleiner, als ich es mir vorgestellt hatte. Trotzdem spürte ich eine gewisse Ehrfurcht, als ich eintrat und über die steinernen Bodenplatten schritt, die offenbar Abdeckungen uralter Gräber waren.

Eine Gruppe amerikanisch klingender Seniorinnen hörte dem einheimischen Reiseführer aufmerksam zu, der in passablem Englisch alles Wissenswerte über die Kirche referierte, die zum Kulturerbe der UNESCO zählte.

Ich setzte mich auf eine der hinteren Holzbänke und sah mich genauer um. Blau-weiß gemusterte Kacheln zierten die Wände, und ich hörte, wie der Mann besonders das Taufbecken aus Alabaster und die Taufkapelle erwähnte.

Die Vorstellung, dass hier angeblich schon Vasco da Gama und womöglich auch Christoph Kolumbus um den göttlichen Segen für ihre Schiffsfahrten gebetet haben sollen, beeindruckte mich. Und vielleicht hatte auch der ein oder andere Pirat hier heimlich seine Sünden gebeichtet, bevor er mit seinen Kumpanen erneut auf Beutezug ging und sich in den Takelagen den Wind um die Ohren wehen ließ.

Nun war die Welt aber kein Abenteuerroman, und ich wusste auch um die schrecklichen Zustände, denen Sklaven jahrhundertelang auch auf dieser Insel ausgesetzt waren. Die ehemalige portugiesische Kolonie war für viele von ihnen nur der Zwischenstopp einer unmenschlichen Reise gewesen, um anderswo unter Zwang und meist auch Gewalt den Menschen zu dienen, die sich selbst für etwas Besseres hielten.

Kaum zu glauben, dass es auch heute noch in einigen Ländern die sogenannte moderne Sklaverei gab. Von Kinderarbeit, Unterdrückung und Prostitution aus Not ganz zu schweigen. Es war beschämend, dass es der Menschheit nicht gelang, solche Zustände zu beenden und jedem ein menschenwürdiges Dasein zu ermöglichen.

Vielleicht war genau hier in dieser kleinen Kirche der richtige Ort, um mit dem lieben Gott ein ernstes Gespräch darüber zu führen, dass er sich gefälligst mal darum kümmern sollte, alles besser und gerechter zu machen.

Das laute Klingeln meines Handys ersparte dem Schöpfer meine gedankliche Standpauke. Sofort drehten sich die Köpfe der Kirchenbesucher zu mir um, und ich erntete teils amüsierte, teils missbilligende Blicke. Eine der Frauen schüttelte empört den Kopf und sagte laut genug, dass ich es hören konnte:

»Impolite woman!« *Unhöfliche Frau!*

»Sorry … I am sorry!«, beteuerte ich und griff in meine Tasche, aus der es weiter fröhlich bimmelte. Leider gelang es mir nicht, das Handy zwischen all den Sachen, mit denen ich vermutlich eine Woche in der Wildnis überleben könnte, zu finden.

»Sorry«, murmelte ich erneut.

»Impolite – and what a terrible hairstyle!«, setzte die Frau noch ein wenig lauter hinzu.

Unhöflich und mit schrecklicher Frisur? Nun bedauerte ich meine Entschuldigung.

»Deine schlecht blondierte Vokuhila-Dauerwelle ist da natürlich viieel besser, du geliftete Schnepfe!«, zischte ich auf Deutsch und stand auf. Auf dem Weg nach draußen bemerkte ich das amüsierte Grinsen des Fremdenführers, der meine Worte – oder zumindest die Bedeutung dahinter – offenbar verstanden hatte und mir zuzwinkerte.

Ich zwinkerte zurück und verließ eilig die Kirche. Endlich hatte ich auch mein Handy ertastet und fischte es auf dem Weg zu meinem Wagen aus der Tasche.

Ein Facetime-Anruf!

»Ilona!«

Das Bild baute sich auf.

»Huhu, Zoe! Da bist du ja endlich!«, rief sie und grinste mich an.

Meine Freundin saß am Tisch in der großen rustikalen Küche in dem herrlichen Haus ihres Freundes Chris in der toskanischen Maremma. Dort hatte ich mit ihr und Anna im Herbst eine ziemlich turbulente Zeit verbracht.

»Hey Zoe!«, sagte Chris, und nun erschien auch sein Gesicht neben Ilona auf dem kleinen Bildschirm.

»Hi Chris! Na, alles gut bei euch?«

»Klar doch, bei dir auch? Hast du die Kapverden schon gehörig aufgemischt?«

»Und wie! Vermutlich lassen sie mich hier nie mehr weg und machen mich zu ihrer Königin«, antwortete ich enthusiastisch.

Chris und Ilona lachten.

»Hauptsache, du lädst uns alle zu deiner Krönung ein«, forderte er.

»Das lässt sich machen«, versprach ich.

»Super … Dann wünsch ich dir einen guten Rutsch, zu-

künftige Frau Königin«, feixte er in seinem charmanten öster-
reichischen Dialekt.

»Dir auch, Chris! Und wenn du brav bist, mach ich dich zu
meinem bevorzugten Hoflieferanten für die besten Delikates-
sen aus der Toskana.«

»Nichts anderes erwarte ich! ... Ciao, Zoe!« Er winkte noch
kurz in die Kamera, bevor er verschwand.

»Da hast du dir wirklich einen ganz Tollen geangelt«, sagte
ich und unterdrückte einen Seufzer.

»Nur kein Neid!«

»Auch nicht ein bisschen?«

Ilona schmunzelte.

»Ein bisschen lass ich dir durchgehen ... Hör mal, Zoe!
Anna hat mich vorhin angerufen wegen heute Abend. Leider
klappt es bei mir nicht, deswegen melde ich mich jetzt schon«,
erklärte sie bedauernd.

»Schade! Was hast du denn Besseres vor, als mit Anna und
mir auf das neue Jahr anzustoßen?«, stichelte ich.

»Chris und ich bereiten gerade alles für ein Barbecue im Pa-
tio vor. Wir haben am Abend einige Gäste hier, da kann ich
mich nicht so einfach ausklinken«, erklärte sie.

Ilona hatte Produkte aus dem Sortiment des toskanischen
Biohofes für ihren Delikatessenladen bestellt und auf diesem
Weg Chris kennengelernt. Inzwischen waren die beiden ein
Paar, auch wenn sie eine Fernbeziehung führten und sich nur
alle paar Wochen sehen konnten.

»Das verstehst du doch?«, hakte sie nach.

»Ja ja, schon gut. Grill du nur mit deinen neuen Freunden!«,
sagte ich gespielt theatralisch. »Ich bin ja schließlich nicht so
wichtig.«

»Hey, jetzt schau nicht so beleidigt, sonst bekommst du noch Falten«, feixte Ilona.

»Es gibt Menschen mit Lachfalten, weil die ständig so widerlich gut gelaunt sind, wie du es bist!«, schoss ich zurück.

»Nicht, wenn man so ordentlich gepolstert ist«, erklärte Ilona und deutete auf ihre rosigen Backen.

»Stimmt auch wieder … Wobei, das sah im letzten Sommer alles noch deutlich üppiger aus«, erklärte ich. Und tatsächlich hatte Ilona in den letzten Monaten ein wenig abgenommen. »Frisch verliebt sein wirkt offenbar besser als die strengste Diät.«

»So lange ich nicht so ein flachbrüstiges Klappergestell werde wie du …«, spielte sie auf meine schlanke Figur an, die derzeit zwischen Größe 34 und 36 schwankte.

»Da mache ich mir bei dir wirklich keine Sorgen«, sagte ich trocken.

»Stimmt. Dafür esse ich auch viel zu gerne … Apropos Essen. Hör mal, sobald du und ich wieder zurück sind, treffen wir uns mit Anna im *Dolce Vita*«, schlug sie vor.

Das *Dolce Vita* war unsere Lieblingspizzeria in Prien.

»Das sowieso!«

»Ich freue mich! Aber jetzt muss ich aufhören und noch mit Lotte eine Runde Gassi gehen, bevor ich den Hefeteig für die Stockbrote mache.«

»Okay … Ich muss auch los. Gib Lotte ein Leckerli und sag allen liebe Grüße von mir! Und feiert schön ins neue Jahr rein!«

»Mach ich. Du auch. Genieße deinen letzten Tag!«

Meinen letzten Tag? Schon wieder?

»Hey!«, protestierte ich innerhalb einer Stunde zum zweiten Mal. »Heute ist nicht mein letzter Tag!«

»Für dieses Jahr schon! Lass es krachen! Bussi auf die Kapverden!«

»Und zurück! Bis bald!«

»Bis bald!«

Sie winkte mir kurz zu, dann war die Verbindung beendet.

Ich merkte, dass ich immer noch lächelte, als ich das Handy in meine Tasche steckte. Noch vor einem Jahr hätte ich mir nie im Leben vorstellen können, so viel Spaß bei den Gesprächen mit Ilona zu haben. Ich liebte ihren Humor, der seinen Höhepunkt immer dann erreichte, wenn sie sich am wenigsten ernst nahm.

Spontan schickte ich das Selfie, das ich vorhin gemacht hatte, zusammen mit einem Herzchen-Smiley in unsere Freundinnen-WhatsApp-Gruppe.

Ich überlegte, ob ich noch mal zurückgehen sollte, doch eigentlich hatte ich alles gesehen. Und auf eine weitere Begegnung mit der missgelaunten Frau hatte ich auch keine Lust. Also stieg ich in meinen Wagen und machte mich auf den Weg ins Landesinnere nach Assomada.

Das Radio war laut aufgedreht, auch wenn ich von den portugiesischen Liedern, die hauptsächlich liefen, kein einziges kannte. Schließlich kam mit Bob Dylan's *Knockin' on Heaven's Door* ein bekannter Song, zu dem ich schon als Studentin, eng an meinen Freund geschmiegt, getanzt hatte. *Hendrik*. Ich hatte schon eine ganze Weile nicht mehr an ihn gedacht. Wie es ihm wohl ging? Die Musik ließ alte Erinnerungen wach werden. Damals hatte ich gar nicht so sehr auf den traurigen Text geachtet, sondern mich in Hendriks Armen nur ganz der Melodie und Stimme hingegeben, doch jetzt bekam ich wie aus heiterem Himmel eine Gänsehaut.

An der Himmelstür klopfen … Letzter Tag … Letzter Tag im Jahr – oder letzter Tag überhaupt? …

»Zoe! Hörst du jetzt auf! Weg mit diesen Gedanken!«, schalt ich mich plötzlich laut.

Ich verstand selbst nicht, was heute mit mir los war. Wieso genoss ich nicht einfach meinen Urlaub auf dieser herrlichen Insel?

»Es geht dir gut! Du bist glücklich und gesund! Und heute ist ein besonders schöner Tag!«, betete ich mein Mantra herunter. »Und auch morgen wird es wieder einen schönen Tag geben, und du …«

Die Worte blieben mir im Hals stecken. Nach einer langgezogenen Kurve auf der enger werdenden ansteigenden Straße stürzte eine junge Frau auf Krücken mit einem Baby auf dem Rücken auf den Rand der Fahrbahn.

»Nein!«, schrie ich. Ich trat in die Bremsen und presste entsetzt die Augen zusammen.

Kapitel 2

Die tanzenden Frauen

Mit rasendem Herzen öffnete ich die Augen. Der Wagen war keinen halben Meter vor der Frau und dem Baby zum Stehen gekommen. Glücklicherweise war das Kind nicht aus dem Tuch gerutscht, auch wenn es vor Schreck wie am Spieß schrie.

»Oh … mein … Gott! … Danke!«, rief ich erleichtert, bevor ich zitternd aus dem Wagen stieg. Meine wackeligen Beine versuchte ich zu ignorieren, was jedoch kein einfaches Unterfangen war. Ich musste mich kurz an der Wagentür festhalten und einmal tief ein- und ausatmen. *Jetzt nur nicht vor Schreck wieder einen Herzinfarkt bekommen, Zoe. Dafür hast du keine Zeit,* ging es mir durch den Kopf. Ich musste mich um die junge Frau kümmern! Bei der es sich offenbar um einen Teenager handelte, wie ich feststellte, als ich in ihr hübsches, von einem bunten Tuch umrahmtes jugendliches Gesicht sah.

Sie griff nach einer ihrer Krücken und versuchte, sich hochzurappeln. Gleichzeitig sprach sie beruhigend auf das schreiende Baby ein.

»Bist du verletzt?«, rief ich über das laute Heulen hinweg, ohne daran zu denken, dass sie mich gar nicht verstehen konnte. Ich streckte ihr die Hand entgegen und half ihr beim

Aufstehen. In diesem Moment bemerkte ich, dass ihr linker Fuß amputiert war und sie über den Stumpf nur einen dunklen Strumpf gezogen hatte, der mit einem bunten Band unterhalb des Knies fixiert war. Deswegen also die Krücken. Das Knie am anderen Bein war aufgeschlagen und blutete leicht.

»Obrigado«, sagte das Mädchen, als sie mit meiner Hilfe wieder einigermaßen sicher stand. *Danke!* Eines der Worte, die ich auf Portugiesisch verstand. Sie versuchte noch mal, sich zu bücken, um einen Stoffbeutel aufzuheben.

»Moment!« Ich hob ihn für sie auf. Sie schob den Beutel unter den Gürtel ihres hellblauen Kleides.

»Come!«, sagte ich und führte das dunkelhäutige Mädchen zur Seite, damit sie und das Baby in Sicherheit waren. »Please wait! I have to drive away my car.« Ich deutete zum Auto.

Sie nickte.

Offenbar verstand sie mich oder ahnte zumindest, was ich vorhatte.

»Do you speak English?«, fragte ich sicherheitshalber.

Sie nickte. »A little!«

Das machte die Verständigung etwas leichter.

Ich fuhr den Wagen aus der Gefahrenzone und parkte ihn ein paar Meter weiter vorne auf dem sandigen Seitenstreifen. Dann ging ich rasch zu den beiden zurück.

Inzwischen hatte sie das Baby aus dem Tuch genommen und wiegte es beruhigend im Arm, während sie sich mit der anderen Hand auf der Krücke abstützte.

»Komm mit!«, forderte ich sie auf.

Vorsichtig führte ich sie zum Wagen, öffnete die Beifahrertür und schob den Sitz ganz nach hinten.

Ich half ihr, sich mit dem Baby zu setzen. Dann holte ich aus meiner Handtasche eine Plastikflasche mit Wasser und reichte sie ihr.

»Danke«, sagte sie mit einem scheuen Lächeln.

Was für ein wunderhübsches Mädchen – mit strahlend weißen geraden Zähnen, was mir als Zahnärztin natürlich sofort auffiel!

Durstig trank sie ein paar Schlucke, dann wollte sie mir die Flasche wieder geben, doch ich bedeutete ihr, sie solle sie behalten.

»Mein Name ist Zoe«, stellte ich mich vor.

»Ich bin Jenny, und das ist meine Nichte Rosita«, erklärte sie und nickte zum Baby, das inzwischen aufgehört hatte zu weinen.

Unsere Unterhaltung ging etwas stockend voran, da ihr nicht immer sofort die passenden englischen Worte einfielen und sie einiges etwas umständlich umschreiben musste.

Ich holte ein Desinfektionsspray und Pflaster sowie Papiertaschentücher aus meiner Tasche, um ihre Verletzung am Knie zu versorgen. Und natürlich hatte ich auch immer Plastikhandschuhe für den Notfall dabei, die ich mir zuvor überstreifte.

»Das tut jetzt ein bisschen weh«, warnte ich sie.

Doch Jenny zuckte kaum mit den Wimpern, als ich die Wunde am Knie desinfizierte und ein großes Pflaster darüber klebte. Ganz offensichtlich hatte das Mädchen schon mehr überstanden als diese kleine Schürfwunde.

Währenddessen erzählte sie mir, dass sie für ihre Großmutter wilde Aloe Vera gesammelt hatte und gerade auf dem Rückweg nach Hause war. Dabei sei sie gestolpert, habe das Gleichgewicht verloren und sei auf die Straße gestürzt.

Ich schluckte. Wäre ich ein wenig schneller unterwegs gewesen, hätte ich womöglich nicht mehr rechtzeitig bremsen können. Ich durfte gar nicht darüber nachdenken, was alles hätte passieren können.

»Fühlst du dich gut?«

»Ja, danke.«

»Wirklich?« Ich machte mir immer noch Sorgen.

»Ja. Wirklich.« Sie lächelte wieder.

»Schön … Hast du denn noch weit bis zu dir nach Hause?«, erkundigte ich mich.

Jenny schüttelte den Kopf und erklärte mir, es seien nur noch etwa zwei Kilometer. *Nur? Auf Krücken, verletzt und mit einem Baby auf dem Rücken?*

»Ich fahre dich und Rosita heim!«, bot ich entschlossen an. Das war das Mindeste, was ich tun konnte. Und ich ließ keinen Widerspruch zu.

Während wir über eine unbefestigte Nebenstraße fuhren, erzählte sie, dass sie heute das Baby ihrer Schwester mitgenommen hatte, weil die Frauen in der Familie etwas Besonderes vorhatten.

»Vorbereitungen für eine Silvesterparty?«, vermutete ich. Doch Jenny schüttelte den Kopf.

»Sie tanzen. Und da kann ich leider nicht mitmachen, ohne Fuß.«

»Sie tanzen?«

»Ja …«

»Darf ich dich fragen, wie das mit deinem Bein passiert ist?«, fragte ich behutsam.

»Natürlich«, antwortete sie offen. »Es war vor vier Jahren, einen Tag nach meinem dreizehnten Geburtstag«, begann sie.

Also war sie doch schon siebzehn, dabei hätte ich das zarte Mädchen um einiges jünger geschätzt.

»Meine ältere Schwester Maria und ich sammelten Kräuter für unsere Oma«, fuhr sie fort. »An einer steilen Stelle bin ich auf dem steinigen Boden ausgerutscht und mit dem Fuß in einer engen Spalte gelandet. Als ich mich befreien wollte, löste sich ein Felsen und quetschte mein Bein. Meine Schwester schaffte es zwar, mir herauszuhelfen, aber der Arzt konnte den Fuß nicht mehr retten.«

Das arme Mädchen. Wäre ihr das in Deutschland passiert, hätte man eine Amputation womöglich vermeiden können. Auf jeden Fall hätte sie inzwischen schon längst eine Prothese.

»Das tut mir sehr leid«, beteuerte ich.

Doch sie zuckte gelassen die Schultern.

»Meine Oma sagt immer: Es hätte viel schlimmer kommen können. Sei dankbar, dass es nur ein Bein erwischt hat – du hast immerhin noch ein zweites.«

»Da hat deine Oma ganz sicher recht«, stimmte ich zu, und wir lächelten.

Erst jetzt merkte ich, wie die Anspannung von mir abfiel. Alles war noch mal gut gegangen.

»Jetzt müssen wir rechts fahren«, sagte sie und deutet auf einen noch schmaleren Weg.

Wir fuhren, inzwischen im Schritttempo, bis zu einem der wenigen Steinhäuser, die es hier vereinzelt gab. Es hatte einen kleinen hölzernen Anbau, der wohl als Stall diente. Etwas abseits spielten einige Kinder Fußball und kickten in ein provisorisch errichtetes Tor. Neben dem Haus flatterte bunte Wäsche an einer Leine im Wind. Tontöpfe mit Pflanzen schmückten den Bereich bei der Eingangstür. Obwohl das Haus in der kargen Umgebung ein wenig abgelegen war, wirkte es dennoch einladend und freundlich.

Ich stieg aus, holte die Krücken von der Rückbank und öffnete die Beifahrertür für Jenny. Ich musste das Baby halten, bis Jenny sich mit Hilfe ihrer Krücken aus dem Sitz hochgedrückt hatte.

Fünf Monate alt war Rosita, wie ich inzwischen wusste, und sie war schwerer, als sie aussah. Vorsichtig hielt ich das Baby fest. *Hoffentlich mache ich nichts kaputt!,* dachte ich besorgt.

Die Kleine schaute mich aus dunkelbraunen Augen ein wenig irritiert an und griff plötzlich in meine Haare, hielt sie fest.

»Rosita gefällt die Farbe!«, sagte Jenny. »Sie mag rot!«

»So, du kleine Maus. Du magst also meine roten Haare?«, flötete ich und merkte selbst, dass meine Stimme dabei ein wenig höher klang als gewöhnlich.

War das irgendwie genetisch bedingt, dass viele Menschen in einen albernen Singsang fielen, wenn sie mit Kindern oder auch Haustieren sprachen?

In diesem Moment wurde mir bewusst, dass ich das erste Mal in meinem Leben einen so kleinen Menschen auf dem Arm hatte. Da ich ein Einzelkind war, gab es keine Nichten und Neffen, die ich als Tante hätte verwöhnen können. In meine Praxis kamen Kinder erst in einem Alter, in dem sie bereits genügend Zähne hatten, um mich in den Finger zu beißen oder vom Schoß ihrer Eltern zu flüchten. Und Annas Töchter hatte ich erst kennengelernt, als sie längst aus dem Gröbsten raus waren. Mir fehlte zwar jegliche Erfahrung mit Babys, trotzdem konnte ich mit ziemlicher Sicherheit sagen, dass diese Kleine hier dringend mal frische Windeln brauchte.

Rosita hielt die Haare weiterhin fest mit ihrer kleinen Faust umklammert, so, als ob sie nie wieder loslassen wollte.

»Du bist ja vielleicht ein kleiner Frechdachs«, sagte ich und stupste mit dem Zeigefinger sanft auf ihre Nasenspitze.

Sie ließ meine Haare los, verzog ihr süßes Gesichtchen, und ich dachte schon, sie würde gleich laut losbrüllen, doch das Gegenteil war der Fall. Sie begann laut und hell zu lachen. Das war so ansteckend, dass auch Jenny und ich in ihr Lachen einfielen, was das Baby noch mehr erheiterte, was wiederum uns noch mehr gackern ließ.

Mein Gott, war diese Kleine süß! Nie hätte ich gedacht, dass mich ein Baby so zum Lachen bringen würde.

»Ich glaube, sie muss schnell gewickelt werden!«, schlug ich vor.

»Oh ja … Sie stinkt schon gewaltig … Vielen Dank für die Hilfe und für das Nachhausebringen«, sagte Jenny.

In diesem Moment bemerkte ich eine ältere Frau in einem goldgelben Kleid mit einer Brille, die aussah, als hätte sie diese von Woody Allens Nase geklaut. Sie stand wenige Meter von uns entfernt vor dem Haus.

»Das ist meine Großmutter Blanca!«, sagte Jenny. »Wir sagen aber alle Mama Blanca zu ihr.«

Die alte Dame war schlank, schon fast mager und beeindruckend groß. Sie überragte mich um fast einen Kopf.

»Spricht sie Englisch?«

»Leider nein.«

»Olá, Mama Blanca«, grüßte ich sie mit einem höflichen Nicken und hoffte, dass es in Ordnung war, wenn ich sie so ansprach. Sie kam auf uns zu und nahm mir das Baby ab.

»Olá.«

Neugierig, fast schon prüfend sah sie mich an und redete dabei auf ihre Enkelin ein. Jenny erzählte offenbar, was vorhin passiert war. Blanca nickte bedächtig. Ihr Gesichtsausdruck wechselte zwischen besorgt und erleichtert, und schließlich lächelte sie mir zu. Überrascht stellte ich fest, dass auch die Großmutter über ein noch komplett eigenes Gebiss verfügte. Eine Seltenheit in diesem Alter.

Sie wiegte das Baby sanft hin und her, während sie weiter mit Jenny sprach. Schließlich sahen beide mich an.

»Meine Oma bedankt sich sehr, dass du mir geholfen und uns heimgebracht hast, und lädt dich zum Essen ein«, übersetzte das Mädchen.

»Aber das ist doch wirklich nicht nötig«, winkte ich freundlich ab. »Das war eine Selbstverständlichkeit.«

Doch Mama Blanca bestand darauf, also willigte ich ein.

Die alte Dame trug das Baby ins Haus, um es zu wickeln.

»Komm! Wir gehen gleich nach hinten zu den anderen!«, forderte Jenny mich auf.

Ich holte meine Tasche aus dem Wagen und folgte ihr neugierig. Wie diese Familie wohl lebte? Als wir am Holzverschlag vorbeigingen, hörte ich Lachen und Geschnatter von Frauen, das immer lauter wurde.

Auf der rückwärtigen Seite des Hauses unter einer schattigen Pergola mit einem Wellblechdach saßen neun junge Frauen an einem langen Holztisch auf zusammengewürfelten Stühlen.

Als sie uns entdeckten, erntete ich neugierige Blicke.

»Olá!«, rief ich fröhlich in die mir unbekannte Runde. »Eu sou Zoe!«, stellte ich mich mit den wenigen Brocken Portugiesisch vor, die ich beherrschte.

»Olá Zoe!«, begrüßten sie mich im Chor, und Jenny übernahm es, in wenigen Sätzen zu erklären, warum ich sie nach Hause gebracht hatte.

Der Gesichtsausdruck ihrer älteren Schwester Maria wechselte von freudig zu besorgt, dann lächelte sie erleichtert. In holprigem Englisch bedankte sie sich überschwänglich, dass ich Jenny versorgt und sie und Baby Rosita wohlbehalten nach Haus gebracht hatte.

Die Frauen gehörten alle irgendwie zur Familie, waren Schwestern, Schwägerinnen oder Cousinen von Jenny, wie ich erfuhr.

Ehe ich michs versah, saß ich mit ihnen am Tisch und eine der jungen Frauen mit Dutzenden geflochtenen kleinen Zöpfen und bunten Perlen im Haar stellte mir einen Becher hin.

»Pontche!«, sagte sie. Ein Mischgetränk aus Groque – der kapverdischen Variante von Rum –, Zuckerrohrmelasse und Saft von Zitrusfrüchten. Je nach Rezept wurde Pontche mit verschiedenen Gewürzen abgeschmeckt. Ich selbst hatte es bisher noch nicht probiert, im Gegensatz zu meiner Urlaubsbekanntschaft Holly, die vor ein paar Tagen nach dem Genuss von zu viel Pontche am nächsten Morgen einen gewaltigen Kater hatte abschütteln müssen.

Um nicht unhöflich zu sein, nahm ich einen kleinen Schluck. *Holla die Waldfee!* Das Getränk war wirklich stark und schmeckte dabei teuflisch gut – und genau deswegen musste ich mich zurückhalten, ich musste schließlich noch Auto fahren.

Offenbar hatten die jungen Frauen schon einiges intus, denn sie lachten und alberten ausgelassen herum. Vielleicht waren sie aber auch generell so gut drauf. In jedem Fall strahlten sie eine unglaublich ansteckende Lebensfreude aus.

Inzwischen war auch Mama Blanca mit dem frisch gewickelten Baby wieder zurück und erklärte, dass es in einer Stunde Essen gab. Mein Aufenthalt hier würde also noch etwas länger dauern, was mich aber keineswegs störte. Genau solche Begegnungen machten einen Urlaub besonders. Außerdem gefiel es mir hier – auch wenn ich nicht viel von ihrem Geschnatter verstand, das überwiegend in Kreol stattfand, wie ich inzwischen herausgehört hatte. Und den riesigen Kapokbaum konnte ich mir auch morgen noch anschauen. Falls ich nach der Silvesterparty im Hotel früh genug aus dem Bett kam.

Mit einigen der Frauen konnte ich mich auf Englisch verständigen, wobei Jenny die Sprache von allen am besten beherrschte, wie ich schnell herausfand. Und je länger wir redeten, desto leichter schien dem Mädchen unsere Konversation zu fallen.

Als ein mehrfaches lautes Hupen zu hören war, sprangen die jungen Frauen aufgeregt auf und zupften an ihren Kleidern und Frisuren herum.

Ein Mann in lässigen Jeans und einem schwarzen T-Shirt und Basecap, den ich auf Mitte zwanzig schätzte, kam zu uns hinter das Haus. Er trug eine längliche Sporttasche. Ihm folgte eine Schar Kinder, die ich bei unserer Ankunft beim Fußballspielen gesehen hatte.

»Das ist Donny, der Schwager meiner Cousine Loretta.« Jenny deutete auf eine mollige Frau mit lustiger Stupsnase. »Er wird den Tanz filmen.«

Donny nahm ein Stativ aus der Tasche und stellte es etwa zehn Meter von uns entfernt auf. Daran befestigte er ein Smartphone. Dann holte er einen antiquiert aussehenden tragbaren CD-Player heraus und stellte ihn auf den Boden.

Mama Blanca erhob sich nun ebenfalls und drückte Jenny das Baby in die Hand. Dann stellten die Frauen sich im Hof in der Formation eines auf den Kopf gestellten Dreiecks auf, wobei Mama Blanca, die Größte von allen, in der Mitte stand. Erst jetzt fiel mir auf, dass die Frauen jeweils Kleider in den Farben der kapverdischen Flagge trugen: Rot, Blau, Weiß – und Mama Blanca als Einzige Gelb.

Donny positionierte sein Stativ mit dem Handy in Richtung der Frauen. Dann scheuchte er die Kinder zur Seite, damit sie nicht im Bild waren, und rief ihnen etwas zu. Augenblicklich wurden sie leise. Einen der älteren Jungen winkte er zu sich und deutete mit ein paar kurzen Anweisungen auf den CD-Player. Der Junge nickte eifrig.

»Jetzt bin ich aber gespannt, was sie machen«, sagte ich neugierig.

Jenny lächelte nur und streichelte sanft über die Stirn ihrer Nichte, der bereits die Augen zufielen.

Donny schaute auf das Display seiner Handykamera und hob den Arm. Loretta rief laut eine Art Kommando. Die Frauen standen still. Donny nickte dem Jungen zu, der drückte auf einen Knopf.

Ich erkannte das Stück schon nach den ersten Takten. *Jerusalema.* Komponiert von Master KG, der es mit der Sängerin Nomcebo Zikode aufgenommen hatte.

Das Lied war weltweit durch die sogenannte *Jerusalema Challenge* bekannt geworden, in der verschiedene Gruppierungen in einer bestimmten Bewegungsabfolge zur Musik tanzten und Videos davon aufnahmen. Kinder, Nonnen, Krankenhauspersonal, Beamte in Behörden, Dorfgemeinschaften, Firmenangehörige oder Sportvereine – Menschen aus aller Herren

Länder machten mit. Inzwischen gab es sicherlich schon Tausende Videos über diesen Flashmob im Internet. Für mich eine tolle Botschaft über alle Grenzen und Konventionen hinweg für Frieden, Menschlichkeit und Gemeinsamkeit.

Die Frauen hatten ihre individuelle Choreografie zu den vorgegebenen Schritten richtig gut eingeübt. Es machte Spaß, ihnen dabei zuzusehen, wie sie lächelnd tanzten. Und am breitesten grinste Mama Blanca, die den jüngeren Tänzerinnen in nichts nachstand.

Der Sound aus den Boxen des altmodischen CD-Players war besser als gedacht. Ich merkte, wie meine Füße sich unter dem Tisch bewegten. Am liebsten wäre ich aufgestanden und hätte mitgetanzt. Auch die Kinder, die zusahen, klatschten inzwischen zu den Klängen der mitreißenden Musik.

Als die Performance zu Ende war, applaudierten wir alle begeistert, was die kleine Rosita nicht zu stören schien, die inzwischen tief und fest schlief. Doch Donny hob den Arm und schüttelte den Kopf. Auch ohne seine Worte zu verstehen, entnahm ich seiner Mimik, dass er offenbar noch nicht zufrieden war, sondern die Frauen aufforderte, das Ganze zu wiederholen.

Erneut stellten sie sich wieder auf und begannen zur Musik zu tanzen. Und es machte sichtlich mindestens genau so viel Spaß wie beim ersten Versuch.

Auch diesmal winkte Donny ab.

Was für ein Pedant, dachte ich, als der nächste Versuch startete. Für mich war es perfekt gewesen, doch Donny hatte wieder nur den Kopf geschüttelt.

Das Lächeln auf Mama Blancas Gesicht wirkte nun etwas angespannt. Doch alle Frauen gaben weiterhin ihr Bestes.

»Donny genießt es immer schon, die Frauen ein wenig herumzukommandieren«, murmelte Jenny.

»Ja. Das ist nicht zu übersehen«, stimmte ich ihr zu. »So ein Trottel.«

Sie kicherte.

»Ein Trottel ist er wirklich manchmal, aber er hat leider das beste Handy, um alles aufzunehmen«, erklärte sie mit einem Schulterzucken.

Als der gute Donny erneut einen weiteren Durchgang forderte, platzte Mama Blanca der Kragen. Sie verließ die Formation und ging mit großen Schritten auf den jungen Mann zu. Als sie vor ihm stand, zog sie nur die Augenbrauen hoch. Ohne das Wort zu erheben, sprach sie auf ihn ein. Donny wirkte plötzlich etwas kleinlaut und nickte immer wieder.

Ich konnte mir ein Lachen kaum verkneifen, und auch Jenny grinste.

»Wenn Mama Blanca einen zurechtweist, fühlt man sich wie ein kleines Kind, das etwas angestellt hat!«, versicherte sie mir, und ich glaubte ihr aufs Wort.

Nachdem das Familienoberhaupt ihm die Leviten gelesen hatte, ging Mama Blanca zurück zu den anderen, flüsterte der Tänzerin neben ihr etwas zu und stellte sich dann wieder in die Mitte. Alle waren bereit zum nächsten Versuch, und ich ging davon aus, dass dies der letzte Durchgang sein würde. Der Junge drückte wieder auf den Playknopf, und die Musik begann erneut. Doch nach den ersten Takten bewegte sich Mama Blanca tänzelnd in meine Richtung, während einige der anderen Frauen mit wiegenden Hüften auf die Kinder zugingen.

»Was wird das denn?«, fragte Jenny erstaunt, da stand ihre Großmutter bereits vor uns und streckte die Hand nach mir aus.

»Ich soll mit?«, fragte ich überrascht, und auch wenn sie mich nicht verstehen konnte, nickte sie und bewegte sich dabei immer noch zur Melodie.

»Na gut!«

Ich stand auf, griff nach ihrer Hand und versuchte mit Mama Blanca im Takt der Musik Schritt zu halten, während sie mich zur Gruppe mitnahm, wo inzwischen auch die Kinder tanzten. Die Kleinen stellten sich ziemlich geschickt an. Und auch ich hatte wohl oft genug zugeschaut, um einigermaßen fehlerfrei mitzumachen, auch wenn die Choreografie selbst nun aufgebrochen war.

Erstaunlich, wie sehr Musik verbindet, dachte ich. Und *Jerusalema* offenbar ganz besonders.

Als das Lied diesmal zu Ende war und Donny nickte, lachten wir fröhlich auf und schlugen uns gegenseitig in die Hände ein.

Der junge Mann ließ nun ein anderes Lied über die Lautsprecher laufen, und wir tanzten ausgelassen weiter, während er sein Stativ abbaute.

Mama Blanca und Maria verschwanden mit dem schlafenden Baby im Haus, um sich um das Essen zu kümmern.

Inzwischen hatte ich auch genug und setzte mich wieder zu Jenny. Obwohl sie es sich nicht anmerken ließ, ahnte ich, dass sie ein wenig traurig war, weil sie nicht auch Teil der Tanz-Challenge war.

»Erlernst du eigentlich einen Beruf?«, fragte ich, da ich annahm, dass sie nicht mehr zur Schule ging.

»Nein! Ich helfe Mama Blanca im Haus, suche Kräuter für sie und passe auf die Kinder meiner Schwester und der Cousinen auf, damit sie arbeiten gehen können.«

Maria war als Aushilfe in einem Friseurladen in der Hauptstadt Praia beschäftigt, hatte sie mir erzählt. Wie viele andere Frauen auf der Insel war auch sie eine alleinerziehende Mutter. Rositas Vater, ein junger Fischer, hatte nie irgendwelche Anstalten gemacht, die damals schwangere Maria zu heiraten, und seitdem das Kind auf der Welt war, ließ er sich überhaupt nicht mehr blicken.

»Und den älteren Kindern helfe ich beim Lernen für die Schule«, fügte Jenny noch hinzu.

»Wow! Da hast du ja ganz schön viel zu tun hier.«

»Ja. Ich bin froh, dass ich für meine Familie was machen kann«, erklärte sie.

»Das verstehe ich. Aber sag mal, welchen Beruf würdest du denn am liebsten erlernen, wenn du es dir aussuchen dürftest?«, wollte ich wissen.

»Optikerin!«, kam es wie aus der Pistole geschossen.

»Optikerin? Das ist ein toller Beruf!«, sagte ich überrascht.

Doch sie schüttelte den Kopf.

»Keiner würde mich zur Ausbildung nehmen. Es ist schon schwer genug, überhaupt bezahlte Arbeit zu finden«, erklärte sie und deutete dann auf ihren Beinstumpf. »Aber damit mag mich keiner nehmen. Damit ist so vieles nicht möglich.«

»Ich verstehe dich. Aber weißt du …«, begann ich und versuchte, die richtigen Worte zu finden. »… auch wenn es manchmal so scheint, dass gewisse Dinge nicht möglich sind, kann man es doch zumindest versuchen. Vielleicht geht es dann nicht so, wie man sich das vorgestellt hat, das bedeutet aber nicht, dass es nicht auf eine neue Weise klappt, die vielleicht anders ist, aber womöglich sogar noch besser sein kann.«

Sie sah mich fragend an.

»Wie meinst du das?«

Ich überlegte, wie ich ihr vermitteln konnte, was ich ihr sagen wollte, und plötzlich hatte ich eine Idee.

»Moment …«

Ich hielt Ausschau nach Donny. Er stand neben seiner Schwägerin Loretta, hatte einen Becher Pontche in der Hand und lachte über etwas, das sie gesagt hatte.

»Bin gleich wieder da«, sagte ich und ging zu dem jungen Mann.

»Sprichst du Englisch?«

Unterstrichen von Mimik und Gestik ließ er mich wissen, dass er meine Frage zwar verstanden hatte, seine Englischkenntnisse aber eher bescheiden waren. Gewissermaßen mit Händen und Füßen machte ich ihm klar, was ich von ihm wollte, und schaffte es irgendwie, ihn dazu zu bewegen, sein Stativ wieder aufzustellen. Ich winkte den Frauen und Kindern zu, noch einmal zu kommen. Dann ging ich auf Jenny zu.

»Wir machen es noch mal. Alle gemeinsam. Und diesmal bist du auch dabei. Komm!«, forderte ich sie auf.

»Aber das geht nicht. Ich kann doch nicht tanzen!«, erinnerte sie mich.

Doch da hatte ich schon ihre Krücken genommen und reichte sie ihr.

»Jetzt pass mal auf: Du kannst mit einem Baby auf dem Rücken kilometerweit gehen, Kräuter pflücken, Hausarbeit machen und dich um andere kümmern. Dann kannst du dich auch ein wenig zur Musik bewegen. Es muss ja nicht perfekt sein. Das ist doch nur zum Spaß! Jetzt komm bitte!«

Mit meiner Überredungskunst, der man sich meist nur

schwer entziehen konnte, schaffte ich es, dass Jenny aufstand und mit mir zu den anderen ging.

»Und jetzt?«

»Mach einfach zur Musik das, was du eben machen kannst«, forderte ich sie auf.

Ich nickte zu Donny und dem Jungen, der den Knopf drückte.

»Go!«, rief ich.

Und ein weiteres Mal erklang *Jerusalema* über den Platz.

Anfangs wiegte Jenny sich nur unsicher ein wenig im Takt zwischen uns hin und her, doch dann begann sie, sich zu bewegen und zu drehen. Natürlich konnte sie nicht dieselben Schritte wie wir machen, dennoch schien sie mit Hilfe ihrer Krücken nicht weniger zu tanzen und komplettierte die Formation auf ihre ganz eigene Weise. Einige der Kinder hüpften plötzlich auf einem Bein, nicht etwa, um sich über Jenny lustig zu machen, sondern um sie einzubinden. Auch ich machte mit. Jenny lachte, als ich das Gleichgewicht verlor und fast stürzte. Ich konnte mich gerade noch an Loretta festhalten, die ich damit auch zum Wanken brachte. Doch wir hielten uns aneinander fest, rappelten uns auf und tanzten wieder weiter, als wäre nichts gewesen.

Als ich die Richtung der Schritte wechselte, entdeckte ich Mama Blanca und Maria, die mit zwei großen dampfenden Töpfen aus dem Haus kamen und uns überrascht ansahen. Eilig stellten sie das Essen auf dem Tisch ab und gesellten sich zu uns, tanzten mit.

Als das Lied zu Ende war, begannen wieder alle laut zu klatschen, noch begeisterter als vorher, wie mir schien. Und sogar Donny schien es gefallen zu haben, denn er reckte mit einem breiten Grinsen seinen Daumen hoch.

Jenny suchte meinen Blick und lächelte glücklich.

»Danke!«, sagte sie.

Ich nickte mit einem Zwinkern.

»Sehr gern!«

Kapitel 3

Mama Blanca und der Kürbis

Nur wenig später saßen wir alle am Tisch und ließen uns das köstliche Essen schmecken. Es gab eines der bekanntesten Nationalgerichte auf den Kapverden: *Cachupa*. Ein deftiger Eintopf – je nach Familienrezept – aus Bohnen, Mais, Süßkartoffel, Maniok, Kürbis, Kohl und Gemüse, verfeinert mit verschiedenen Gewürzen. Einmal vegetarisch und einmal als *Cachupa rica* in der Variante mit Hühnerfleisch und scharfer Wurst.

Obwohl ich um eine kleine Portion gebeten hatte, weil am Abend noch das mehrgängige Silvestermenü vor mir lag, hatte Mama Blanca meine Schale bis zum Rand mit *Cachupa rica* gefüllt und forderte mich mit einladenden Gesten auf zu essen. Das aromatische, leicht scharfe Gericht schmeckte ausgesprochen lecker!

Wenn ich das verputze, platze ich, dachte ich. *Falls mich die Bohnen und der Kohl nicht vorher schon zum Explodieren bringen.*

Deswegen löffelte ich sehr langsam und aß den Teller auch nicht ganz leer, was mir zwar leidtat, aber mehr passte beim besten Willen nicht in mich hinein. Mama Blanca schien mein Dilemma zu ahnen, zuckte nur mit den Schultern, nahm meine

Schale und kippte den Rest wieder in den großen Topf zurück. Hier wurde kein Essen verschwendet.

Jenny verriet mir, dass es das Cachupa morgen zum Frühstück noch mal gebe, allerdings angebraten in der Pfanne und mit Eiern dazu.

Wow – das war ja mal ein solider Start in den Tag!

Die Stimmung am Tisch war ausgelassen. Als ich verriet, dass ich in Deutschland als Zahnärztin arbeitete, musste ich einige zahnmedizinische Fragen beantworten. Ich versuchte Ratschläge zu geben und war froh, dass mich zumindest niemand aufforderte, sein Gebiss genauer zu begutachten.

»Filhos?«, fragte Loretta mich plötzlich und deutete zuerst eine Kugel vor dem Bauch an und dann verschiedene Größen mit der Hand. Sie wollte wissen, ob ich Kinder hatte. Eine Frage, die mich immer stresste.

Warum wollen andere Menschen überhaupt wissen, ob man Nachwuchs hat?

Bevor ich antworten konnte, schüttelte Mama Blanca den Kopf. Sie wechselte mit Loretta ein paar Sätze, die Jenny für mich übersetzte, wobei sie nach den richtigen Worten suchte.

»Loretta ist neugierig und will wissen, ob du Kinder hast. Aber Mama Blanca hat sie für die Frage getadelt und gesagt, dass man das doch sehen könne, dass du keine Mutter bist.«

Ich schluckte.

»Das kann man sehen?«, fragte ich leise.

Mama Blanca sah mich an, und es war, als würde sie tief in meine Seele blicken. Sie nickte.

»Weißt du, Mama Blanca spürt so einiges und weiß von den Menschen oft viel mehr als sie selbst«, erklärte Jenny leise. »Manchmal ist das sogar für mich ein wenig gruselig.«

Das glaubte ich ihr aufs Wort.

»Wolltest du denn keine Kinder?«, ließ die gute Loretta aber nicht locker. Ich verstand ihre Frage, auch ohne auf Jennys Übersetzung zu warten.

Doch was sollte ich antworten? Die Wahrheit war, dass ich mir diese Frage viele Jahre überhaupt nicht gestellt hatte, weil ich meinte, noch alle Zeit der Welt zu haben. Ich absolvierte mein Studium, arbeitete zunächst in einer Zahnklinik in München und übernahm schließlich die Praxis meines Onkels. Vor allem genoss ich meine Unabhängigkeit, dass ich auf Reisen gehen konnte, wann immer ich Lust dazu hatte. Abgesehen davon brauchte man für ein Kind auch einen Partner. Natürlich hatte ich einige Beziehungen gehabt, allerdings hatten die jedoch meist nicht lange genug gehalten, um das Thema Kinder überhaupt aufs Tapet zu bringen. Und seit einigen Jahren lernte ich keinen einzigen ernstzunehmenden Mann kennen, mit dem ich mir eine Partnerschaft – geschweige denn mehr – hätte vorstellen können. Dabei hatte ich einiges versucht. Ich war bei Partnerbörsen angemeldet und hatte sogar Kontaktanzeigen in Tageszeitungen geschaltet. Das Ergebnis war eine Reihe sehr schräger Erfahrungen, die meinen Konsum von Eierlikör, den ich mir zum Trost gönnte, deutlich in die Höhe getrieben hatten.

Mit meinen fast dreiundvierzig Jahren war mir klar, dass es für das Thema Kinder langsam ziemlich eng wurde. Doch darüber wollte ich ganz bestimmt nicht mit Loretta sprechen. Oder mit irgendjemandem sonst. Ich ignorierte ihre Frage, wich Mama Blancas immer noch intensiven Blicken aus und wechselte geschickt das Thema.

»Denkst du, ich kann das Rezept für das Cachupa bekommen?«, fragte ich Jenny. »Die Tochter einer Freundin von mir ist immer auf der Suche nach neuen Gerichten und darüber würde sie sich bestimmt riesig freuen.«

»Natürlich kannst du das haben!«, sagte sie. »Es ist allerdings eine besondere Variante, die meine Oma da macht, und vielleicht nicht ganz so typisch für Cachupa, wie andere es zubereiten.«

»Umso besser!«, beteuerte ich.

Mit Hilfe von Jenny tippte ich die Zutaten und die Anweisung samt Tipps für die Zubereitung von Mama Blanca in mein Handy.

»Vielen Dank, das ist großartig!«, sagte ich.

Ein Blick auf die Uhr verriet mir, dass es bereits kurz vor fünf Uhr war. Wo war nur die Zeit geblieben?

Wenn ich rechtzeitig zu meiner Videoverabredung mit Anna im Hotel sein und mich vorher noch für den Silvesterabend duschen und umziehen wollte, musste ich mich schleunigst auf den Weg machen.

Doch bevor ich mich verabschieden konnte, war Jenny unbemerkt aufgestanden, und ich sah, wie sie im Haus verschwand. Ich wollte ihr nachgehen, doch Mama Blanca hielt mich am Arm fest.

»Obrigado!«, sagte sie, da sie offenbar bemerkt hatte, dass ich bald losmusste, und sprach noch etwas an mich gerichtet. Maria und Loretta versuchten, mit ihren wenigen Kenntnissen und Händen und Füßen zu übersetzen, was Mama Blanca mir noch sagen wollte.

Wenn ich das richtig verstand, dann war sie dankbar dafür, was ich für ihre Enkeltochter gemacht hatte. Nicht nur, dass ich sie und das Baby nach Hause gebracht hatte, sondern dass ich das junge Mädchen auch in den Tanz mit einbezogen hatte, woran sie oder die anderen Frauen gar nicht gedacht hätten, weil sie nicht davon ausgegangen waren, dass das gehen würde. Jenny sei ein unglaublich kluges, talentiertes und liebenswertes Mädchen und Mama Blanca wünsche sich nichts mehr, als dass ihre Enkelin ihr Glück finde. Wie immer das auch aussehen würde.

Diesem Wunsch konnte ich mich nur anschließen. Ich bedankte mich bei Mama Blanca und den Frauen für das Essen und die schönen Stunden, die ich mit ihnen hatte verbringen dürfen, und wünschte ihnen ein gutes neues Jahr. Dann sagte ich, dass ich mich gerne noch von Jenny verabschieden würde, und sie bedeutete mir, ich solle ins Haus gehen.

Das Baby lag in einem Bettchen in der Wohnküche und schlief tief und fest. Ich sah mich kurz um. Auf einfachen Holzregalen neben dem Ofen standen zahlreiche Gefäße, in denen Kräuter und Gewürze aufbewahrt wurden, die einen intensiven, angenehmen Duft verbreiteten. Der Raum mit der niedrigen Decke war einfach, aber freundlich eingerichtet. Auch wenn die wenigen Möbel bunt durcheinandergewürfelt waren und nichts zusammenpasste, konnte man sich hier wohlfühlen.

Ich hörte ein Geräusch weiter hinten und ging zu einem schmalen Durchgang, vor dem ein bunter Vorhang hing. Ich schob ihn zur Seite und kam in einen engen dunklen Flur.

»Jenny?«

»Ich bin hier!«, rief sie.

Ich folgte der Stimme zu einem Türrahmen, der ebenfalls mit einem bunten Vorhang verhängt war.

»Darf ich reinkommen?«, fragte ich, hatte allerdings den Vorhang schon beiseitegeschoben.

Der Raum war winzig, hatte fast etwas von einer Koje. Jenny saß auf einem Schemel an einem Tisch, auf dem sich zahlreiche Bücher stapelten, und schien etwas zu suchen. Direkt daneben stand ein schmales Bett unter einem Fenster, das so klein war wie ein Guckloch. Auf der Decke lagen ihre Krücken. Neben der Tür gab es einige Regalbretter mit Kleidung, die halb hinter einem hellblauen Tuch verborgen waren.

Da ist ja meine Speisekammer viel größer!, dachte ich.

Man konnte sich tatsächlich kaum umdrehen. Aber immerhin schien es Jennys eigenes Reich zu sein.

Über dem Bett hing ein Foto, auf dem ein Paar abgebildet war, das am Ufer des Meeres stand. Jenny sah der hübschen Frau auf dem Foto, die ich auf etwa Mitte vierzig schätzte, erstaunlich ähnlich. Beide trugen Brillen. Ob Jenny deswegen den Wunsch hatte, Optikerin zu werden?

»Sind das deine Eltern?«, fragte ich.

»Ja … Sie arbeiten in Lissabon. Mein Vater als Schlosser und meine Mutter als Küchenhilfe. Hier auf Santiago haben sie keine Arbeit gefunden, deswegen mussten sie weggehen.«

»Seit wann denn?«

»Seit sechs Jahren. Meine Geschwister und ich sind bei Mama Blanca geblieben.«

Ich schluckte. Also waren Jennys Eltern nicht da gewesen, als sie damals, ausgerechnet einen Tag nach ihrem dreizehnten Geburtstag, den Fuß verlor.

»Mama und Papa verdienen dort so viel, dass sie uns immer etwas Geld schicken können. Deswegen kommen wir hier auch einigermaßen klar.«

»Seht ihr euch denn ab und zu?«, wollte ich wissen.

Jenny zuckte mit den Schultern.

»Im letzten Jahr war mein Vater zu Besuch hier, fast einen Monat lang. Und hat viel im Haus repariert. Er ist Omas jüngster Sohn.«

Mehr sagte sie nicht, und ich wusste darauf nichts zu sagen. Ein paar Sekunden lang schwiegen wir.

»Jenny? Ich muss mich jetzt leider auf den Weg machen, aber ich möchte mich ganz herzlich bei dir bedanken. Ich habe einen wundervollen Nachmittag gehabt«, sagte ich schließlich.

»Das freut mich. Danke noch mal. Für alles. Und auch für das Tanzen«, sagte sie. »Das war … etwas Besonderes für mich.«

»Für mich auch!«, beteuerte ich. »Und vergiss nicht, du kannst mehr schaffen, als du denkst! Du musst es zumindest versuchen!«

Sie nickte nur.

»Ich wünsche dir alles Gute Jenny. Und pass immer auf dich auf, ja?«

»Das werde ich … Darf ich dir noch etwas schenken?«

»Äh, wenn du möchtest, natürlich.«

Aus einer kleinen Schachtel, nach der sie offenbar vorhin gesucht hatte, holte sie eine Muschel.

»Ich habe sie vor ein paar Monaten am Strand gefunden«, erzählte sie.

Es war eine Fechterschnecke. Die kannte ich, weil ich selbst wahnsinnig gerne an Stränden entlanglief und Muscheln suchte. Und diese hier war ein besonders schönes Exemplar in zarten schimmernden Rosatönen und fast so groß, wie mein kleiner Finger.

»Die ist für dich. Als Dank und als Erinnerung an Santiago und uns alle hier. Gefällt sie dir?«

»Und wie! Sie ist … wunderschön. Aber den Tag heute hätte ich auch so nicht vergessen. Vielen Dank, Jenny«, sagte ich und überlegte fieberhaft, was ich ihr im Gegenzug schenken konnte.

Am liebsten hätte ich ihr alle Scheine in die Hand gedrückt, die ich in meiner Geldbörse hatte, um sie und ihre Familie damit für eine Weile zu unterstützen. Doch ich wollte nicht, dass sie das womöglich als Almosen ansah. Jenny war keine Taxifahrerin oder Bedienung, der ich ein besonders üppiges Trinkgeld zustecken konnte. Ihr einfach so Geld zu schenken könnte sie womöglich verletzen.

Warum ist das Leben manchmal nur so kompliziert?!, fragte ich mich und unterdrückte ein Seufzen. Doch mir kam bereits eine andere Idee.

Ich löste den Verschluss meiner feingliedrigen goldenen Kette mit einem Anhänger in Form einer winzigen Weltkugel, die ich im letzten Jahr bei einem Juwelier in Venedig im Schaufenster gesehen und spontan gekauft hatte. Für meine Verhältnisse war das Schmuckstück gar nicht teuer gewesen, aber für Jenny musste es ein kleiner Schatz sein.

»Als Erinnerung für dich an die rothaarige Frau, die gerade noch rechtzeitig bremsen konnte«, sagte ich mit einem breiten Lächeln.

Jenny winkte entschieden ab.

»Aber … aber nein, das kann ich nicht nehmen. Das ist doch viel zu kostbar!«, sagte sie rasch.

»Die Kette ist genauso kostbar, wie deine Muschel es für mich ist. Ich werde sie zukünftig als Anhänger an einem Lederband um den Hals tragen. Also tu mir bitte den Gefallen und nimm du dafür mein Geschenk«, beharrte ich.

»Ich weiß nicht.«

»Ach komm schon! Sonst kann ich deine Muschel auch nicht annehmen«, sagte ich, und schließlich gab sie nach.

»Vielen Dank, Zoe!«, murmelte sie, als ich ihr die Kette um den Hals legte und verschloss.

»Das ist ab jetzt dein ganz persönlicher Glücksbringer«, sagte ich.

»Danke … Und die Muschel soll dein Glücksbringer sein.« Ich nickte.

»Das wird sie!«

Jenny begleitete mich noch zum Wagen. Bevor ich jedoch einstieg, kam Mama Blanca aus der Tür des Hauses. Sie trug einen Kürbis in der Hand.

»Mama Blanca sagt, dass du jederzeit bei uns herzlich willkommen bist«, übersetzte Jenny für ihre Großmutter.

»Vielen Dank!«, sagte ich, auch wenn ich sicherlich in naher Zukunft nicht noch einmal auf die Kapverden reisen würde. Falls überhaupt.

Es war ein Abschied für immer. Das war nun einmal so beim Reisen. Man lernte tolle Menschen kennen, verbrachte eine schöne Zeit zusammen, und dann ging jeder wieder seines Weges.

Mama Blanca hielt mir den Kürbis entgegen und nickte auffordernd. Irritiert nahm ich ihn in die Hand. Er war schwerer, als er aussah.

»Was soll ich denn damit?«, fragte ich, wobei ich hoffte, dass das nicht unhöflich rüberkam. Vielleicht war das hier ja eine Art Brauch, den ich nicht kannte. Oder wollte sie mich damit zum Kochen bringen?

Plötzlich kam mir ein weiterer Gedanke. Soweit ich mich erinnerte, galt der Kürbis in verschiedenen Kulturen als Zeichen der Fruchtbarkeit. Sollte das Geschenk womöglich eine Anspielung auf meine Kinderlosigkeit sein, die vorhin kurz Thema war? Wollte sie mir mit dem Kürbis womöglich sogar sagen, dass ich immer noch eine Chance hatte, Mutter zu werden?

»Der Kürbis bedeutet Leben«, übersetzte Jenny die bedächtigen Worte ihrer Oma und bestätigte damit meine Vermutung.

»Obrigada, Mama Blanca!«, sagte ich deswegen nur und hätte sie in einer spontanen Regung am liebsten umarmt. Doch ich deutete nur eine respektvolle kleine Verbeugung an.

»Pass gut auf dich auf!«, ließ Mama Blanca mir noch von Jenny übermitteln.

»Werde ich. Alles Gute für euch und Gesundheit im neuen Jahr!«, wünschte ich, da mir in diesem Moment wieder einfiel, dass heute Silvester war.

»Obrigada!«

Als ich den Kürbis auf den Beifahrersitz legte, entdeckte ich auf dem Rücksitz meine Stola, die ich meist dabeihatte, um sie mir bei Bedarf schnell überzuwerfen, wenn es kühler oder windig wurde. Das Tuch war aus smaragdgrüner Seide mit eingestickten roten Seerosen. Ich griff danach und reichte es Mama Blanca.

»Bitte sag deiner Oma, dass es mir eine Ehre wäre, wenn sie den Schal als Geschenk und als Dank für die Gastfreundschaft behält.«

Mama Blanca sah etwas kritisch unter ihrer dicken Brille hervor, nahm den Schal jedoch und legte ihn sich um die Schultern. Dann lächelte sie breit.

»Sag ihr, er steht ihr großartig!«, rief ich, während ich rasch ins Auto stieg.

Ich startete den Wagen und fuhr los. Eine Weile noch sah ich die beiden im Rückspiegel, wie sie mir hinterherwinkten. Doch schließlich waren sie verschwunden. Das waren so nette Frauen, gerne hätte ich noch mehr Zeit mit ihnen verbracht und sie etwas besser kennengelernt.

Da ich keinen vernünftigen Empfang für das Autoradio hatte, drückte ich auf die Playlist mit der Gute-Laune-Musik auf meinem Handy und drehte ganz laut auf.

Ich fühlte mich beschwingt, fast heiter, mit nur einem kleinen Tropfen Wehmut im Herzen, diese besondere kleine Oase irgendwo im Nirgendwo mit diesen freundlichen Menschen zu verlassen, in die ich so völlig überraschend geraten war.

Ein paar Minuten später kam ich wieder an die Hauptstraße in Richtung Praia, von wo ich nur wenige Stunden zuvor gekommen war.

Als ich abbog, musste ich den Kürbis mit einer Hand festhalten, damit er nicht vom Sitz rollte. Ich lächelte. Über dieses Geschenk von Mama Blanca freute ich mich irgendwie, auch wenn ich nicht wusste, was ich damit anstellen sollte.

Im Handgepäck mit ins Flugzeug nehmen und zu Hause in Deutschland eine Suppe daraus kochen? Oder soll ich mir den Kürbis mit einem breiten Tuch um den Bauch binden und im Flugzeug so tun, als ob ich schwanger sei?

Ich musste über meine albernen Ideen lachen. Am Ende würde ich ihn wohl einem der Zimmermädchen im Hotel schenken.

Plötzlich fiel mir ein, dass ich ganz vergessen hatte zu fragen, ob ich vielleicht eine Kopie des Videos haben könnte, das

Donny vom Tanz aufgenommen hatte. Und überhaupt hätte ich Jenny meine Adresse und Handynummer geben können, damit wir Kontakt halten konnten. Wieso in Dreiteufelsnamen hatte ich das nicht gemacht?

Am liebsten wäre ich sofort zurückgefahren, um das nachzuholen, aber dafür hatte ich wirklich keine Zeit mehr. Ich könnte ja morgen noch mal einen Abstecher zu Jenny und Mama Blanca machen, wenn ich meinen Ausflug zum Kapokbaum in Assomada nachholte. Es lag ja ohnehin fast auf der Strecke.

Mit dem Gedanken, die Frauen morgen noch einmal zu sehen, drückte ich vergnügt aufs Gaspedal.

Inzwischen lief einer meiner Lieblingstitel: *Valerie* von Amy Winehouse.

Ich bewegte meine Lippen zum Text und tat so, als ob ich das Lied mitsingen würde: voller Inbrunst, aber lautlos. Dabei hatte ich das Gefühl, selbst so eine großartige Stimme zu besitzen wie die legendäre Sängerin.

Es herrschte nicht viel Verkehr, aber ein paar hundert Meter weiter vorn kamen mir auf der abfallenden Straße in einer langgezogenen Kurve zwei ziemlich breite Transporter entgegen. Ich fuhr zur Sicherheit etwas weiter an den rechten Straßenrand, griff nach dem Kürbis, damit er in der Kurve nicht vom Sitz rollte, und bremste ein wenig ab. Doch die runde Frucht rutschte mir aus der Hand und landete im Fußraum der Beifahrerseite.

»Mist!«, schimpfte ich.

Ich drosselte das Tempo noch weiter und beugte mich schräg nach unten, um den Kürbis zu erwischen und irgendwie wieder nach oben zu hieven, während ich mit der anderen Hand steuerte und auf den Gegenverkehr achtete.

Plötzlich gab es einen lauten Knall, der mit einem ohrenbetäubend schrillen Quietschen einherging. Mein Oberkörper, der immer noch zur rechten Seite gebeugt war, bekam einen Schlag vom Airbag der Beifahrerseite. Mir blieb die Luft weg, und ich schloss reflexartig die Augen. Glassplitter der Windschutzscheibe rieselten auf mich nieder. Gleichzeitig hatte ich das Gefühl, der Wagen würde fliegen. Was er womöglich tatsächlich tat, und zwar den Abhang hinunter. Alles drehte sich um mich, und irgendwann spürte ich einen heftigen Aufprall. Dann wurde es dunkel um mich herum.

Ich konnte nicht sagen, wie lange ich bewusstlos war. Vielleicht waren es nur Sekunden oder ein paar Minuten gewesen. Als ich die Augen vorsichtig wieder öffnete, stand das Auto etwas schräg, aber auf allen vier Rädern, ausgebremst von einem dichten Gebüsch, im Straßengraben. Ich hing zur Beifahrerseite gebeugt im straffgezogenen Sicherheitsgurt, der unangenehm gegen mein Schlüsselbein drückte. Auf der linken Seite sah ich in den blauen Himmel, was mich doch etwas irritierte.

Es dauerte eine Weile, bis ich realisierte, dass Teile des Daches und der Fahrertür fehlten. Mehr konnte ich von meiner Position aus nicht erkennen.

Meine Lippen waren klebrig, und als ich mit der Zunge darüberfuhr, schmeckte ich den metallischen Geschmack von Blut. Außerdem klingelten meine Ohren noch vom Lärm des Unfalls und dem Knall, als die Airbags sich geöffnet hatten. Ich hatte keine Ahnung, ob und wie schwer ich verletzt war. Schmerzen schien ich keine zu haben, was jedoch nicht unbedingt ein gutes Zeichen sein musste.

War's das jetzt?, fragte ich mich mit einer erstaunlichen Gelassenheit.

Ist das nun doch mein letzter Tag auf dieser Welt und nicht nur in diesem Jahr?

Bis auf die Blähungen, die ich den Bohnen und dem Kohl im Cachupa rica verdankte und die mich genau in diesem Moment ganz fürchterlich plagten, hätte dieser letzte Tag auf Erden gewiss sehr viel schlechter sein können – vom Ende mal abgesehen.

Ich bin auf einer herrlichen Insel und habe noch am Nachmittag mit meinen besten Freundinnen gesprochen. Außerdem habe ich rechtzeitig gebremst, um Jenny und dem Baby das Leben zu retten. Ich durfte danach tolle Frauen kennenlernen und ausgelassen mit ihnen tanzen und bin sogar auf einem Video verewigt. Ich habe in bester Gesellschaft gut gegessen, getrunken und gelacht – und einen Kürbis von Mama Blanca bekommen, dachte ich und versuchte zu lächeln, was nun doch ein wenig wehtat.

Der Kürbis … Mama Blanca … der Kürbis …

Kapitel 4

Dolce Vita und ein Plan

»Der Kürbis von dieser Mama Blanca hat dir das Leben gerettet?«, fragte Ilona ungläubig und nahm einen großen Schluck Bardolino.

Auch Anna sah mich zweifelnd an und schüttelte immer wieder fassungslos den Kopf.

Ich konnte es selbst kaum glauben. Der Silvestertag auf den Kapverden war nicht mein letzter Tag auf Erden gewesen. Nur knapp eine Woche nach dem Unfall saß ich nach meiner Rückkehr gestern früh mit meinen Freundinnen in unserer Lieblingspizzeria *Dolce Vita* in Prien am Chiemsee.

»Aber es war tatsächlich so«, beteuerte ich. »Ich habe mich genau in dem Moment nach dem Kürbis gebückt, als in der Kurve eine ungesicherte schwere Metallplatte seitlich vom entgegenkommenden Lastwagen rutschte und meinen Wagen auf der Fahrerseite aufgerissen hat. Wäre ich ganz normal am Steuer gesessen, hätte die scharfkantige Metallplatte mich zur Hälfte aufgeschlitzt oder womöglich sogar geköpft«, erklärte ich und unterstrich meine Schilderung mit eindeutigen Gesten.

Die Leute am Nebentisch schienen bei meinen Worten genau so den Atem anzuhalten wie Ilona und Anna.

»Mama Blanca sagte beim Abschied: *Der Kürbis bedeutet Le-*

ben. Wie auch immer sie das gemeint haben konnte, für mich hat er wirklich Leben bedeutet. Überleben.«

»Das ist echt irre«, murmelte Ilona.

»Und sehr erschreckend!«, sagte Anna.

»Schaut mal. So sah der Wagen danach aus«, sagte ich und zeigte meinen Freundinnen Fotos auf meinem Handy vom Unfallort und dem Auto. »Oder besser gesagt, das, was davon übrig geblieben ist.«

»Oh … mein … Gott!«, murmelte Ilona, und auch ich hatte beim Anblick des völlig demolierten und aufgeschlitzten Wagens wieder dieses flaue Gefühl im Magen.

»Das Auto hat sich einmal überschlagen, bevor es durch das Gestrüpp gebremst wurde. Die Männer, die mich rausgeholt haben, waren fassungslos, als sie bemerkten, dass ich ansprechbar war. Sie meinten, es sei ein absolutes Wunder, dass ich den Unfall überlebt habe.«

»Wenn ich das sehe, dann wird mir ganz schlecht«, sagte Anna und schob den Teller mit der halb aufgegessenen Pizza zur Seite.

Ilona schien auch schockiert zu sein, trotzdem hatte es ihr, im Gegensatz zu Anna, offenbar nicht den Appetit verschlagen. Sie spießte mit der Gabel einen mit Spinat gefüllten Tortellino auf und streute mit dem Löffel noch extra Parmesan darüber.

»Und du bist dir auch sicher, dass die im Krankenhaus nichts übersehen haben?«, hakte sie mit vollem Mund nach.

Ich griff an meine Halskrause. Nicht nur die Ärzte in der Klinik in Praia, in der ich die Silvesternacht verbringen musste, hatten mich gründlich untersucht, sondern zur Sicherheit auch die Kollegen in der Klinik in Prien gleich gestern nach meiner Rückkehr.

»Bis auf ein leichtes Schleudertrauma und ein paar harmlose Prellungen fehlt mir rein gar nichts, auch wenn mein Körper mit blauen Flecken in unterschiedlichen Farbschattierungen ziemlich wüst aussieht«, beteuerte ich. Und auch die Schwellung der aufgeplatzten Lippe war inzwischen kaum mehr zu sehen. »Die Halskrause kommt schon morgen ab.«

»Braucht ihr noch was zu trinken?«, unterbrach die Bedienung unsere Unterhaltung.

»Noch einen Bardolino bitte, Hedi«, bestellte Ilona und trank den letzten Rest aus, bevor sie ihr das leere Glas in die Hand drückte.

»Und für mich bitte noch mal einen Pinot grigio und ein Glas Wasser«, sagte Anna. »Und kannst du mir die Pizza bitte für später zum Mitnehmen einpacken? Ich schaffe sie leider nicht mehr.«

»Hat es dir denn nicht geschmeckt?«, fragte Hedi besorgt. Normalerweise ließ Anna nur selten etwas übrig.

»Doch, doch … ich hab nur heute nicht so viel Appetit«, beteuerte sie, und ich ahnte, dass ich es war, die ihr selbigen mit meinen Schilderungen verdorben hatte.

»Okay. Ich dachte nur, weil ja Ronaldo zurzeit Urlaub hat und, na ja, die Aushilfsköchin doch manches ein wenig anders zubereitet als er.«

Ronaldo war seit vielen Jahren Koch im *Dolce Vita* und hatte einen Narren an Anna gefressen. Auch wenn er verheiratet war – und zwar mit einer Frau von der extrem eifersüchtigen Sorte – und Anna seit Kurzem ebenfalls wieder glücklich verheiratet war, so bewunderte er sie doch aus seiner Küche heraus und warf ihr durch die Durchreiche schmachtende Blicke zu. Als besonderes Zeichen seiner platonischen Zuneigung belegte er ihre Pizzen immer ganz besonders liebevoll, fast wie kleine Kunstgemälde – während Ilona und ich nie in einen solchen Genuss kamen.

»Es war wirklich alles gut. Sehr gut sogar! Ein Kompliment an die Aushilfsköchin«, bekräftigte Anna.

»Dann bin ich froh. Ich richte es ihr aus«, sagte Hedi erleichtert. Da wir drei bei unseren regelmäßigen Besuchen im Lokal immer für ordentlichen Umsatz sorgten und außerdem beim Trinkgeld nicht geizten, war ihr unsere Zufriedenheit besonders wichtig.

»Bringst du mir noch eine Johannisbeersaftschorle, Hedi?«, bat ich.

Hedi nickte und verschwand mit der halben Pizza in Richtung Theke, um die Bestellung aufzugeben.

Auch wenn ich am liebsten mit meinen Freundinnen mit Wein und Ramazzotti auf mein Überleben angestoßen und heftig gefeiert hätte, so war es wohl doch vernünftiger, auf Alkohol zu verzichten, zumindest solange ich noch die Halskrause trug. Außerdem wollte ich etwas mit den beiden besprechen, und dafür brauchte ich einen klaren Kopf.

Ich aß das letzte Stück des butterzarten Lachsfilets, das ich auf einem bunten Salatbett und mit gebratenem Fenchel bestellt hatte.

»Du musst echt einen unfassbar guten Schutzengel haben, Zoe«, sagte Ilona währenddessen.

»Ob da einer überhaupt reicht?«, überlegte Anna. »Ich glaub eher nicht.«

»Ich auch nicht«, stimmte ich ihr zu. »Das muss ein ganzes Team gewesen sein.«

»Allerdings, und das nicht zum ersten Mal«, meinte Ilona mit Nachdruck. »Letzten Sommer hast du einen Herzinfarkt überlebt, und jetzt steigst du nach einem schweren Unfall so gut wie unversehrt aus einem Wagen, den man fast nicht mehr als solchen erkennen kann, wenn man sich diese Bilder anschaut.«

»Tja …«, mehr konnte ich nicht dazu sagen.

»Du bist dem Tod innerhalb von kurzer Zeit zweimal von der Schippe gesprungen«, resümierte Anna.

»Vielleicht bist du ja unsterblich?«, grübelte Ilona und sah mich mit einem etwas übertrieben ernsten Blick an.

»Du denkst, unsere Zoe hat Superkräfte?«, fragte Anna amüsiert. »Könnte es sein, dass du und Chris in letzter Zeit zu viele Marvel-Filme geschaut habt?«

»Möglich. Und deswegen bin ich umso mehr davon überzeugt: Zoe ist eine rothaarige Superheldin!«

»Aber klar doch!«, stimmte ich ihr zu und verdrehte leicht die Augen.

»Sollen wir es mal testen?«

Ilona griff nach ihrer Gabel, und bevor ich ahnte, was sie vorhat, pikte sie mich in den Unterarm. Dabei grinste sie schelmisch.

»Geht's noch?!«, rief ich und zog den Arm weg, auch wenn ich durch den Pulli hindurch kaum was gespürt hatte. Trotzdem musste ich natürlich lachen, genau wie Anna und Ilona, während die Leute am Nachbartisch gebannt unsere doch leicht verrückte Unterhaltung verfolgten.

»Die drei sind spannender als jedes Fernsehprogramm«, hörte ich einen älteren Herrn zu seiner Frau sagen, die zustimmend nickte.

Ich verkniff mir ein Grinsen.

»Das war ohnehin kein aussagekräftiger Test«, erklärte Ilona indes.

Ich nahm ihr vorsichtshalber das unbenutzte Messer weg und legte es außerhalb ihrer Reichweite.

»Damit du nicht noch auf drastischere Ideen kommst, auch wenn ich keine Ahnung habe, welche Superkräfte du damit testen willst«, erklärte ich.

»Mir fällt bestimmt noch etwas viel Besseres ein«, versprach sie. »Warte nur ab.«

»Willst du mich später vielleicht noch vor den Nachtzug schubsen, um zu sehen, ob ich auch das überlebe?«

»Also das wäre …«

»Hört auf! Sofort!«, unterbrach Anna unser morbides Gespräch streng. »Darüber kann ich nicht lachen! Und ich kann definitiv darauf verzichten, dass Zoe noch einmal in irgendeine gefährliche Situation gerät.«

»Ach komm, wie langweilig«, feixte ich.

Doch sie meinte es offenbar ernst.

»Lieber langweilig als noch mal so ein Silvester voller Angst um dich. Ich habe mir die schlimmsten Dinge ausgemalt, als du nicht wie vereinbart angerufen hast!«, sagte sie, und ich konnte spüren, dass ihr der Schreck nach wie vor in den Gliedern steckte.

»Ich war mir sicher, dass dir etwas passiert ist, Zoe!«, sagte sie.

»Womit du ja nicht falschlagst«, gab Ilona ihr recht. »Im Übrigen hast du auch mein Silvester total versaut, wenn ich das mal anmerken darf.«

Sie sah mich tadelnd an.

»Ich musste nicht nur Anna beruhigen, sondern auch mich selbst, nachdem wir dich am Handy nicht erreichen konnten und uns auch im Hotel niemand sagen konnte, wo du bist! Das alles musste ich dann auch noch vor den anderen verheimlichen, damit die zumindest einen unbeschwerten Jahreswechsel erleben konnten. Bei Chris hat das natürlich nicht funktioniert. Der kennt mich inzwischen schon ziemlich gut. Und bei Lotte hat es auch nicht geklappt.«

Lotte war eine etwas wild aussehende, riesige irische Wolfshündin mit einer Seele aus Gold, die bei Chris auf dem Hof in der Toskana lebte.

»Sie ist keinen Meter von mir gewichen, bis ich mich wieder entspannt hatte, als am nächsten Morgen die Nachricht von dir kam, dass du einen *kleinen* …«, sie setzte das letzte Wort mit den Händen in Anführungsstriche, »… und ganz *harmlosen* Unfall hattest.« Ihr Blick war ernst geworden.

»Was, wie wir seit heute Abend wissen, die Untertreibung des Jahrhunderts war!«, setzte Anna noch vorwurfsvoll hinzu. »Mach sowas bloß nie wieder!«

»Tut mir leid. Ich wollte euch nicht unnötig beunruhigen«, sagte ich, ehrlich zerknirscht, dass die beiden sich solche Sorgen um mich gemacht hatten. »Aber der Akku meines Handys war nach dem Unfall leer. Und im Krankenhaus waren die Ärzte die halbe Nacht lang damit beschäftigt, mich auf innere Verletzungen zu untersuchen und alle möglichen Tests zu machen. Den Jahreswechsel hab ich in der Röhre beim MRT verbracht.«

Auch Holly, mit der ich eigentlich gemeinsam zur Silvester-Gala gehen wollte, war sehr besorgt gewesen, weil ich von meinem Ausflug nicht zurückgekommen war, und stand in den frühen Morgenstunden plötzlich neben dem Bett in meinem

Krankenhauszimmer. Irgendwie hatte sie es geschafft, mich ausfindig zu machen, und die Schwester am Empfang dazu gebracht, ihr meine Zimmernummer zu verraten. Auch sie war meinetwegen völlig anders ins neue Jahr gerutscht, als sie es sich ausgemalt hatte.

Die Tage bis zu meiner Abreise hatte sich die rüstige Bloggerin rührend um mich gekümmert und mich sogar zum Flughafen begleitet, um mir mit dem Gepäck zu helfen. Wegen der Halskrause und den Schmerzen durch die Prellungen war ich in meinen Bewegungen durchaus ein wenig eingeschränkt gewesen.

»Wenn du jemals einen Reisebericht über das Chiemgau machen möchtest oder einfach mal so in meine Gegend kommst, bist du immer herzlich bei mir eingeladen, Holly«, hatte ich ihr gesagt und sie umarmt.

»Mittendrin steh ich in deiner Tür!«, versprach sie mit ihrem typisch gackernden Lachen, das so herrlich ansteckend war.

Damit hatten wir uns verabschiedet, und ich war ins Flugzeug gestiegen. Ohne Mama Blancas Kürbis im Handgepäck. Wo der abgeblieben war, wusste ich nicht. Vielleicht hatte ihn einer der Lastwagenfahrer, die mir nach dem Unfall aus dem Auto geholfen hatten, mit nach Hause genommen. Ich hoffte zumindest, dass irgendjemand ein leckeres Gericht aus meinem Lebensretter gemacht hatte.

»Hallo? Erde an Superheldin? Noch da?«, riss Ilona mich aus den Gedanken und wedelte mit der Hand vor meinem Gesicht. Ich hatte, wie ich jetzt feststellte, nicht einmal registriert, dass die bestellten Getränke bereits serviert worden waren.

»Entschuldigt«, sagte ich. »Mir geht gerade so viel durch den Kopf.«

»Verständlich, dass du ein wenig durch den Wind bist!«

»Bitte seid mir nicht mehr böse. Und können wir vielleicht über was anderes reden?«, bat ich.

»Okay.« Ilona nickte.

»Na gut!«, meinte auch Anna und griff nach der Eiskarte, um sich Luft zuzufächeln.

Noch immer hatte die Arme mit lästigen Hitzewellen zu kämpfen, die sie wie aus heiterem Himmel überfielen.

»Wenn das noch länger so weitergeht, dann werden die Wechseljahre bei dir noch zu einem Wechseljahrzehnt«, sagte Ilona, die Annas rote Wangen offensichtlich auch bemerkt hatte.

»Schade, dass man diese bescheuerten Hitzewallungen nicht irgendwie in alternative Energien umwandeln kann«, brummte Anna. »Dann würde es wenigstens irgendeinen Sinn machen.«

»So wie du glühst, könntest du damit sicher völlig klimaneutral einen kleinen Taschenventilator betreiben«, sagte ich, und wir lachten bei dieser Vorstellung.

Hach, es war schön, wieder in der Gesellschaft meiner Freundinnen zu sein!

»Aber jetzt erzählt ihr beiden doch mal. Was hat sich bei euch denn so alles getan, während ich weg war?«, fragte ich. »Schließlich dreht sich die Welt ja glücklicherweise nicht nur um mich!«

»Wow – hast du dir den Kopf etwa doch stärker angestoßen?«, stichelte Ilona.

Ich boxte sie leicht in die Seite.

»Verrate mir lieber, wie es mit dir und deinem Chris läuft. Wirst du denn nun demnächst in die Toskana ziehen, oder kommt er hierher an den Chiemsee?«

Ilona schüttelte den Kopf.

»Weder noch. Wir finden es beide eigentlich gut so, wie es gerade läuft«, sagte sie. »Weder will er sein Leben als Biobauer in der Toskana aufgeben, das er sich erst vor Kurzem aufgebaut hat, noch schaffe ich es, mich schon von meinem Delikatessenladen zu trennen. Aber da Ben immer mehr Aufgaben in meinem Laden und beim Catering übernimmt, kann ich mir öfter auch mal längere Auszeiten bei Chris gönnen.«

Ben war der Bruder von Annas Schwiegersohn Timo und ein begnadeter Koch. Seitdem er sich von seinem langjährigen Freund getrennt hatte, arbeitete er in Ilonas Delikatessenladen mit und zog nicht nur seiner Kochkünste wegen neue Kundschaft an. Er sah nämlich auch unverschämt gut aus.

Ich merkte, dass ich gedanklich schon wieder abschweifte, und konzentrierte mich auf Ilona.

»Chris beliefert immer mehr Kunden in Bayern mit den Bio-Produkten vom Hof«, fuhr sie fort. »Er hat letzte Woche einen neuen Transporter gekauft. Einmal im Monat fährt er zukünftig die Ware persönlich hierher in die Gegend. Auch ich krieg meine Bestellungen auf diese Weise.«

»Dann gibt es also Lieferservice mit gewissen Extras?«, feixte ich.

»Äh, genau«, sagte Ilona, und ich musste mir ein Grinsen verkneifen, als ich bemerkte, wie ihre Wangen sich tatsächlich leicht röteten.

»Dann wird er jedenfalls immer ein paar Tage bei mir dranhängen«, fuhr sie rasch fort. »Ansonsten fahre ich einfach immer wieder mal über ein langes Wochenende mit dem Nachtzug bequem nach Florenz, wo Chris mich dann am Morgen am Bahnhof abholt, so wie wir es über die Feiertage auch gemacht haben. Tja – und zwischendrin gibt es eben Telefonate und lange nächtliche Videogespräche.«

»Du meinst heißen Online-Sex!?«, fragte ich scheinheilig.

»Blöde Kuh!«, fuhr sie mich an. »Wir arrangieren uns einfach so gut wie möglich mit den Gegebenheiten.«

»So kann man es auch nennen!« Ich zwinkerte vergnügt.

»Also, ich könnte mir das inzwischen nicht mehr vorstellen«, mischte sich Anna wieder ins Gespräch. »Immer wieder von Paul getrennt zu sein. Ich vermisse ihn schon, wenn er beruflich nur mal ein paar Tage unterwegs ist.«

Doch Ilona zuckte nur mit den Schultern.

»Ach was. Momentan ist es für uns perfekt. So bleibt es auch richtig spannend, und die Vorfreude ist jedes Mal riesig. Vorerst lassen wir es jetzt mal so laufen. Und wenn uns das irgendwann nicht mehr reicht, dann können wir uns immer noch was anderes überlegen. Außerdem kennen wir uns jetzt auch noch gar nicht sooo lange und müssen uns schließlich erst noch richtig beschnuppern, bevor wir so weitreichende Entscheidungen treffen.«

»Aha. Beschnuppern!« Ich konnte es einfach nicht lassen. Doch Ilona grinste nur.

»Das klingt doch vernünftig. Und ich bin ja ehrlich gesagt schon ein wenig froh darüber, dass du nicht ganz nach Italien verschwinden willst«, beteuerte Anna und trank einen Schluck Wein.

»Es wäre tatsächlich ein wenig fad, so ganz ohne dich hier«, stimmte ich zu. »Du würdest mir fehlen!«

»Wer bist du, und was hast du mit Zoe gemacht?«, fragte Ilona mit gespielt ernstem Blick.

»Zoe? Wer ist Zoe?«, fragte ich zwinkernd.

»Ach, nur so ein flachbrüstiges Klappergestell, das mir eben-falls fehlen würde«, erklärte Ilona. »Prost!«

Wir stießen mit unseren Getränken an.

»Wie geht es eigentlich Leo?«, fragte ich nun Anna.

Leo war ihre ältere Tochter und hieß eigentlich Leonie.

»Gut. Sie ist inzwischen im zweiten Drittel, und die anfäng-liche Schwangerschaftsübelkeit ist wie weggeblasen«, erklärte Anna.

»Ich kann es immer noch nicht glauben, dass du bald Oma wirst«, sagte ich.

»Ich auch nicht«, sagte Anna. »Aber Anfang Juli ist es so weit, wenn hoffentlich alles gut geht.«

Ich räusperte mich. Jetzt war wohl der richtige Zeitpunkt für ein Gespräch, das ich in den letzten Tagen im Kopf sicherlich Hunderte Male durchgegangen bin.

»Hört mal, weil wir gerade bei dem Thema sind. Es gibt da etwas, das ich euch sagen möchte«, begann ich.

»Moment bitte …!« Anna griff in ihre Handtasche, aus der ein leises Brummen zu hören war.

»Ja, hallo, Mama?«, meldete sie sich. »Was ist los?«

Annas Mutter Mina sprach so laut, dass wir sie auch ohne Lautsprecher hören konnten.

»Stell dir vor, seit zwei Stunden suche ich nach Conny. Ich dachte, sie wäre bei der Kälte und dem Schnee immer noch draußen, und hab mir Sorgen gemacht. Aber weißt du, wo ich sie eben gefunden habe?«

»Wo denn, Mama?«, fragte Anna.

»Im Badezimmer im Waschbecken. Da schläft sie tief und fest. Mei, das schaut so süß aus!«, schwärmte sie.

»Das glaub ich.«

»Deswegen will ich dir unbedingt ein Foto von ihr schicken, wie sie da liegt, aber ich finde mein Handy nicht. Weißt du zufällig, wo das sein könnte?«

»Äh, ja. Ich vermute mal, du hältst es in deiner Hand, Mama. Weil du mich damit gerade angerufen hast«, sagte Anna ruhig.

Für ein paar Sekunden blieb es still in der Leitung.

»Mama?«

»Ja! Du hast recht.« Mina lachte kurz auf. »Ich halte es ja tatsächlich in der Hand. Entschuldige die Störung Anna. Manchmal bin ich ein richtiger Depp!«

»Ach was. Das bist du nicht! Ich hatte letztens wieder zwei Lesebrillen auf. Eine auf dem Kopf und eine auf der Nase und habe gleichzeitig nach der Brille gesucht. Also mach dich bitte nicht verrückt. So etwas kann uns allen passieren. Und ich bin schon gespannt auf das Foto von Conny.«

»Ich schicke es dir gleich. Und dann poste ich es noch auf Instagram. Viel Spaß noch, und grüß Ilona und Zoe von mir.«

»Grüße zurück«, sagten Ilona und ich gleichzeitig.

»Hast du gehört? Sie lassen dich auch grüßen. Gute Nacht, Mama!«

Anna legte auf. Ich bemerkte ihren besorgten Blick.

»Alles gut?«, fragte ich.

»Ja. Nur … nur ab und zu hat sie wieder diese Momente, in denen sie vergesslicher wirkt als sonst. So wie im vergangenen Frühjahr schon mal.«

»Aber damals ging es ihr doch bald besser, nachdem der Arzt ihr geraten hatte, mehr zu trinken, oder?«

»Ja. Ich glaube, ich muss wieder mehr aufpassen, wie viel Flüssigkeit sie den Tag über zu sich nimmt.«

»Trotzdem finde ich, dass Mina für ihr Alter ziemlich rüstig ist und auch noch viel jünger ausschaut. Vielleicht erwartet man deswegen von ihr, dass sie immer total fit sein muss. Dabei darf man mit sechsundsiebzig Jahren wirklich auch mal was vergessen, oder?«, meinte Ilona.

»Das sehe ich auch so. Und das Handy mit dem Festnetztelefon zu verwechseln ist mir auch schon mal passiert«, gestand ich.

»Mir auch«, beteuerte Ilona.

»Außerdem kann man mit kaum jemandem so herrlich politisieren wie mit deiner Mutter«, fügte ich hinzu. »Sie kennt die Ergebnisse jedes Fußballspiels der Bundesliga, schneidert und ändert nach wie vor für die Familie und Freunde Klamotten, postet witzige Fotos und Videos auf Instagram, und an ihren selbstgemachten Eierlikör kommt eh niemand ran. Einzig, dass sie nicht mehr so gut hört, aber vielleicht ist das ja manchmal ein Segen. Also, wenn wir drei in Minas Alter auch noch so toll drauf sind, dann dürfen wir echt Halleluja singen«, sagte ich.

Anna wirkte plötzlich ein wenig erleichtert. »Ich glaube, ich mache mir mal wieder zu viele Sorgen.«

»Wie immer halt«, meinte Ilona, und ich nickte zustimmend. »Das bist eben du!«

Anna lächelte. »Danke, dass ihr mich immer wieder herunterholt.«

»Das ist ja schließlich unser Job«, erklärte Ilona.

In diesem Moment kam das Foto der Katze an, und Anna hielt uns das Handy hin.

»Was für eine tolle Aufnahme. Mina ist wirklich noch fit. Sicher wird sie das Bild gleich auf Instagram posten!«, sagte ich, da ich Annas Mutter auf ihrem Social-Media-Account folgte und ihre erstaunlich guten und vielfältigen Schnappschüsse sehr mochte.

»Stimmt. Instagram ist ihr neuestes Hobby. Und sie hat schon fast so viele Follower wie Emma.«

»Das wundert mich nicht. Am Ende wird sie noch eine richtige Influencerin«, prophezeite ich mit einem Schmunzeln.

Anna kicherte.

»Und was wolltest du uns eigentlich erzählen, Zoe?«, fragte Ilona, die kein großer Fan von Social Media war.

»Stimmt. Du wolltest uns ja was Wichtiges mitteilen.«

Durch den Anruf von Mina war ich ein wenig aus dem Konzept gekommen. Ich atmete einmal tief durch.

»Also, ich weiß gar nicht, wie ich das am besten sagen soll.« Plötzlich hatte ich eine gewisse Scheu, es auszusprechen.

»Am besten frei von der Leber weg!«, riet Anna und fächelte sich mal wieder Luft zu.

»Na gut. Es geht darum: Ich habe beschlossen, ein Kind zu bekommen!«, sagte ich dann so ruhig wie möglich, obwohl mein Herz inzwischen wild klopfte.

Die beiden sahen mich verdutzt an.

»Du hast jemanden kennengelernt?«, fragte Ilona.

»In deinem Urlaub? Oder hier in Prien? Warum hast du uns das denn nicht gesagt?«, wollte Anna wissen.

Ich wollte den Kopf schütteln, doch die Halskrause bremste mich aus.

»Nein. Ihr versteht das falsch. Es gibt keinen neuen Mann«, beteuerte ich deswegen. »Aber genau das ist der Punkt. Ich werde auch nicht mehr auf einen warten. Letztlich habe ich in den vergangenen Jahren viel zu viel Zeit damit verplempert, einen passenden Partner zu finden. Und ihr wisst ja, was für Desaster ich dabei erlebt habe.«

Beide nickten mitfühlend, aber gleichzeitig auch gespannt.

»Vielleicht gibt es den richtigen Mann ja auch gar nicht für mich.«

»Ach komm, Zoe, schau doch, wie das bei uns ganz plötzlich passiert ist, obwohl Ilona und ich im letzten Jahr noch …«, unterbrach Anna mich, doch ich winkte ab.

»Schon gut, Anna. Ich freue mich für euch beide, dass ihr so tolle Partner gefunden habt, aber ich habe mit dem Thema Männer erst einmal abgeschlossen. Das macht mir auch gar nichts aus. Wirklich nicht.«

Ich nahm kurz einen Schluck Schorle und fuhr dann fort:

»Das, was mir auf den Kapverden passiert ist, und auch schon dieser Herzinfarkt letzten Sommer haben mir klargemacht, dass ich meine Träume und Wünsche nicht mehr länger aufschieben darf. Wenn ich ein Kind möchte – und je länger ich darüber nachgedacht habe, umso mehr ist mir bewusst geworden, dass ich genau das will –, dann muss ich etwas tun. Und zwar jetzt!«

»Jetzt?«, fragte Ilona.

»Na ja … nicht gerade gleich heute jetzt«, sagte ich. »Aber eben so bald wie möglich. Denn es ist allerhöchste Eisenbahn, und ich darf keine Zeit mehr verlieren.«

»Verstehe. Und was genau hast du vor?«, wollte Anna wissen.

»Einen One-Night-Stand?«, spekulierte Ilona.

»Nein, es ist eigentlich ganz einfach. Ich werde in eine Klinik gehen und lasse eine Insemination machen«, erklärte ich mit einem Lächeln.

»Eine was bitte?«, fragte Ilona.

»Du willst dich künstlich befruchten lassen?«, fragte Anna perplex.

Kapitel 5

Das Leben ist ein Wunschkonzert

Drei Wochen später saß ich mit dem Bohrer in der Hand neben einem panisch dreinblickenden Patienten.

»Bitte Herr Rixner, wenn Sie wieder ohne Schmerzen essen wollen, dann müssen Sie jetzt den Mund öffnen, damit ich Ihnen helfen kann«, sagte ich so ruhig wie möglich.

Der fünfundvierzigjährige Malermeister, der zum ersten Mal als Patient in meiner Praxis war, kniff die Augen und den Mund fest zusammen und schüttelte mit verneinenden Lauten den Kopf.

Anna und ich warfen uns genervte Blicke zu.

Es war schon schwierig genug gewesen, ihn dazu zu bringen, den Mund zu öffnen, um ihm die Spritze zu geben. Doch nachdem die Wirkung eingesetzt hatte, redeten wir schon seit mehr als zwanzig Minuten mit Engelszungen auf den Mann ein, der meinen Zeitplan inzwischen gehörig durcheinandergebracht hatte. Was ich überhaupt nicht mochte. Ich legte Wert darauf, dass meine Patienten keine langen Wartezeiten hatten. Vermutlich deswegen, weil ich es selbst nicht leiden konnte, unnötige Zeit in Wartezimmern zu verplempern. Dafür räumte ich sogar täglich einen ordentlichen Puffer ein, um eventuelle Notfälle wie Herrn Rixner einzuschieben und mir trotzdem genügend

Zeit für jeden Patienten nehmen zu können, ohne dass Leute lange warten mussten. Außerdem hatte ich nichts dagegen, wenn es zwischen den Behandlungen mal eine kurze Pause gab, in der ich den Papierkram erledigte oder mit Anna und Oxana am Empfang einen Kaffee trank. An diesem Nachmittag hatte es jedoch schon vor Herrn Rixner zwei Notfallpatienten gegeben, somit war mein Puffer längst ausgereizt. Dabei war es heute besonders wichtig, dass Anna und ich pünktlich aus der Praxis kamen. Wir hatten uns für den Abend bei Ilona verabredet, um alle Neuigkeiten und mein weiteres Vorgehen in Sachen *Baby* zu besprechen. Und nebenbei würden wir eine Auswahl von neuen Gerichten verkosten, die Ilona und Ben zukünftig in ihr Catering-Angebot aufnehmen wollten. Ein perfekter Abend also, der vor uns lag. Wenn Herr Rixner nur endlich seinen Mund aufmachen würde!

»Herr Rixner. Schauen Sie, die Spritze haben wir Ihnen doch schon verabreicht! Sie werden die Behandlung überhaupt nicht spüren. Versprochen! Und es geht ganz sicher sehr viel schneller, als Sie denken!«, versuchte Anna, ihn einfühlsam zu überzeugen. Mit ihrer ruhigen, mütterlichen Art hatte sie schon viele Patienten dazu gebracht, sich etwas zu entspannen. Doch an Herrn Rixner biss auch sie sich die Zähne aus.

Er machte keine Anstalten, den Mund zu öffnen.

»Ich fürchte, es hat keinen Zweck, Anna«, sagte ich schließlich und stand auf.

Immerhin öffnete er die Augen wieder.

»Wissen Sie was? Am besten besorgen Sie sich in der Apotheke ein richtig gutes Schmerzmittel«, schlug ich freundlich vor. »Denn eines kann ich Ihnen mit Sicherheit versprechen: Die Schmerzen, die Sie schon seit Tagen quälen und Sie hierhergeführt haben, werden ganz bestimmt nicht von selbst vergehen. Alles Gute, Herr Rixner!«

Ich streifte die Handschuhe und den Mundschutz ab und warf sie in den Mülleimer.

»Büüde wartn Schhie!«, rief er mir hinterher, von der Betäubung beim Sprechen beeinträchtigt. Aber ich verließ das Behandlungszimmer. Ich hatte durchaus Verständnis für seine Ängste, aber aus langjähriger Erfahrung ging ich nicht davon aus, dass er sie heute noch überwinden würde. Dafür hatte er sich zu sehr hineingesteigert. Fast wie ein Kind, nur ohne zu heulen, das im schlimmsten Fall um sich schlug oder mich in den Finger biss, wenn es den Mund schließlich doch aufmachte. Wenn ich jetzt zurückging, würde der Zirkus vermutlich nur wieder von vorne losgehen. Das wollte ich ihm und mir ersparen. Außerdem würde die Wirkung der Spritze bald nachlassen.

Er würde nach Hause gehen, sich ein oder zwei Tage lang mit Schmerztabletten über Wasser halten und dann doch wieder auftauchen, weil er es nicht mehr aushielt. Entweder bei mir oder einem Kollegen.

»Bei dem hat es aber lange gedauert«, flüsterte Oxana in ihrem unüberhörbaren russischen Akzent, als ich zu ihr an die Anmeldung trat.

»Dabei haben wir bei ihm außer der Spritze noch gar nichts gemacht«, sagte ich leise.

»Oje … Verstehe. Der kam mir gleich so ängstlich vor.«

»Wir haben echt versucht, unser Bestes zu geben … Nun ja. Machen wir weiter. Wer kommt als Nächstes?«

»Mia Garber. Sie sitzt schon in Behandlungsraum zwei und wartet.«

»Ach, die Musiklehrerin ist heute da«, sagte ich erfreut. »Dann kann ich sie gleich fragen, wann das nächste Konzert stattfindet.« Ich mochte die sympathische junge Lehrerin, die mit ihren Schülern regelmäßig beachtlich gute Konzerte in Prien aufführte, und ließ mir selten eine ihrer Vorstellungen entgehen.

»Ich gehe schon mal auf einen kleinen Plausch zu ihr, bis Anna so weit ist. Und Oxana, wenn Herr Rixner rauskommt, sag ihm bitte, er kann morgen gerne noch mal kommen, wenn er möchte. Ich plane mir dann mehr Zeit für ihn ein.«

»Mache ich.«

Ich war schon auf dem Weg zur nächsten Patientin, da steckte Anna den Kopf aus der Tür.

»Zoe? Herr Rixner wäre dir sehr dankbar, wenn du ihn doch noch heute behandeln würdest. Er ist jetzt so weit«, sagte sie.

»Wirklich?«

»Ganz bestimmt!«

»Na gut.«

Ich warf einen kurzen Blick ins Zimmer zu Frau Garber und bat sie noch um etwas Geduld.

Genau neun Minuten später verließ Herr Rixner die Praxis. Unbehandelt. Und mit hochrotem Kopf. Ich hatte es ja geahnt. Immerhin hatte er sich einen neuen Termin für den nächsten Tag geben lassen. Ich seufzte. Hoffentlich konnte er seine Angst morgen überwinden, sonst würden Anna und ich eine Wiederholung der letzten Stunde erleben.

Als wir am Abend in Ilonas gemütlichem Wohnzimmer saßen, waren jegliche Gedanken an meine Arbeit vergessen.

»Die in Bierteig gebackenen Kartoffel-Gemüsetaler mit einem Klacks Süßer-Senf-Mayo auf einem Salatbettchen waren schon mal richtig lecker!«, sagte Anna zu Ben, als der ein weiteres Tablett mit Testgerichten fürs Catering auf den Tisch stellte.

Ich nickte zustimmend, auch wenn in Fett gebackenes Essen selten auf meinem Speiseplan stand, weil es mir oft etwas schwer im Magen lag. Aber diese Häppchen waren so schmackhaft, da konnte selbst ich nicht widerstehen.

»Danke … die Idee stammt von Ilona. Und das hier sind jetzt ganz leicht angegrillte Minipaprika, gefüllt mit hauchdünn geschnittenem Tafelspitzsalat mit roten Zwiebeln, in einem Schälchen aus geröstetem Brot, mit einem Krönchen aus Meerrettich-Baiser.«

Mir lief das Wasser im Mund zusammen.

»Wow – das sieht ja echt toll aus«, schwärmte ich und schnappte mir gleich eine Portion. Und auch Ilona und Anna griffen zu.

Ben sah uns erwartungsvoll an.

»Wow«, murmelte Anna mit vollem Mund.

»Super! Die nehmen wir auf alle Fälle in unsere Angebotsliste auf!«, sagte Ilona und nickte dazu.

»Und wie schmeckt es dir, Zoe?«, fragte er.

»Gigantisch! Ich glaube, da werde ich eure Hauptabnehmerin!«, beteuerte ich und griff bereits nach einem weiteren Häppchen.

»Danke. Das freut mich!«, sagte er. »Übrigens Zoe, deine neue Kette gefällt mir sehr! Hast du die auf den Kapverden gekauft?«

Ich griff an die Fechtermuschel, die an einem Lederband um meinen Hals hing. Ich hatte selbst in der Praxis ein feines Loch in die Muschel gebohrt, damit ich sie tragen konnte.

»Das war ein Geschenk, das Jenny, ein Mädchen auf Santiago, mir zum Abschied gegeben hat«, sagte ich.

»Etwa die Enkelin dieser Mama Blanca?«, fragte er, da er inzwischen natürlich die Geschichte meines Unfalls kannte und von dem Kürbis wusste, der eine so große Rolle für mein Überleben gespielt hatte.

»Ja.«

»Es war wirklich ein ganz besonderer Nachmittag dort«, schwärmte ich, da fiel mir etwas ein. »Ach, Mensch, ich habe ja das Rezept ganz vergessen.«

»Welches Rezept?«, fragte Ben neugierig.

»Das ist so eine Art Nationalgericht … Cachupa. Ein ziemlich würziger Eintopf … Moment …«

Ich suchte im Handy nach der Anleitung.

»Hier ist es. Das hab ich extra für Emma mitgebracht. Und natürlich auch für dich!«, fügte ich hinzu.

»Super! Schickst du es mir?«, bat Ben.

»Mach ich … Und du gibst das Rezept bitte an Emma weiter. Wo ist sie denn heute überhaupt?«

Annas jüngere Tochter half auch ab und zu in Ilonas Laden aus, und ich war davon ausgegangen, dass sie ebenfalls hier dabei sein würde.

»Sie hat Bandprobe mit Crazyblubb«, sagte Ben. »Die konnte sie nicht ausfallen lassen.«

»Und zwar mal wieder bei uns im Keller!«, fügte Anna mit einem Seufzen hinzu. »Ich bin fast ein wenig froh, nicht daheim zu sein.«

»Ach komm, die spielen doch gut!«, sagte ich.

»Aber erst, wenn sie die Songs richtig eingeübt haben. Ihr habt ja selbst schon mitgekriegt, wie das anfangs oft aus dem

Keller schallt«, meinte Anna, und wir nickten verständnisvoll. Gut, dass Mina, die in der Einliegerwohnung des Hauses lebte, schwerhörig war.

»Ich werde das Cachupa mit Emma gemeinsam ausprobieren und euch zum Essen einladen!«, versprach Ben, während er das Rezept überflog, das ich inzwischen an ihn weitergeleitet hatte.

»Hört sich jetzt schon lecker, wenn auch ziemlich rustikal an.«

»Ja, als rustikal kann man es wirklich bezeichnen, aber es schmeckt echt toll … Ach, es hätte euch allen dort sicher auch gefallen. Die Frauen haben sogar ein Tanz-Video für diese Jerusalema-Challenge aufgenommen.«

Wehmütig dachte ich daran, dass ich wegen des Unfalls keine Möglichkeit mehr gehabt hatte, Jenny und Mama Blanca noch einmal zu besuchen und ihnen meine Adresse und Handynummer zu geben.

»Und kann man das Video im Internet sehen?«, fragte Ben neugierig.

»Im Internet?«

»Na ja. Die werden das doch wohl gemacht haben, um das Video auf YouTube hochzuladen!«

»Aber natürlich!«

Am liebsten hätte ich ihn für diese Erkenntnis umarmt. Warum war ich nicht selbst darauf gekommen? Womöglich hatte mich der Unfall doch mehr aus der Bahn geworfen, als ich mir eingestehen wollte. Zudem waren meine Gedanken seit meiner Rückkehr mit ganz anderen Dingen beschäftigt gewesen.

»Such doch mal!«, forderte Anna mich auf, und ich griff sofort wieder nach meinem Handy. Innerhalb weniger Sekunden hatte ich das Video tatsächlich gefunden und drückte auf Play.

Meine Freundinnen und Ben quetschten sich an mich, um auch einen Blick auf das Display zu erhaschen.

Ich war aufgeregt, als ich Mama Blanca und die Frauen sah, die sich zu den ersten Takten der eingängigen Musik lächelnd mitbewegten.

»Das bist ja du!«, rief Ilona plötzlich, und tatsächlich war nun auch ich zu sehen, wie ich mit den Frauen tanzte. Ausgelassen und unbeschwert. Und schließlich kamen auch die Kinder und Jenny auf ihren Krücken dazu. Es wurden immer mehr Menschen, die tanzten. Wir lachten, als ich mit den Kindern auf einem Bein hüpfte und dabei fast das Gleichgewicht verloren hätte. Es hatte sich gelohnt, dass Donny mehrere Aufnahmen gemacht hatte, die hatte er jetzt nämlich zu einer tollen XL-Version zusammengeschnitten. Zum Ende hin waren dazwischen immer wieder einige ganz kurze Szenen zu sehen, wie die Kinder Fußball spielten und wie wir alle gemeinsam beim Essen saßen und uns lachend unterhielten. Dabei hatte ich gar nicht mitbekommen, dass er da noch weiter gefilmt hatte.

Am Ende grinste eines der Kinder breit in die Kamera, und ich war ganz bewegt, als ich an diesen besonderen Tag zurückdachte.

»Ach, wie toll ist das denn!«, rief Ben und drückte mich in einer spontanen Regung fest an sich. Auch Ilona und Anna waren begeistert. Genau wie ich.

Wir sahen uns das Video noch ein weiteres Mal an.

»Das Video hat jetzt schon über 150.000 Aufrufe«, stellte Ben fest. »Das muss ich natürlich gleich auf meinen Social-Media-Seiten teilen.«

»Ich auch!«, sagte Anna, und sogar Ilona wollte das Video an Chris und weitere Bekannte weiterleiten.

Dasselbe hatte ich natürlich auch vor, doch noch wichtiger war für mich, dass es unter dem Video einen Link zu einer Homepage mit Kontaktadresse zu Donny gab. Ich würde ihm gleich morgen eine Nachricht schicken mit der Bitte, meine Adresse und Telefonnummer an Jenny weiterzugeben. Vielleicht hatte sie ja Lust, sich mal bei mir zu melden. Jedenfalls fände ich einen Kontakt zu ihr schön, denn irgendwie beschäftigte mich das Schicksal des Mädchens auf eine besondere Weise.

»Sieh mal an, unsere Zoe ist tatsächlich ein YouTube-Star!«, bemerkte Ilona.

»Genau wie du!«, sagte ich und spielte damit auf ein Video an, das seit dem letzten Spätsommer von ihr durchs Internet geisterte.

»Erinnere mich bloß nicht daran!«, winkte sie ab.

Wir grinsten. Denn natürlich hatten wir alle noch lebhaft das Bild vor Augen, wie Ilona auf dem Video nach einem Schwächeanfall in einem Modeladen hinter einem Sofa lag und der international berühmte Filmkomponist Jo Ranke ihre unrasierten Beine in die Luft hob, um ihren Kreislauf wieder in Schwung zu bringen.

»Glücklicherweise konnte man dein Gesicht auf dem Video nicht erkennen«, sagte Anna mitfühlend.

»Ja, aber das Rätselraten um diese Person am Boden war enorm«, meinte Ben.

»Vielleicht kommt deine Identität ja mal raus, wenn Jo Ranke eine Autobiografie schreibt«, warf ich ein und veränderte meine Stimme, um Ranke zu imitieren: »Die Frau, der ich damals das Leben gerettet habe, war Ilona – die Liebe meines Lebens. Ich nannte sie damals Lona – aber sie hat mich abblitzen lassen.«

Wir kicherten. Doch gleich wurde Ilonas Blick wieder ernst.

»Darauf kann ich gut verzichten. Mir ist die Sache immer noch peinlich!«

»Ach komm. Mich hat hier auch keiner gefragt, ob ich öffentlich zu sehen sein möchte«, sagte ich. Und tatsächlich war mir das damals gar nicht in den Sinn gekommen, dass dieses Video irgendwo hochgeladen werden könnte.

»Na ja. Es ist aber schon ein gewaltiger Unterschied, ob die Leute sich fragen, ob Jo Ranke womöglich einer unbekannten Frau geholfen hat, ein Kind zur Welt zu bringen, oder ob man auf so eine sympathische Art in einem Video mittanzt«, brummte Ilona.

»Stimmt! Aber vielleicht solltest du das alles trotzdem nicht so ernst nehmen«, riet ich ihr und steckte das Handy wieder in die Tasche.

Ilona schenkte unseren Lieblings-Crémant ein, den sie bei ihrem bevorzugten Weinhändler Bernard Beaulieu im Elsass bestellte.

»Auf unsere tanzende Zoe!«, rief Anna, und wir prosteten uns zu.

Schließlich verschwand Ben wieder nach unten in die Gastroküche, die zum Laden gehörte, und machte sich an die Zubereitung der nächsten kulinarischen Kreationen, die wir testen sollten. Und bei uns ging es nun endlich um das Thema, weswegen wir uns eigentlich getroffen hatten.

»Jetzt sag schon, was kam gestern beim Besuch in dieser Fruchtbarkeitsklinik raus?«, wollte Ilona wissen. Und auch Anna, mit der ich während der stressigen Sprechstunde keine Zeit für ein Gespräch gefunden hatte, brannte darauf, endlich etwas zu erfahren.

Praktischerweise war die erst vor zwei Jahren eröffnete Privatklinik ganz in der Nähe von Prien, und ich hatte relativ kurzfristig einen Termin bekommen.

»Raus kam natürlich jetzt noch nicht so viel«, begann ich. »Es war ja nur das erste Gespräch. Eigentlich hatte ich mich ja vorher schon weitgehend schlaugemacht. Aber trotzdem war das Gespräch sehr informativ. Dr. Jai hat mir nicht zuletzt angesichts meines Alters ans Herz gelegt, schon im Vorfeld alle nur möglichen Gesundheitschecks zu machen. Dass ich regelmäßig Sport betreibe, ist natürlich schon mal ein großer Vorteil. So eine Schwangerschaft verlangt ja doch eine gewisse Kondition, umso mehr bei einer Spätgebärenden, wie man Frauen wie mich nennt.«

»Na ja, eine Teenagerschwangerschaft ist das bei dir jetzt tatsächlich nicht mehr«, meinte Ilona.

»Oh wie lustig!«, sagte ich und verdrehte die Augen.

»Wie sieht sie denn deine Chancen?«, wollte Anna wissen.

»Sie kann natürlich nichts versprechen, aber da mein Zyklus immer noch regelmäßig wie ein Uhrwerk ist, stehen die Chancen dafür gar nicht so schlecht. Und um sie weiter zu erhöhen, könnte ich eine Hormonbehandlung machen lassen, aber das möchte ich nicht. Zumindest vorerst nicht.«

»Puh, ich finde das irgendwie sehr mutig von dir, Zoe«, sagte Anna. »So von Anfang an als eine alleinerziehende Mutter zu starten.«

Ich zuckte mit den Schultern.

»Mir bleibt ja nichts anderes übrig, wenn ich ein Kind möchte«, sagte ich.

»Und du hast dir das wirklich gut überlegt?«, hakte sie nach.

»Mehr als nur gut, glaub mir«, beteuerte ich.

»Außerdem hat sie doch uns«, meinte Ilona. »Wir sind jedenfalls immer für dich da. Gemeinsam werden wir dein zukünftiges Kind schon schaukeln.«

Sie sagte es auf ihre flapsige Art, doch auf ihren Rückhalt zählen zu können bedeutete mir sehr viel. Da sie selbst nach einer länger zurückliegenden größeren Operation keine Kinder bekommen konnte, wusste ich, dass das Thema sie immer mit etwas Wehmut erfüllte. Umso mehr versuchte sie, sich das nicht anmerken zu lassen.

»Danke!«, sagte ich. »Aber jetzt muss ich überhaupt erst mal schwanger werden. Dr. Jai wird noch einige Tests machen, damit mein Ei später mit dem Samen des Spenders auch perfekt zusammenpasst und gewisse Probleme schon im Vorfeld ausgeschlossen sind.«

»Verrückt. Du lässt dich also tatsächlich künstlich befruchten«, sagte Anna und schüttelte lächelnd den Kopf.

»Umgangssprachlich sagt man es wohl so, aber eigentlich krieg ich nur den Samen eines geeigneten Spenders.«

»Es heißt Insemination … Ich weiß es ja …«, korrigierte sich Anna selbst.

»Ist doch egal, wie es heißt. Wir wollen ja keine wissenschaftliche Abhandlung darüber schreiben«, meinte Ilona. »Mich würde mehr interessieren, ob du dir eigentlich Fotos der möglichen Kandidaten anschauen darfst?«

Ich schüttelte den Kopf.

»Bei Dr. Jai gibt es das nicht. Es läuft völlig anonym. Das Kind hat jedoch mit 16 die Möglichkeit, Kontakt zum Vater aufzunehmen.«

Das war mir besonders wichtig. Dass eine Schwangerschaft durch Samenspende für ein Kind natürlich kein ganz perfekter

Start ins Leben war, hatten Anna, Ilona und ich schon bei unserem Treffen im Dolce Vita ausgiebig diskutiert. Immerhin fehlte eine komplette Hälfte der Familie. Statt Onkel oder Tanten würde mein Kind meine Freundinnen und deren Familien haben. Ein buntes Patchwork an Menschen, die mir am Herzen lagen und hoffentlich immer für mich da sein würden.

»Also bleibt der Vater für dich anonym?«, fragte Anna.

»Ja. Aber natürlich kann ich gewisse Kriterien angeben, die mir wichtig sind, was bestimmte Merkmale betrifft.«

»Endlich kommen wir zum spannenden Teil! Hast du dir schon überlegt, wie der Vater aussehen soll?«, wollte Ilona neugierig wissen.

»Immerhin kannst du dir aussuchen, was du möchtest!«, sagte Anna.

»Ein richtiges Wunschkonzert!«, rief Ilona.

Doch ich zuckte nur etwas ratlos mit den Schultern.

»Das hört sich so einfach an. Aber irgendwie kann ich mich einfach nicht festlegen. Ihr müsst mir dabei helfen!«, bat ich.

»Ach komm, das kann doch nicht so schwierig sein!«, sagte Anna.

»Doch. Das ist es!«, beteuerte ich.

Ich holte einen Vordruck der Klinik aus meiner Handtasche.

»Natürlich könnte ich jetzt sagen, es ist mir völlig egal, Hauptsache ein gesundes Baby. Aber letztlich ist es dann irgendwie doch nicht ganz egal, wenn man es sich aussuchen kann.«

»Das kann ich verstehen«, meinte Anna und griff nach dem Zettel. »Lass mal sehen, was steht denn da? … Also, Augenfarbe, Haarfarbe, Größe, ethnische Herkunft … Herrje, stimmt, über solche Dinge denkt man gar nicht nach, wenn man einen Partner hat!«

»Egal, wie er am Ende aussieht, pass bloß auf, dass der Spender nicht zu groß ist. Nicht, dass du dann ein Riesenbaby aus dir rausquetschen musst«, mahnte Ilona.

»Guter Einwand.« Anna konnte sich kaum ein Grinsen verkneifen.

»Okay … dann minimal 1,70 bis maximal 1,85«, sagte ich und kreuzte die entsprechenden Kästchen an.

Ich griff nach meinem Glas und nahm einen Schluck.

»Kann man andere Größenangaben auch ankreuzen?«, wollte Ilona wissen.

Ich musste lachen und verschluckte mich fast.

»Du meinst die Nase?«, fragte Anna trocken.

»Unter anderem auch die Nase«, witzelte Ilona.

Jetzt kicherten wir alle drei – als wären wir unreife Teenager.

»Für sowas kann man leider nichts ankreuzen«, erklärte ich, als wir uns wieder beruhigt hatten. »Aber jetzt wird es haarig …«, meinte ich, als ich bei dem Punkt der Haarfarbe war. »Welche Farbe?«

»Völlig egal, Hauptsache, überhaupt Haare, würde ich vorschlagen«, sagte Ilona verschmitzt.

»Nur nicht zu viele am Rücken!«, ergänzte Anna, was zu einem weiteren Heiterkeitsausbruch führte. So spezifisch war der Fragebogen dann aber doch nicht.

»Bildungsstand?«, las ich nun vor.

»Sicher legst du Wert auf den höchsten Bildungsabschluss, oder?«, fragte Anna.

»Nö«, winkte ich jedoch ab. »Dafür habe ich in meinem Leben schon zu viele hochgebildete Knalltüten kennengelernt. Nur weil jemand Analysis spielend beherrscht oder das große Latinum mit Bravour bestanden hat, heißt das ja noch lange nicht, dass er auch ein angenehmer Zeitgenosse ist, der weiß, wie man sich zu benehmen hat.«

»Eben! Hauptsache, er ist schlau genug, dass er den Fragebogen für seine Samenspende lesen und richtig ausfüllen kann!«, sagte Ilona trocken.

»Meine Güte, sind wir boshaft!«, meinte Anna.

Ich nickte, und wieder prusteten wir los.

»Bitte lasst mein zukünftiges Kind nie wissen, wie wir seinen oder ihren Vater ausgesucht haben«, bat ich und hielt mir den Bauch.

Beide versprachen hoch und heilig, dieses Gespräch mit ins Grab zu nehmen.

»Soll ich vielleicht einfach überall alles ankreuzen und mich überraschen lassen?«, überlegte ich schließlich.

»Keine Ahnung, ob das eine gute Idee ist«, sagte Anna. »Aber egal, welchen ethnischen Hintergrund der zukünftige Vater deines Kindes hat und was genau du an körperlichen Eigenschaften ankreuzen wirst, zusammen mit deinen Genen wird es sicher bezaubernd und schlau!«

»Danke!« Ich grinste.

»Was willst du bei Sternzeichen und Hobbys nehmen?«, fragte Anna.

Ich seufzte. Wie sollte ich das denn nur alles entscheiden?

»Ich glaube, die spare ich mir. Genau so wie die Religionsfrage. Das Kind wächst ohnehin mit den Werten auf, die ich ihm in meiner Umgebung vermittle.«

»Finde ich gut«, stimmte Anna mir zu.

»Also, ich würde ja ganz anders an die Sache rangehen«, erklärte Ilona, die uns allen noch mal nachgeschenkt hatte. Da ich seit dem Unfall kaum Alkohol getrunken hatte, war mir das erste Glas schon ein wenig zu Kopf gestiegen. Aber heute war mir das egal.

»Wie denn?«, wollte ich wissen, und auch Anna sah sie fragend an.

»Wenn man schon die Möglichkeit hat, sich was zu wünschen, dann würde ich wirklich in mich gehen und überlegen, wie mein Traummann denn aussehen könnte. Also deiner, ich hab meinen ja schon«, fügte sie grinsend hinzu. »Auch wenn es bei diesem Mann nicht um eine Partnerschaft geht, sondern er nur als Samenspender für dein Kind fungieren soll, sollte er vielleicht doch dem entsprechen, was du sonst auch anziehend findest.«

Anna nickte.

»Da hat Ilona wiederum recht, Zoe. Schließ doch einfach mal die Augen und geh in dich. Wie würdest du dir denn deinen Traummann so vorstellen?«

»Ja mach das mal!«

»Okay.«

Ich schloss die Augen.

»Hm …«, ich versuchte, unvoreingenommen alle Gedanken bezüglich eines Mannes zuzulassen, mit dem ich gerne ein Kind haben wollte. Doch es waren nur Schemen, wie Schatten, die zwischen Bäumen huschten. Ich konnte kein klares Bild erkennen.

Vielleicht träume ich mit meinem Wunsch nach einem Baby ja auch nur einen unmöglichen Traum?, schoss es mir plötzlich in den Kopf. Die ganze Zeit hatte ich mir nie wirklich Gedanken darüber gemacht, dass ein Mensch aus Fleisch und Blut die Hälfte der DNA meines Kindes stellte. Bislang war alles nur Theorie gewesen. Doch jetzt wurde es tatsächlich langsam ernst. Was, wenn ich mich in etwas verrannte? Wenn überhaupt alles zu spät war? Schließlich bedeutete ein passender Spender nicht, dass ich auch schwanger werden würde. Ich öffnete die Augen.

»Sah er so schlimm aus?«, fragte Ilona, die meine Verunsicherung offenbar bemerkte.

»Nein … Es hat gar nicht funktioniert. Es ist was anderes«, murmelte ich.

»Was denn?«, fragte Anna.

»Eben ist mir klar geworden, dass es wirklich real werden könnte oder dass zumindest der Versuch real wird, wenn auch mit offenem Ausgang – und das macht mir im Moment ein klein wenig Angst«, gestand ich.

»Das kann ich nachvollziehen«, sagte Anna und griff nach meiner Hand.

»Willst du denn jetzt etwa kein Kind mehr?«, fragte Ilona provokant.

»Doch!«, kam es wie aus der Pistole geschossen aus meinem Mund.

»Dann versuch, es locker zu nehmen. Und mach dich jetzt bitte nicht total verrückt wegen der Auswahl eines passenden Spenders. Es geht hier um etwas Wunderbares! Oder nicht?«, fragte Anna.

Ich nickte.

»Na siehst du. Du schließt jetzt wieder die Augen und dann stellst du dir vor, du gehst auf eine Party. Schau dir die Männer an, die dort herumstehen. Und den, der dir spontan am besten gefällt, beschreibst du uns!«

»Gute Idee, Anna!«

»Wenn ihr meint.«

Ich atmete einmal tief ein und aus und nahm noch mal einen großen Schluck Crémant. Dann schloss ich erneut die Augen. Ich versuchte, mir die Party vorzustellen, was mir überraschend schnell gelang. Hier war ich in meinem Element. Ich sah immer mehr Gäste jeden Alters, die ungezwungen plauderten und Getränke in der Hand hielten. Noch waren die Menschen etwas verschwommen, doch nach und nach sah ich sie immer klarer vor mir. Ich schlenderte auf einen Mann zu, der mir besonders ins Auge stach.

Ja, der könnte mir gefallen!

»Und?«, fragten Anna und Ilona gleichzeitig.

Ich hielt die Augen weiterhin geschlossen, um das Bild nicht zu verlieren.

»Also«, begann ich. »Es gibt einen, der mir tatsächlich auffällt. Der Typ ist groß, aber nicht zu groß und hat dunkles volles Haar, modern geschnitten, und einen gepflegten Fünftagebart.«

»Klingt gut, und weiter?«

In Gedanken näherte ich mich ihm.

»Er ist sportlich schlank, aber nicht zu dünn. Eine attraktive Erscheinung … und seine Bewegungen sind irgendwie lässig, aber auch selbstbewusst auf eine anziehende Weise. Wow – er hat strahlend grüne Augen. Und er scheint Humor zu haben, das sieht man an seinen Lachfältchen um die Mundwinkel. Und wenn er mit seinen perfekten Zähnen und schön geschwungenen Lippen lächelt, dann bleibt einem fast die Luft weg.«

Es war unglaublich, wie klar ich diesen Mann nun vor mir sah.

»Kann er auch super kochen und steht eigentlich nur auf Männer?«, hörte ich Ilona fragen.

»Äh, wie bitte?« Irritiert öffnete ich die Augen.

Ben stand neben dem Tisch, ein Tablett mit kleinen Schälchen in der Hand, und sah uns fragend an.

»Deine Beschreibung trifft tatsächlich auf Ben zu!«, sagte Anna amüsiert.

Ich lachte verlegen auf.

»Ähm … aber der Mann in meinen Gedanken war nicht Ben! Überhaupt nicht!«, stellte ich sofort klar. Er hatte völlig anders ausgesehen, auch wenn die einzelnen Merkmale tatsächlich auf Ben zutrafen.

»Darf ich vielleicht auch wissen, worum es gerade geht?«, fragte Ben neugierig und stellte das Tablett ab.

»Zoe will unbedingt ein Baby und sucht einen Samenspender für eine Insemination. Und wir füllen gemeinsam den Fragebogen aus, welchen Typ Mann sie sich als Vater denn so vorstellt«, erklärte Ilona, ohne mit der Wimper zu zucken.

»Ilona!«, wies Anna sie zurecht.

»Das sollte außer euch beiden eigentlich niemand wissen«, sagte ich.

»Du willst ein Baby?«, fragte Ben perplex.

»Ja«, gab ich zu. »Aber da ich das mit der Beziehung offenbar nicht auf die Reihe kriege, bis mein inneres Mutterland und damit all meine Eierchen vertrocknet sind, bin ich wohl oder übel auf eine Samenspende angewiesen. Damit habe ich auch kein Problem. Heutzutage ist das ja nicht weiter ungewöhnlich«, fügte ich selbstbewusster hinzu, als ich mich gerade fühlte.

»Verstehe«, sagte Ben mit einem verständnisvollen Kopfnicken.

»Hör mal, warum sparst du dir nicht einfach die Sache mit der Klinik, und fragst Ben, ob er sich als Spender zur Verfügung stellt?!«

»Ilona!«, riefen Anna, Ben und ich unisono.

Mein Gesicht wurde innerhalb einer Sekunde glühend heiß.

»Ja was denn? Dann wüsstest du wenigstens, woran du bist. Und stell dir vor, was für ein wunderschönes Baby du mit ihm bekommen könntest. Und über ein paar Ecken wärst du damit sogar noch mit Anna verwandt! Dein Kind und das von Leo wären damit sogar so etwas wie Cousinen, oder?«

»Entschuldige Ben«, sagte ich mit hochrotem Kopf. »Ilona hat wohl schon zu viel Crémant erwischt, wir schenken ihr besser nicht mehr nach.«

Glücklicherweise hatte Ben Humor.

Was natürlich auch eine hervorragende Eigenschaft für einen Vater ist. Dieser Gedanke war unvermittelt aufgeploppt und wollte sich einfach nicht vertreiben lassen.

Bei seinem Anblick könnte man schon ins Grübeln geraten, musste ich mir insgeheim eingestehen.

»Alles gut, Zoe. Aber ich meine, also, wenn dir das wirklich so wichtig ist, könnte man ja vielleicht irgendwie darüber nachdenken und …«, begann er und wirkte ein klein wenig verlegen.

»Halt!« Ich hob die Hand. »Das war einfach nur eine völlige Schnapsidee. Ich kreuze jetzt alle Möglichkeiten auf dem Fragebogen an, und dann sehe ich schon, welchen Match ich von der Klinik bekomme.«

»Bist du dir da sicher?«, hakte Ilona nach.

So einfach wollte sie ihre Idee mit Ben offenbar nicht aufgeben. »Wenn du es dir doch noch …«

»Bin ich«, unterbrach ich sie barsch.

»Okay.«

»Und was hast du uns jetzt Leckeres mitgebracht, Ben?«, lenkte ich vom Thema ab und deutete auf das Tablett.

»Ein veganes Kürbis-Linsen-Kokos-Curry mit Mango und Birne und einem knusprigen Reis-Chip!«, erklärte er und verteilte die Schälchen.

Damit hatten wir das Thema Schwangerschaft vorerst beendet. Stattdessen konzentrierten wir uns auf das Essen, und unser Gespräch kreiste um andere Themen. Die Gerichte waren sehr lecker, aber die Nachspeise setzte dem Ganzen die Krone auf. Ein echter Traum. Selbstgemachtes Kokos-Vanille-Eis mit einem Ananas-Gelee-Kern in einer kleinen knusprigen Waffelschale, einfach zum Dahinschmelzen. Am Ende hatten wir alle das Gefühl, bald zu platzen.

»Weißt du, Zoe. Mir lässt das mit dem passenden Spender irgendwie keine Ruhe«, sagte Ilona nachdenklich, kurz bevor Anna und ich aufbrechen wollten.

Anna seufzte kopfschüttelnd.

»Wenn es noch mal um Ben geht, das steht nicht zur Diskussion«, stellte ich klar.

»Ich möchte mir das auch absolut nicht vorstellen«, betonte Anna.

Ben gehörte zu ihrer Familie und war fast fünfzehn Jahre jünger als ich, und überhaupt – das könnte unvorhersehbare Komplikationen nach sich ziehen. Nie und nimmer würde ich mich darauf einlassen.

»Schon gut. Das hab ich inzwischen verstanden«, beteuerte Ilona.

»Immerhin«, murmelte Anna.

»Aber weißt du, diese Punkte, die du angekreuzt hast, das kann ja alles Mögliche bedeuten. Auch wenn so ein Typ vielleicht deinen Kriterien entspricht und nicht übel ausschaut, was ohnehin immer Geschmacksache ist, kann er ja trotzdem ein Trottel sein.«

»Worauf willst du damit hinaus? Versuchst du jetzt, Zoe auszureden, diesen Schritt zu machen?«, fragte Anna irritiert.

»Nein, aber, hey, es geht doch um ihr zukünftiges Kind. Was, wenn so ein Typ wie der *Gurkenmann* womöglich einer der Samenspender ist? Der war zwar attraktiv, vor allem aber war er ein totaler Spinner.«

»Wie kommst du denn jetzt auf den?«, fragte Anna kopfschüttelnd.

»Weil es eben leider auch Männer wie ihn gibt!«, erklärte Ilona.

Ich schluckte. Der *Gurkenmann*, wie wir ihn nannten, war ein Typ, den Ilona und ich beide unabhängig voneinander im letzten Jahr bei einem Blind Date über eine Partnerbörse getroffen hatten. An den hatte ich schon lange nicht mehr gedacht – vermutlich hatte ich diese Begegnung verdrängt. Aus gutem Grund! Als Erkennungszeichen hatte er eine Melone und eine Gurke vorgeschlagen. Und das war noch der harmlose Teil dieses Treffens gewesen. Ich durfte gar nicht mehr an diese peinliche Situation denken. Und Ilona offensichtlich auch nicht.

»Oh Gott, einer wie der *Gurkenmann* – das wäre ja echt furchtbar!«, sagte ich.

»Total!«

»Jetzt hört aber mal auf ihr beiden und spinnt nicht so herum«, sagte Anna streng. »Das wird ganz bestimmt nicht der Fall sein.«

»Aber es gibt ja auch noch andere Idioten auf dieser Welt«, gab Ilona zu bedenken. »Viel mehr, als wir uns überhaupt vorstellen können.« Sie schaute mich fest an. »Und du erfährst es nicht, Zoe, weil ja alles anonym ist.«

»Du übertreibst jetzt aber echt, Ilona«, entgegnete Anna, die offensichtlich versuchte, wieder ein wenig Normalität in unser absurdes Gespräch zu bekommen. »Außerdem müssen diese Männer ja auch eine Art Persönlichkeitstest über sich ergehen lassen und Gespräche führen.«

»Eben. Die in der Klinik nehmen das schon sehr genau mit den möglichen Spendern. Da kann man nicht einfach mal so vorbeigehen, sich ein Pornoheftchen schnappen, um in Stimmung zu kommen, und dann munter ein Becherchen füllen«, bestätigte ich.

»Trotzdem! Ich an Zoes Stelle würde ja gerne wissen, welche Männer sich da überhaupt freiwillig für Samenspenden zur Verfügung stellen«, sagte Ilona vielsagend.

»Was aber nicht möglich ist, weil es doch anonym ist«, erinnerte Anna sie, als ob sie mit einem kleinen Kind sprechen würde.

»Aber man könnte ja …«, begann Ilona, und ein Grinsen erschien auf ihrem Gesicht.

»Man könnte was?«, fragte ich und sah sie neugierig an.

Kapitel 6

Drei Frauen auf einer besonderen Mission

»Das bringt doch nichts!«, sagte Anna und nahm aus ihrem Thermobecher einen Schluck Kaffee, den sie extra von zu Hause für uns alle mitgebracht hatte. »Mir reicht es langsam. Und mir ist kalt!«

»Dabei hab ich doch extra gesagt, ihr sollt euch richtig warm anziehen«, erinnerte Ilona von der Rückbank, wo sie mit ihrer dick gefütterten weißen Daunenjacke saß und aussah wie das Michelin-Männchen. Oder wie die weibliche Form des Michelin-Männchens.

Wie ein Michelin-Weibchen?

Ich musste ein Kichern unterdrücken.

»Ich dachte, du meintest das metaphorisch, weil das doch ziemlich verrückt ist.«

»Aber in diesem Zusammenhang macht das doch gar keinen Sinn«, warf Ilona ein. »Sich warm anziehen würde metaphorisch gesehen doch bedeuten, dass ...«

»Schon gut!«, unterbrach Anna sie. »Ich hab's verstanden.«

»Ich kann es immer noch nicht glauben, dass wir das wirklich tun«, murmelte ich und trommelte mit meinen in Handschuhen steckenden Fingern nervös gegen das Lenkrad. »Das ist doch komplett bescheuert!«

Es war tatsächlich bescheuert. Ilona hatte uns mit ihren Bedenken so lange verrückt gemacht, bis wir es schließlich alle drei für eine gute Idee hielten, einen Eindruck davon zu gewinnen, welche Männer überhaupt als Spender eine Kinderwunschklinik aufsuchten.

Somit saßen wir an unserem freien Praxisnachmittag eine Woche später in meinem Wagen auf dem Parkplatz, um unauffällig die Männer zu beobachten, welche die Klinik betraten. Im Radio lief leise Musik.

Ausgerechnet heute war natürlich einer der kältesten Tage bisher in diesem Winter, und ein eisiger Wind wirbelte immer wieder frisch gefallenen Schnee über uns hinweg.

»Kannst du vielleicht die Heizung anmachen?«, bat Anna mich.

»Wir können hier jetzt nicht die ganze Zeit den Motor laufen lassen«, meinte Ilona. »Das fällt doch total auf.«

»Aber die Sitzheizung kann ich eine Weile anmachen.«

Ich drehte den Zündschlüssel halb um, ohne den Motor zu starten, und drückte die Knöpfe für die Sitzheizung.

»Danke!«

»Was seid ihr zwei aber auch für kälteempfindliche Frostbeulen«, stichelte Ilona.

»Wir sind eben nicht so gut gepolstert wie du«, schoss ich zurück und handelte mir prompt von Anna einen Klaps auf den Oberschenkel ein.

Sie mochte es gar nicht, wenn Ilona und ich uns auf diese Weise gegenseitig aufzogen. Ganz die Mama zweier Töchter hatte sie stets das Gefühl, auch bei uns beiden die Schlichterin spielen zu müssen, ehe das Geplänkel ausartete. Dabei hatten wir ziemlichen Spaß am gegenseitigen Schlagabtausch und würden ihn sicherlich auch noch weiter ausreizen, wenn Anna uns nicht immer ausbremsen würde.

»Jetzt wäre mir ausnahmsweise mal eine kleine Hitzewelle recht«, murmelte Anna. »Aber auf die ist auch kein Verlass, die kommen immer nur dann, wenn man sie gerade nicht brauchen kann.«

Ich musste lachen.

»Hey, da kommt wieder einer!«, rief Ilona jetzt. Sie wischte ein Stück der beschlagenen Scheibe frei und deutete auf einen Mann, der mit eiligen Schritten auf den Eingang der Privatklinik zuging.

»Ja toll! Der ist so eingepackt mit Mütze und dickem Schal, dass ich bis auf die Nasenspitze überhaupt nichts erkennen kann«, sagte ich.

»Aber er hat eine gute Haltung, und die Größe würde passen«, bemerkte Ilona optimistisch.

»Und sein Modegeschmack scheint einigermaßen in Ordnung zu sein«, fand Anna.

»Find ich auch«, stimmte Ilona ihr zu. »Der Kurzmantel macht was her!«

Ich drehte mich zu ihr um.

»Und wie bitte soll mich das weiterbringen? Du bist es doch, die mir eingetrichtert hat, dass Äußerlichkeiten nicht über einen mangelnden Charakter hinwegtäuschen können. Umso weniger verstehe ich, warum ich mich überhaupt drauf eingelassen habe, meinen freien Nachmittag bei diesen eisigen Temperaturen hier auf dem Parkplatz zu verbringen und mir den Hintern abzufrieren!«

»Sorry, für das Wetter kann ich nichts«, maulte Ilona.

Doch ich ging gar nicht auf ihren Einwand ein.

»Überhaupt«, fuhr ich fort. »Woher wollen wir denn bitte wissen, warum beispielsweise dieser Mann hier ist? Vielleicht arbeitet er ja in der Klinik, und seine Schicht beginnt gleich? Oder er ist ein Computerspezialist, der sich um ein IT-Problem kümmert? Es ist eine absolute Schnapsidee gewesen, sich die Männer anschauen zu wollen.«

»Da kommt noch einer!«, rief Anna dazwischen, und ihre Stimme klang etwas aufgeregt.

Ich folgte ihrem Blick. Der junge Mann, der soeben aus seinem Wagen gestiegen war, ließ sich offenbar nicht von der Kälte abschrecken. Über der dunklen Jeans trug er nur einen grünen Anorak und weder Mütze noch Schal.

»Nicht übel, der Junge!«, sagte Ilona anerkennend, und ich musste ihr insgeheim recht geben.

»Er sieht aus, als hätte er südeuropäische oder südamerikanische Wurzeln, oder?«, spekulierte Anna, da war der Mann auch schon durch die Eingangstür verschwunden.

»Das ist ja alles schön und gut. Aber auch hier wissen wir nicht, ob er …«, begann ich, da riss Ilona die Autotür auf.

»Was machst du denn?«, rief ich.

»Ich geh jetzt da rein, um herauszufinden, ob er tatsächlich ein Spender ist.«

»Ilona! Das kannst du doch nicht machen!«, rief Anna.

»Wieso denn nicht? Ich kann mich doch an der Anmeldung erkundigen, wie das ist mit einer künstlichen Befruchtung, und um Infomaterial bitten. Weiß ja keiner, dass ich es nicht ernst meine. Und vielleicht krieg ich dabei ja mit, weswegen der Hübsche hier ist.«

»Du möchtest vorgeben, dass du dich über eine mögliche Schwangerschaft erkundigst?«, fragte Anna verdutzt.

Inzwischen war Ilona ausgestiegen.

»Wieso nicht?«

»Ilona, du bist einundfünfzig!«, erinnerte ich sie.

»Na und? Es gab schon ältere Frauen als mich, die so einen Schritt gewagt haben! Ich habe sogar mal was von einer über Sechzigjährigen gehört, die schwanger wurde.«

»Tu das bitte nicht!«, bat ich sie.

Doch sie zuckte nur mit den Schultern, schlug die Wagentür zu und stapfte durch den Schnee in die Klinik.

Ich wischte mit dem Ärmel das beschlagene Fenster frei und schaute ihr nervös hinterher.

»Das ist gar nicht gut, was wir da machen!«, sagte ich. »Gar nicht gut. Wir sind schlimmer als Teenager, die irgendwelche Jungs stalken! Außerdem will ich doch eigentlich gar nicht wissen, wer der Vater sein könnte. Eben darum geht es doch bei der anonymen Spende. Sonst hätte ich mich ja tatsächlich von irgendeinem One-Night-Stand schwängern lassen können. Oder etwa nicht? Anna! Sag doch was!«

Anna legte ihre Hand auf meinen Arm.

»Na ja, Zoe. So einfach ist das auch wieder nicht, mit irgendeinem Typen ins Bett zu hüpfen, von dem du überhaupt nichts weißt. Und auch gesundheitlich gesehen nicht unbedenklich.«

Ich seufzte.

»Ich weiß. Deswegen habe ich mich ja auch für die anonyme Samenspende in der Klinik entschieden.«

»Ich kann mir nicht vorstellen, dass ausgerechnet dieser Kandidat eben dein Spender wird. Überleg doch mal, wie viele Frauen sich ein Kind wünschen, die hier Patientinnen sind, und wie viele Männer dafür ihren Samen zur Verfügung stellen. Außerdem hast du doch so ziemlich alle Kategorien als

Möglichkeit angekreuzt. Da wäre das jetzt schon ein riesiger Zufall.«

Ich atmete einmal tief durch.

»Stimmt. Aber sobald Ilona zurück ist, fahren wir nach Hause. Das hier ist echt total albern.«

»Da gebe ich dir allerdings recht!«

Anna und ich erschraken heftig, als in diesem Moment jemand an das Seitenfenster der Fahrertür klopfte. Ich ließ das Fenster herunter und blickte in das markante Gesicht von Dr. Adya Jai! *Meine behandelnde Ärztin!*

»Frau Petrides! Also hab ich mich nicht getäuscht. Was machen Sie denn hier?«, fragte sie verwundert. »Unser nächster Termin ist doch erst in zwei Wochen, wenn ich mich nicht irre.«

»Frau Jai, hallo«, sagte ich und versuchte, so locker wie möglich zu klingen.

»Sie sind doch nicht etwa hier, um die Behandlung abzusagen?«, fragte sie.

»Äh nein … Auf keinen Fall!«, beteuerte ich.

Sie warf nun einen Blick zu Anna.

»Hallo.«

»Das ist Anna Graf, meine Freundin«, erklärte ich.

Ich versuchte fieberhaft, eine plausible Erklärung zu finden, warum ich hier auf dem Parkplatz vor der Klinik in meinem Wagen saß.

»Zoe wollte mir die Klinik zeigen, in der das kleine große Wunder bald stattfinden wird«, sprang Anna ein.

»Ja genau«, bestätigte ich.

»Wie schön. Und wir tun hier natürlich alles, damit dieses kleine große Wunder auch tatsächlich stattfinden wird.«

Dr. Jai lächelte plötzlich. »Sie sind also die Freundin – ich verstehe.«

Sie sah mich an.

»Bringen Sie Frau Graf doch beim nächsten Mal mit. Und keine Sorge, wir legen hier natürlich sehr großen Wert auf absolute Diskretion.«

Diskretion? Ahnt sie etwa, dass wir die möglichen Spender unter die Lupe nehmen wollen?

Oder? Moment! Vielleicht dachte sie ja, Anna wäre meine Lebenspartnerin, die ich verheimlichen wollte? Das wäre auf jeden Fall eine bessere Erklärung als die peinliche Wahrheit, dass wir hier waren, um zu spionieren.

»Ich komme sehr gerne mit«, sagte Anna, die offenbar schneller als ich begriffen hatte, welchen falschen Rückschluss die Ärztin gezogen hatte, sie jedoch nicht korrigierte. Im Gegenteil. Sie lehnte den Kopf an meine Schulter und lächelte ebenfalls.

»Schön, ich freue mich! Jetzt muss ich aber rein, bevor ich hier festfriere«, sagte Dr. Jai.

»Ja, Anna und ich müssen dann auch gleich weiter«, erklärte ich schnell.

»Wiedersehen.« Anna nickte ihr vom Beifahrersitz zu.

Wir hatten nicht bemerkt, dass Ilona inzwischen aus der Klinik gekommen war und plötzlich neben dem Wagen stand.

»Hallo!«, grüßte sie, während sie die hintere Wagentür öffnete.

»Guten Tag«, sagte Dr. Jai mit interessiertem Blick, und ich fühlte mich bemüßigt, rasch eine Erklärung abzugeben.

»Das ist meine behandelnde Ärztin, Dr. Jai«, sagte ich zu Ilona, damit sie bloß keinen verräterischen Kommentar über unsere Aktion hier abgeben konnte.

»Freut mich. Ich bin Ilona, Zoes Freundin.«

Sie stieg in den Wagen ein.

»Wie schön«, bemerkte Dr. Jai leicht verdattert. »Auch Sie können natürlich gerne mitkommen, wenn es so weit ist.«

Dr. Jai wirkte etwas irritiert. Und ich wollte mir gar nicht ausmalen, was jetzt in ihrem Kopf vorging.

»Super gerne!«, sagte Ilona.

Ich beschloss, jetzt besser nichts mehr zu sagen.

Die Ärztin wandte sich wieder an mich. »Wir sehen uns, bis bald!«

»Bis bald!«, rief ich ihr hinterher und schloss das Fenster, während sie in Richtung Haupteingang verschwand.

Für ein paar Sekunden herrschte Stille im Wagen, dann fingen Anna und ich an, vor Erleichterung zu lachen. Als wir uns wieder beruhigt hatten, fragte Ilona:

»Was hab ich versäumt?«

»Nur, dass die Ärztin jetzt vermutlich denkt, ich hätte eine Ménage-à-trois in der lesbischen Kombination«, erklärte ich, und nun kicherte auch Ilona.

»Und? Hast du in der Klinik was rausgefunden?«, fragte Anna.

»Dieser Hübsche vorhin war der Ehemann einer Patientin, die drinnen schon auf ihn gewartet hat.«

»Also kein Samenspender«, resümierte ich.

»Wenn, dann nur für seine Frau … Und ich gebe es ganz offen zu: Es war eine der dümmsten Ideen überhaupt, euch zu überreden, gemeinsam hierherzukommen.«

»Halleluja!«, kommentiert ich ihre Selbsterkenntnis. »Es geschehen noch Zeichen und Wunder!«

»Ich meine das wirklich ernst«, beteuerte sie. »Falls alles

klappt, dann wirst du ein ganz zauberhaftes Baby bekommen, egal wer der Vater ist, Zoe. Aber wie immer die Sache hier auch ausgehen wird, wir werden dich auf jede Weise unterstützen und für dich da sein, völlig egal, ob mit oder ohne Kind!«

Typisch Ilona, für die Möglichkeit, dass mein Vorhaben vielleicht nicht klappen könnte, stellte sie schon einmal klar, dass ich auf sie zählen konnte. Sie legte die Hand auf meine Schulter.

»Natürlich werden wir das!«, beteuerte Anna, und ich musste schlucken, als sie ihre Hand auf die von Ilona legte.

»Das will ich aber mal hoffen«, sagte ich flapsig, weil ich keine rührselige Stimmung aufkommen lassen wollte. »Und jetzt fahren wir sofort nach Hause, bevor ich mir hier noch die letzten funktionierenden Eier abfriere!«

Doch als ich den Motor anlassen wollte, machte der Wagen ein Geräusch wie eine im Sterben liegende Robbe. Ich versuchte es noch mal mit dem gleichen Ergebnis.

»Nein!«, stöhnte Anna.

»Himmel noch mal, das kann doch jetzt nicht wahr sein!«, schimpfte ich.

»Ich glaub's ja nicht!« Anna seufzte.

»Das kommt davon, weil die ganze Zeit das Radio und die Sitzheizung liefen«, kommentierte Ilona mit vorwurfsvollem Unterton.

»So lange war das jetzt auch wieder nicht!«, brummte ich genervt.

»Versuch es noch mal!«, forderte Anna mich auf. »Mein Wagen ist kürzlich auch erst nach einigen Versuchen angesprungen.«

Doch es half nichts.

»Und jetzt?«, fragte Ilona.

»Jetzt müssen wir es mit Anschieben versuchen!«, schlug ich vor.

Anna und Ilona schienen nicht wirklich begeistert zu sein, doch beide stiegen aus dem Wagen. Immerhin hatte der schneidende Wind sich inzwischen gelegt, und hinter den Wolken schaute sogar ab und zu die Sonne hervor.

Als Erstes mussten wir das Auto mit gelöster Handbremse und ohne einen Gang einzulegen, rückwärts aus der Parklücke rollen.

Anna und Ilona standen links und rechts am Heck bereit. Ich öffnete die Fahrertür und sah nach hinten.

»Und wie genau mache ich das jetzt?«, fragte ich die beiden.

»Du musst die Kupplung durchtreten, dann die Zündung anmachen und in den zweiten Gang schalten!«, rief Anna, die sich mit Autos auskannte und sogar ihre Reifen selbst wechselte, was mich schwer beeindruckte.

»Ist die Batterie schwach?«, fragte plötzlich eine angenehme Stimme.

Ein Mann stand vor dem Wagen und sah mich mit einem charmanten Lächeln aus dunkelblauen Augen an. Es war der Mann mit dem Kurzmantel, dem wir vorhin zugesehen hatten, wie er in der Klinik verschwunden war. Auch wenn sein Haar immer noch von der Mütze verdeckt war und sein Schal bis zum Kinn reichte, so war doch zu erkennen, dass er auf eine sympathische unaufdringliche Art attraktiv war.

»Vermutlich«, antwortete ich.

»Ich helfe gerne beim Anschieben.«

»Das … das ist aber nett von Ihnen«, sagte ich erfreut.

»Kein Ding … Sobald Sie die Handbremse gelöst haben, geben Sie das Kommando, dann schieben wir an.«

»Mache ich.«

»Wenn er gut rollt, dann versuchen Sie, die Kupplung ganz langsam kommen zu lassen. Okay?«

»Okay!«

Ich sah im Rückspiegel, wie er nach hinten ging und Anna und Ilona zunickte.

»Toll, dass Sie uns helfen!«, hörte ich Anna sagen.

»Das ist doch selbstverständlich.«

»Kann ich?«, rief ich aus dem Fenster.

»Wir sind so weit!«

Ich löste die Handbremse und befolgte die Anweisungen.

»Na dann los!«, rief ich, und die drei schoben an.

Langsam setzte der Wagen sich in Bewegung und wurde schneller.

»Jetzt loslassen!«, rief ich und ließ die Kupplung langsam kommen.

Doch irgendwie hatte ich den richtigen Dreh nicht raus. Der Wagen schien zu stottern, sprang jedoch nicht an. Ich bremste.

»Tut mir leid«, rief ich aus dem Fenster. »Ich glaube, ich hab was falsch gemacht.«

Anna und der junge Mann kamen zu mir nach vorne.

»Du musst das mit mehr Gefühl machen«, erklärte Anna.

Der Mann nickte zustimmend.

»Und ganz weich kommen lassen«, riet er mir.

Ganz weich kommen lassen – ich konnte mir gerade noch ein Grinsen verkneifen.

»Okay … ich versuche es noch mal.«

Sie gingen wieder nach hinten.

»Und los!«, rief ich.

Tatsächlich sprang der Wagen beim zweiten Versuch an. Ich

fuhr eine Runde auf dem Parkplatz und kam dann wieder bei meinen Freundinnen und dem hilfsbereiten jungen Mann an. Sicherheitshalber ließ ich den Motor weiterlaufen.

»Vielen Dank«, sagte ich durch das offene Fenster. Und auch Ilona und Anna bedankten sich bei ihm und stiegen dann in den Wagen.

»Gerne!«, sagte er, und ich entdeckte ein Grübchen, als er lächelte.

»Kann ich mich vielleicht irgendwie erkenntlich zeigen?«, fragte ich.

»Ach, das war doch gar nichts. Das bisschen Anschieben«, winkte er ab.

»Wie heißen Sie denn?«, fragte Ilona ganz direkt.

»Sebastian!«, antwortete er, woraufhin auch wir uns kurz vorstellten.

»Arbeiten Sie hier in der Klinik, Sebastian?«, erkundigte Anna sich neugierig.

»Nein … Ich hab nur … ich hab hier etwas Wichtiges abgegeben«, sagte er und wirkte auf mich ein klein wenig verlegen.

»Sollen wir Sie vielleicht ein Stück mitnehmen?«, bot ich an, doch er schüttelte den Kopf.

»Danke, aber mein Wagen steht gleich da vorne.«

»Okay … dann nochmals vielen Dank, Sebastian!«, sagte ich und schloss das Fenster.

»Gute Fahrt!«

»Tschüss!«, rief Ilona.

Wir winkten ihm noch zu, bevor wir langsam aus dem Parkplatz auf die Hauptstraße abbogen. Anna bibberte vor Kälte, und auch mir war total kalt. Ich drehte die Heizung voll auf.

»Wisst ihr was? Ich bin mir sicher, das Wichtige, das dieser Sebastian abgeben musste, befindet sich jetzt in einem Becherchen in einem Kühlschrank der Klinik!«, sagte Ilona süffisant.

»Das denke ich allerdings auch«, stimmte ich ihr mit einem Grinsen zu. »Vielleicht hat er es da ja auch *ganz weich kommen lassen*«, zitierte ich ihn, und wir prusteten los. Was waren wir heute wieder mal albern!

»Die Frau, die den als Spender kriegt, kann sich glücklich schätzen. Der war wirklich nett und sah richtig gut aus«, schwärmte Anna.

»Oh ja!«

Ilona nickte.

»Wie alt der wohl sein wird?«, rätselte Anna.

»Ich würde mal Ende zwanzig bis höchstens Anfang dreißig sagen«, schätzte ich.

»Könnte hingehen.«

»Habt ihr überhaupt gesehen, was der für tolle blaue Augen hatte?«, fragte Ilona mit hörbarer Begeisterung in der Stimme.

»Natürlich, Anna und ich sind schließlich nicht blind, oder?«, antwortete ich.

»Schade, dass man seine Haarfarbe nicht erkennen konnte«, meinte Anna.

»Seine Augenbrauen und Wimpern waren ziemlich dunkel, also gehe ich schwer davon aus, dass er auch dunkle Haare hat«, sagte ich.

»Falls er überhaupt welche hat«, konnte Ilona es sich nicht verkneifen.

»Das wäre mir echt egal«, sagte ich und überlegte plötzlich, den Fragebogen noch mal neu auszufüllen und die Merkmale für meinen Wunschkandidaten vielleicht doch etwas präziser zu beschreiben. Bis zu meinem nächsten Termin hatte ich ja noch zwei Wochen Zeit, um das zu entscheiden.

»Ganz abgesehen von seinem netten Äußeren war dieser junge Mann wirklich sehr angenehm«, meinte Anna.

Ich nickte.

»Ilona?« Ich suchte im Rückspiegel ihren Blick.

»Ja?«

»Vielleicht war es doch keine so schlechte Idee, heute hierherzukommen.«

»Ach ja?«

»Auch wenn die Wahrscheinlichkeit gering ist, aber schon die Möglichkeit, dass ein sympathischer Mann wie dieser Sebastian vielleicht Vater meines Kindes sein könnte, lässt mich mit einem Mal wieder optimistisch sein, und ich fühle mich darin bestärkt, dass meine Entscheidung richtig ist. Danke!«

»Bitte. Gern geschehen!«, sagte Ilona mit einem selbstzufriedenen Lächeln.

»Habt ihr Lust, noch mit zu mir zu kommen? Ich bitte meine Mutter, schon mal den Kachelofen anzuheizen und heißen Eierpunsch vorzubereiten, damit wir uns so richtig aufwärmen können!«, schlug Anna vor.

»Du gewinnst den Preis für den besten Vorschlag des Tages!«, sagte Ilona.

»Gerne, Anna. Aber eigentlich wollte ich in der nächsten Zeit keinen Alkohol mehr trinken. Na ja – vielleicht ein ganz kleines Glas?«

»Ich denke, das ist zu verantworten«, zerstreute Anna meine Bedenken.

»Wir könnten unterwegs noch irgendwo Kuchen besorgen«, schlug Ilona vor.

»Müssen wir nicht. Ich habe in weiser Voraussicht gestern Abend noch Käsekuchen gebacken.«

»Und das sagst du uns erst jetzt?«, rief Ilona. Sie liebte Annas Käsekuchen.

Und auch ich würde mir heute ein Stück gönnen. Ein wenig Stärkung konnte sicher nicht schaden. Vor mir lag immerhin das vermutlich spannendste und längste Abenteuer meines Lebens.

Kapitel 7

Der Soundtrack eines Anfangs

Bevor ich mein Abenteuer antreten konnte, musste ich jedoch erst einmal das Bett hüten. Unser kleiner Ausflug hatte Anna und mir eine saftige Erkältung beschert, während Ilona noch nicht einmal einen harmlosen Schnupfen davongetragen hatte.

»Du hast echt eine Konstitution wie ein Ochse«, sagte ich heiser, als sie mir Hühnersuppe brachte, die Ben extra für mich und Anna gekocht hatte.

»Ich war einfach nur wärmer angezogen als ihr zwei!«, konterte sie mit einem Schulterzucken.

Doch sie kümmerte sich rührend um mich und schlief sogar einige Tage bei mir im Gästezimmer, als das Fieber noch mal gestiegen war.

»Falls das mit deinem Kind nichts wird, könnten wir doch eigentlich zusammenziehen«, schlug sie eines Abends vor, während wir uns gemeinsam eine Folge der großartigen Serie *Grace and Frankie* anschauten.

»Wir beide?«, fragte ich völlig verdutzt.

»Nur als WG natürlich«, sagte sie schnell. »So wie Grace und Frankie eben.«

»Aber nicht ganz so turbulent, wie es bei den beiden zugeht, oder?«

»Keine Sorge, ich habe nicht vor, mit dir bewusstseinserweiternde Drogen zu nehmen oder Dildos für die reifere Frau im Internet zu verticken.«

Ich lachte.

»Gut zu wissen.«

»Aber jetzt im Ernst. Eine Wohnung würde uns beiden doch locker reichen. Und wenn ich bei Chris in der Toskana bin, hättest du immer wieder für ein paar Tage deine Ruhe.«

»Und du, wenn ich auf Reisen oder bei irgendwelchen Fortbildungen bin.«

»Ganz genau.«

Der Gedanke hatte durchaus etwas Verlockendes. Ich hatte zwar keine Probleme mit dem Alleinsein, aber in letzter Zeit genoss ich es immer mehr, Zeit mit meinen Freundinnen zu verbringen.

»Und was, wenn wir uns irgendwann nur noch auf den Geist gehen würden?«, fragte ich dennoch.

Ilona zuckte mit den Schultern.

»Dann laden wir Anna ein, die schlichten muss«, meinte sie grinsend.

»Behalten wir es einfach mal im Hinterkopf!«, schlug ich vor und bekam wieder einen Hustenanfall.

»Ich koche dir einen Tee mit Honig und Zitrone!«, sagte Ilona.

»Du solltest vielleicht wirklich bei mir einziehen, Ilona«, rief ich ihr hinterher, während sie in Richtung Küche verschwand.

In der Praxis sprang wieder einmal Dr. Hiltrud Krause ein, eine pensionierte Kollegin, die auch immer die Stellung hielt, wenn ich in Urlaub oder auf Fortbildungen war. Die früh verwitwete Zahnärztin war glücklich über die Abwechslung in ihrem Ruhestand, der ihr, wie sie mir gesagt hatte, ziemlich schnell ziemlich langweilig geworden war. Glücklicherweise hatten sie Oxana sowie eine zusätzliche Aushilfe, die ab und zu als Vertretung einsprang, den Laden super im Griff, und Anna und ich konnten uns in Ruhe auskurieren.

Leider verschoben sich durch meine Krankheit die Termine für die Untersuchungen, die ich vor einer möglichen Schwangerschaft machen sollte. Und auch das zweite Gespräch mit Dr. Jai musste neu vereinbart werden.

Eine Aufmunterung in dieser Zeit war eine E-Mail von den Kapverden. Donny hatte meine Nachricht an Jenny und Mama Blanca weitergegeben, und die beiden Frauen hatten sich sehr gefreut, von mir zu hören, und eine kleine Videobotschaft an mich geschickt. Jenny selbst hatte zwar kein Handy, geschweige denn einen Computer oder Internet, aber da sie nun meine Adresse hatte, versprach sie, mir Briefe zu schreiben. Und wenn Donny zu Besuch bei Mama Blanca war, was offenbar regelmäßig der Fall war, würde sie die Gelegenheit nutzen, um weitere Videonachrichten für mich aufzunehmen, die er mir dann per Mail schicken konnte.

Ich freute mich sehr über die lebendigen Schilderungen aus Jennys Leben und dem ihrer Familie und bewunderte die junge Frau für ihre Energie und Lebensfreude.

Als ich die hartnäckige Erkältung endlich überstanden hatte und mich wieder fit genug fühlte, konnten nach und nach sämtliche Untersuchungen durchgeführt werden. Ein paar Wochen später hatte ich alles gut hinter mich gebracht. Die Befunde waren bestens, ich war fit genug, und mein Kardiologe gab grünes Licht, wenn auch mit der eindringlichen Mahnung, gut auf mich aufzupassen.

Schließlich kam die Nachricht, auf die ich sehnlichst gewartet hatte: Dr. Jai hatte den perfekten Match für mich gefunden. Alle Voraussetzungen waren gegeben, um den ersten Versuch zu starten.

Am 1. April – *kein Scherz* – war es so weit. Ich war ganz früh aufgestanden und machte einen langen Spaziergang am Chiemsee. An einer meiner Lieblingsstellen am Ufer blieb ich stehen und schaute aufs Wasser, hing meinen Gedanken nach. So sehr ich auf diesen Tag hingefiebert hatte, so wichtig war nun dieser Moment, um mein Vorhaben ein letztes Mal zu hinterfragen und in mich zu gehen. Doch ich war mit meiner Entscheidung im Reinen, und auch jetzt lautete die Antwort auf die Frage, ob ich wirklich alles in Kauf nehmen, um auf diese Weise Mutter zu werden, und alle Konsequenzen tragen wollte, ganz eindeutig *Ja!*

Mein Kind würde zwar keinen präsenten Vater und keine Familie im klassischen Sinn haben, dafür aber zahlreiche Menschen um sich herum, die es lieben, beschützen und umsorgen würden. Ich jedenfalls wollte alles dafür tun, dieses Kind – falls es klappte – zu einem glücklichen, mutigen und respektvollen Menschen zu erziehen. Und vor allem hatte ich vor, mit ihm oder ihr jede Menge Spaß zu haben.

Anna und Ilona hatten es sich nicht nehmen lassen, mich zur Klinik zu begleiten. Und so saßen wir ein paar Wochen nach unserem ersten Ausflug hierher erneut im Wagen auf dem Parkplatz. Allerdings befand sich Anna heute am Steuer, da ich doch ziemlich nervös war.

Es war ein wunderbarer sonniger Tag. Fast schon ein wenig zu warm für diese Jahreszeit.

»Es ist brüllheiß hier drinnen. Kannst du bitte die Klimaanlage einschalten, Anna? Hier erstickt man ja fast«, bat Ilona mit hochrotem Kopf. Ausnahmsweise war sie es heute, die sich Luft zufächelte.

»Wieso musst du bei den Temperaturen auch ausgerechnet einen Pullover anziehen?«, fragte Anna kopfschüttelnd. »Da muss man ja schwitzen.«

Ilona zuckte mit den Schultern.

»Ich weiß auch nicht. Vielleicht, weil wir erst Anfang April haben? Außerdem war mir heute früh noch irgendwie kalt.« Sie schob die Ärmel ihres Pullis weit nach oben.

»Wir müssen jetzt sowieso gleich rein«, sagte ich.

»Bist du bereit, Zoe?«, fragte Anna und sah mich an. »Ich meine, wirklich bereit für all das, was auf dich zukommen wird?«

»Bin ich!«, antwortete ich, ohne zu zögern.

»Na dann los!«, kam es von Ilona.

Wir stiegen aus dem Wagen.

»Wunderschön siehst du übrigens aus«, bemerkte Ilona und warf mir einen bewundernden Blick zu.

»Das stimmt«, beteuerte Anna. »Das beige Kleid steht dir super!«

»Danke, ihr Lieben«, sagte ich. Ich hatte es mir letzte Woche für diesen ganz besonderen Tag gekauft.

»Und stell dir vor, wie gut dieses Kleid erst an dir aussehen wird, wenn du schwanger bist und du dann endlich auch mal einen Busen hast, den man als solchen bezeichnen kann«, feixte Ilona.

»Ilona!«, mahnte Anna.

»Schon gut, Anna! Bald wird Ilona mich hoffentlich nicht mehr ein flachbrüstiges Knochengerüst nennen können«, sagte ich und musste bei der Vorstellung, einen riesigen Busen zu haben und eine dicke Kugel vor mir herzuschieben, plötzlich schallend lachen. Irgendwie schien mir in diesem Moment alles so absurd und gleichzeitig genau so, wie es sein sollte.

»Alles gut?«, fragte Ilona, offenbar etwas irritiert durch meinen Heiterkeitsausbruch.

»Mehr als gut«, antwortete ich und wischte Lachtränen aus meinen Augenwinkeln.

»Moment«, sagte Anna. »Machen wir noch ein Selfie von diesem denkwürdigen Tag.«

»Super Idee!«, stimmte ich zu.

Wir steckten unsere Köpfe zusammen und grinsten in die Kamera.

Und dann betraten wir die Klinik.

Nachdem meine Freundinnen mich noch einmal ganz fest gedrückt und dann im Wartezimmer Platz genommen hatten, war nun der große Moment für mich gekommen. Die Mitarbeiterin führte mich ins Behandlungszimmer, wo schon die Ärztin auf mich wartete.

»Guten Tag, Frau Petrides!«

Dr. Jai begrüßte mich mit einem Blick, der mich irgendwie alarmierte.

»Guten Tag, Frau Jai!«

»Es tut mir leid, aber es gab leider eine Panne mit der Samenspende. Dem Spender ist der Becher aus der Hand gerutscht.«

»Was?«, fragte ich erschrocken. *Das kann doch nicht wahr sein!*

»Und jetzt?«

Ihre Mundwinkel zuckten verräterisch.

»Kleiner Aprilscherz – alles ist ganz wunderbar gelaufen!«, erklärte sie vergnügt und zwinkerte mir mit einem Grinsen zu.

Ich sah sie für einen Moment perplex an.

»Entschuldigen Sie bitte, aber das Datum heute ist doch eine echte Vorlage für so einen Spaß. Ich hoffe, Sie nehmen mir das nicht übel«, bat sie versöhnlich.

Nun musste ich auch grinsen. So ein Scherz könnte auch von mir oder Ilona kommen.

»Aber nein … Hauptsache, es ist am Ende bei der Samenspende doch noch alles gut gelaufen!« Als ich die Worte aussprach, bemerkte ich erst die Zweideutigkeit dahinter. Und nun lachten wir beide.

»Schön, dass ich Sie ein wenig auflockern konnte!«

»Das ist Ihnen gelungen.«

»Mit Ihren medizinischen Grundkenntnissen hätten Sie die Insemination eigentlich auch selber zu Hause machen können«, sagte Dr. Jai, während sie mich zum Behandlungsstuhl führte.

»Darüber habe ich tatsächlich auch nachgedacht, aber so ist es mir lieber«, sagte ich.

»Ihre Freundinnen wollten nun doch nicht mitkommen?«, fragte sie.

»Doch. Die beiden sitzen draußen und warten auf mich. Aber das hier möchte ich allein durchziehen.«

Sie nickte.

Dass keine der beiden meine Partnerin war und schon gar nicht beide auf einmal, hatte ich ihr bereits bei meinem letzten Termin verklickert.

»Aber trotzdem gut, dass Sie nicht alleine hier sind. Die Samenübertragung ist zwar körperlich keine große Sache, dafür aber emotional umso mehr.«

»Die beiden unterstützen mich in jeglicher Hinsicht. Egal, wie es ausgehen wird.«

Sie nickte nur.

Ich war erfreut, dass ich keinen typischen Untersuchungskittel tragen musste und mein Kleid anbehalten durfte, das weit genug war, um es locker nach oben zu schieben. Ich zog meinen Slip aus und setzte mich auf den Behandlungsstuhl.

»Alles bequem für Sie?«

»Alles bestens.«

Zunächst machte sie eine Ultraschalluntersuchung.

»Es passt genau. Sie haben wirklich einen sehr zuverlässigen Zyklus.«

»Deswegen wollte ich es auch erst einmal ohne eine Hormonbehandlung versuchen.«

»Lassen wir uns einfach überraschen, ob es klappt! Falls nicht, können wir immer noch darüber reden«, sagte sie und drückte mir aufmunternd den Arm.

»Wird schon schiefgehen.«

»So, dann wäre jetzt der große Moment gekommen. Sind Sie bereit?«

Ich atmete noch einmal tief ein und aus.

»Ich bin bereit!«

»Dann wollen wir mal, Frau Petrides!«

»Ich hoffe, Sie haben einen wirklich Hübschen als möglichen Papa ausgesucht!« Ich war plötzlich wieder nervös, was ich mit diesem Scherz zu überspielen versuchte.

»Über Geschmack lässt sich ja bekanntlich streiten, aber ich kann mir vorstellen, dass Sie bei diesem Kandidaten nichts zu meckern hätten«, sagte sie mit einem Augenzwinkern.

»Puh ... das ist echt ... spannend alles ... Und sympathisch ist er auch?«, hakte ich nach. Irgendwie war mir trotz meiner Wünsche über das mögliche Aussehen des Vaters meines zukünftigen Kindes der Charakter letztlich doch wichtiger.

»Ich fand ihn bei den Gesprächen sehr sympathisch. Vertrauen Sie mir bitte. Wir haben eine gute Wahl getroffen!«

»Danke! ... Tja, dann ist es wohl jetzt so weit?«, sagte ich.

»Ja, jetzt ist es so weit. Ganz entspannt bleiben bitte, Frau Petrides.«

»Ich bin die Ruhe in Person«, witzelte ich.

»Sie schaffen das.«

Ich schloss die Augen. Versuchte mich zu entspannen. Doch plötzlich fiel mir etwas ein.

»Moment ...«, sagte ich und sah sie an. »Bitte warten Sie noch.«

»Ja?«

»Wäre es okay, wenn ich über mein Handy Musik anmachen würde. Ich weiß, es klingt vielleicht verrückt, aber in meiner Vorstellung lief immer Musik, wenn ich mit einem Mann ein Baby gemacht hätte. Auf Champagner, Blumen und brennende Kerzen kann ich ja verzichten, aber Musik ... das wäre jetzt wirklich schön. Ginge das?«

Sie lächelte verständnisvoll.

»Aber natürlich ist das möglich ...«

Ich stieg noch mal vom Behandlungsstuhl, holte mein Handy aus der Tasche und scrollte eilig durch die Playlist. Wieso war mir das jetzt erst eingefallen? Darüber hätte ich mir doch wirklich schon vorher Gedanken machen können.

Lady Gaga, Falco, Queen, Adele, Robbie Williams, David Bowie, Lenny Kravitz, Beatles – lauter tolle Künstler, aber nichts sprang mich in diesem Moment an. Eilig suchte ich weiter.

Welches Lied nehme ich nur?

Und plötzlich hatte ich es. Das perfekte Lied. Ich drückte auf Play.

»Was für eine gute Wahl«, sagte Dr. Jai mit einem Nicken.

Ich lächelte.

Und während Aretha Franklin in einer Live-Version »You make me feel like a natural woman« sang, bekam ich durch einen Katheter den Samen eines mir unbekannten Mannes in die Gebärmutter gespritzt, in der hoffnungsvollen Absicht, dass daraus ein Kind entstehen würde.

»Und sie hat dir wirklich überhaupt keinen klitzekleinen Hinweis zum Spender gegeben? Zur Augenfarbe, Größe oder Herkunft?«, fragte Ilona auf der Rückfahrt nun schon zum dritten Mal.

»Nein, Ilona. Du weißt doch ganz genau, dass sie das nicht darf.«

Dass ich den Rahmen der Auswahlkriterien nachträglich noch ein wenig enger gesteckt hatte, würde ich meinen Freundinnen nicht verraten. Vielleicht, weil ich dann womöglich gewisse Entscheidungen hätte erklären müssen, die ich selbst aus dem Bauch heraus getroffen hatte.

»Ach, das ist doch sowieso völlig egal«, sagte Anna.

»Ich bin doch nur neugierig.«

»Außerdem gehe ich nicht davon aus, dass es schon beim ersten Versuch klappt«, bemerkte ich sachlich. »Macht euch also nicht zu große Hoffnungen, dass ich euch bald gute Nachrichten überbringe.«

Und tatsächlich hatte ich mich darauf eingestellt, dass ich Dr. Jai in den nächsten Monaten noch öfter aufsuchen würde.

Ilona wischte auf ihrem Handy herum und tippte dann auf meine Schulter.

»Du weißt aber schon, dass das Kind genau an Weihnachten kommt, wenn das jetzt bereits ein Treffer war?«

»Echt? Das wäre ja mal ein richtiges Weihnachtsgeschenk«, meinte Anna lächelnd.

»Hm … Nicht gerade ideal für ein Kind. So ein Geburtstag geht doch meistens ein wenig unter im ganzen Weihnachtstrubel«, bemerkte Ilona.

»Stimmt. Aber welches Kind kommt schon pünktlich zum errechneten Termin?«, bemerkte ich. »Und wie gesagt, es wird sicher sowieso nicht gleich beim ersten Mal klappen.«

»Und wenn doch? Stell dir vor, dann wüsstest du es wahrscheinlich schon an deinem Geburtstag«, sagte Anna.

»Und wir könnten das ordentlich feiern! Du natürlich ohne Alkohol!«, meinte Ilona. »Und falls es diesmal noch nicht geklappt hat, mit umso mehr Alkohol. Und Ben soll uns ein tolles Essen zaubern.«

»An meinem Geburtstag? Hab ich dir das denn nicht gesagt, Ilona?«, fragte ich irritiert.

»Was nicht gesagt?«, wollte sie wissen.

»Stimmt, da bist du ja gar nicht hier«, fiel es Anna plötzlich ein.

»Fährst du schon wieder in Urlaub?«

»Nein. Kein Urlaub. Ich bin auf einem Zahnärztekongress in Heiligenhafen.«

»An der Ostsee? Also ist es doch Urlaub!«, meinte Ilona trocken.

»Ich hab nur zwei Tage zusätzlich drangehängt – wenn ich schon die weite Strecke fahre, dann soll es sich doch auch lohnen –, aber die restliche Zeit ist wirklich rein beruflich.«

»Aber ausgerechnet an deinem Geburtstag? Ernsthaft?« Sie schüttelte den Kopf.

»Die haben mich bei der Terminplanung leider nicht gefragt, ob es da gut für mich passt, Ilona. Aber sobald ich wieder zurück bin, holen wir die Feier nach«, versprach ich. »Und jetzt lasst uns zu mir fahren. Auf meiner Dachterrasse warten drei gemütliche Liegestühle und im Kühlschrank eine große Auswahl an Getränken«, schlug ich vor, und es kamen keine Einwände.

Kapitel 8

Die längsten fünf Minuten der Welt

»Du weißt schon noch, dass du mir im letzten Jahr eigentlich versprochen hast, dass ich eine richtig große Party zu deinem zehnjährigen Praxisjubiläum ausrichten darf«, erinnerte mich Ilona, während wir in der Nähe des Buffets standen, an dem die Gäste sich bedienten.

Ursprünglich hatte ich tatsächlich vorgehabt, zu diesem Anlass eine größere Feier zu machen, doch irgendwie wäre mir das alles im Moment zu aufwändig gewesen. Besser gesagt, ich hatte schlichtweg keine Lust darauf gehabt. Und so gab es fünf Tage vor meiner Abreise an die Ostsee nur einen kleinen, aber feinen Umtrunk mit besonderen Häppchen aus Ilonas Laden in einem überschaubaren Kreis. Zu den wenigen ausgewählten Gästen gehörte neben meinen Mitarbeiterinnen auch die Bürgermeisterin, da sie zudem eine meiner Patientinnen war. Und zwar von der ersten Stunde an, noch bevor sie zum Gemeindeoberhaupt gewählt worden war.

»Beschwere dich nicht. Dafür habe ich dir bei den Getränken völlig freie Hand gelassen«, sagte ich leise. »Ich bin mir sicher, dass mich eine Flasche dieses Champagners, den alle wie Limo runterschütten, mehr kostet als eine Kiste des Proseccos, dem ich bei einer großen Feier zugestimmt hätte.«

»Nicht ganz«, meinte Ilona und grinste. »Aber schade, dass du ihn nicht probieren kannst. Er ist vorzüglich.«

Kurz geriet ich in Versuchung. *Nur einen Schluck.* Vermutlich war ich sowieso nicht schwanger. Doch als ich nach einem Glas greifen wollte, hielt mich etwas zurück.

»Falls es mit der Schwangerschaft klappt, wirst du eine einzigartige Babyparty ausrichten. Allerdings erst dann, wenn das Kind keine Muttermilch mehr trinkt und ich selbst auch richtig mitfeiern kann«, versprach ich und griff nach einem Glas Mineralwasser, bevor die Bürgermeisterin eine Ansprache hielt.

»Vielen Dank noch mal für die Einladung, liebe Frau Petrides«, sagte sie nach ihrer wohlwollenden Rede.

»Gern. Und ich habe mich sehr über Ihre schönen Worte gefreut!«, beteuerte ich.

»Noch ein Gläschen?«, fragte Anna, die mit einem Tablett voller Getränke herumging und die Gäste versorgte.

»Nein, danke!«

Die Bürgermeisterin nahm den letzten Schluck und stellte das Glas aufs Tablett. »Leider muss ich gleich aufbrechen. Der nächste Termin. Einweihung des neuen Kindergartens.«

Gut zu wissen!

Sie seufzte.

»Ich hätte ja gleich viel größer gebaut, aber dafür gab's bei der Abstimmung leider keine Mehrheit! Dabei sind die Plätze jetzt schon wieder knapp.«

»Stimmt. Meine Tochter Leonie ist schwanger und hat sich kürzlich erkundigt«, mischte sich Anna in das Gespräch ein. »Sie steht auf einer Warteliste. Schon jetzt, obwohl das Kind noch gar nicht geboren ist. Trotzdem gibt es keine Garantie auf einen freien Platz.«

»Wirklich? Wann müsste man denn da ein Kind anmelden, damit es klappt?«, fragte ich verdutzt.

Die Bürgermeisterin trat einen Schritt näher zu uns.

»Am besten schon, bevor man überhaupt Sex mit Kinderwunsch hat«, empfahl sie trocken, jedoch mit gedämpfter Stimme. »Es ist so mühsam! Wir bräuchten viel mehr Frauen in der Politik, die sich mit der Problematik um Kinderbetreuung und Familie ganz anders auseinandersetzen würden. Pragmatisch und praktisch.«

»Verstehe …«, stimmte ich ihr zu.

»Aber entschuldigen Sie, dass ich mich darüber so auslasse. Für Sie ist das Thema ja wirklich nicht gerade relevant, Frau Petrides.«

Womöglich relevanter, als du denkst!

Anna zog amüsiert eine Augenbraue hoch, kommentierte es jedoch nicht.

»Und ich bin mir sicher, es klappt mit dem Platz für Ihr Enkelkind, Frau Graf«, sagte sie zu Anna.

»Danke. Das hoffe ich auch.«

Sie wandte sich zu mir.

»Nochmals herzlichen Glückwunsch zum Jubiläum! Ihre Praxis ist wirklich eine Bereicherung für unsere Gemeinde. Und für mein Gebiss!«, schloss die Bürgermeisterin ihren Besuch ab, und wir schüttelten uns lächelnd die Hände.

»Sag mal, ab wann hast du es eigentlich bemerkt, dass du schwanger bist?«, fragte ich Anna eine Stunde später, nachdem sich alle Gäste verabschiedet hatten und wir nur noch zu dritt die letzten Häppchen verputzten und Ilona und Anna sich der Reste in den Champagnerflaschen erbarmten. Was für beide natürlich kein großes Opfer war.

»Bei Leonie dachte ich damals, ich hätte irgendeinen Magen-Darm-Virus, den ich mir im Skiurlaub eingefangen hatte. Deswegen hatte ich mir erst mal keine Gedanken gemacht, als ich mit meiner Periode überfällig war«, verriet Anna. »Bei Emma hab ich es irgendwie schon nach wenigen Tagen gespürt. Keine Ahnung warum. Ich wusste einfach, dass ich schwanger war.«

»Spürst du denn schon was?«, fragte Ilona neugierig und nahm einen großen Schluck.

»Nein. Überhaupt nichts«, erklärte ich.

»Mach dich jetzt bloß nicht verrückt!«, riet Anna.

»Tu ich doch gar nicht«, entgegnete ich. »Ich bin total entspannt.«

Ilona lachte.

»Von wegen.«

»Nein. Ehrlich!«, beteuerte ich.

»Es sind ja nur noch wenige Tage, bis du entweder neue Tampons kaufen musst oder einen Test machen kannst und es offiziell weißt«, sagte Ilona mit einem Zwinkern.

»Ich finde es fast spannender als damals bei mir«, feixte Anna. »Du musst es uns unbedingt gleich sagen!«

»Natürlich«, versprach ich und spürte plötzlich, wie mein Herz schneller schlug. Nicht mehr lange, und ich würde wissen, ob mein Traum sich erfüllt hatte. »Aber bis dahin wäre es super, wenn ihr mich ein wenig ablenken würdet!«, bat ich mit einem schrägen Grinsen.

Zwei Tage vor meinem Geburtstag fuhr ich zum Zahnärzte-kongress und checkte im Hotel direkt an der Strandpromenade in Heiligenhafen ein. Es war mein erster Aufenthalt an der Ostsee, und ich war begeistert vom herrlichen Ausblick aus meinem Zimmer direkt auf Strand und Meer. Auch wenn der Tag ziemlich bewölkt und kühl war, konnte das meine Freude nicht trüben. Außerdem gab es noch einen Grund für mich, ein wenig hibbelig zu sein. Normalerweise war mein monatlicher Zyklus so zuverlässig wie ein Schweizer Uhrwerk. Und diesmal war ich mit meiner Periode einen Tag überfällig. Doch ich mahnte mich, dass die kleine Verspätung auch mit der ganzen Aufregung zu tun haben könnte. Schließlich war es nicht sehr wahrscheinlich, dass bereits der erste Versuch geklappt hatte. Allerdings – irgendwie fühlte ich mich inzwischen ein wenig anders als sonst, auch wenn ich nicht beschreiben konnte wie. Anders eben.

Morgen früh mache ich den Schwangerschaftstest.

Etwas müde und erschöpft von der langen Autofahrt räumte ich meine Sachen ein und nahm eine ausgiebige Dusche. Am liebsten wäre ich gleich ins Bett gefallen, aber trotzdem wollte ich mich noch ein wenig bewegen. Ich beschloss, einen Spaziergang zu machen. Da es etwas windig war, zog ich eine warme Jacke an und setzte eine Mütze auf.

Zunächst marschierte ich ein Stück am Strand entlang, dann ging ich zur beeindruckenden Seebrücke, auf der sich trotz des schlechten Wetters zahlreiche Menschen tummelten. Ich vermutete, dass einige von ihnen ebenfalls zum Zahnärztekongress angereist waren.

»Zahnärzte sind ein ganz eigenes Völkchen«, hatte mein Onkel früher immer zu mir gesagt.

Irgendwie bekam man ein Gespür dafür, wenn man auf Menschen traf, die diesen Beruf gewählt hatten. Und tatsächlich begegnete ich einer Kollegin, die eine Praxis in Rosenheim hatte und die ich von verschiedenen Fortbildungen her kannte. Wir plauderten kurz, dann ging sie zu einer Verabredung zum Abendessen.

Eine Weile noch stand ich auf der Brücke und schaute aufs Meer. Es war herrlich, das salzige Wasser auf meinen Lippen zu schmecken, das der peitschende Wind in unsichtbaren winzigen Tröpfchen vor sich hertrieb. Meine Gedanken flogen frei wie die Möwen, die mit weit gespreizten Flügeln durch die Luft segelten. Ich hätte noch stundenlang hier stehen können, doch der Hunger trieb mich zurück ins Hotel. Da ich keine Lust hatte, mich extra noch mal umzuziehen, geschweige denn auf irgendwelche Kollegen zu treffen und Smalltalk betreiben zu müssen, bestellte ich mir das Abendessen aufs Zimmer. Ich würde früh schlafen gehen, um für den nächsten Tag gut ausgeruht zu sein.

Doch als ich später im Bett lag, fühlte ich mich hellwach, und alle Müdigkeit war wie weggeblasen. Ich legte die Hände auf meinen Bauch.

»Hallo? Ist da vielleicht schon jemand eingezogen?«, fragte ich und war mir natürlich bewusst, wie albern ich mich verhielt. Glücklicherweise konnte mich niemand hören. Trotzdem ging mir die Frage nicht mehr aus dem Kopf. Plötzlich wollte ich nicht mehr bis zum nächsten Tag warten.

Ich schwang mich aus dem Bett, ging ins Badezimmer und holte aus meiner Kosmetiktasche einen der drei Schwangerschaftstests, die ich vorsorglich mitgebracht hatte.

Mit zitternden Fingern öffnete ich die Verpackung und las die Beschreibung durch, um bloß nichts falsch zu machen. Dann atmete ich einmal tief ein und aus!

»So! Es wird ernst, Zoe«, murmelte ich und pinkelte auf das Stäbchen.

Jetzt hieß es, fünf Minuten zu warten, um zu erfahren, ob mein Leben sich bald auf den Kopf stellen würde.

Ich legte den Test auf dem Waschbeckenrand ab und drehte den Wasserhahn auf, um mir die Hände zu waschen. Als ich nach der Seife greifen wollte, berührte ich mit dem Handrücken versehentlich den Test, der sofort ins Waschbecken rutschte.

»Mist! Mist! Mist!«, rief ich, drehte sofort das Wasser ab und fischte das Stäbchen heraus. Doch das Kind war buchstäblich in den Brunnen gefallen. Egal, welches Ergebnis der Test nun anzeigen würde, er hatte keine Aussagekraft und war unbrauchbar. Bis ich jedoch wieder pinkeln konnte, würde es eine Weile dauern.

Wie blöd kann man eigentlich sein?

Ich seufzte. Verärgert über mein Missgeschick, legte ich mich wieder ins Bett.

»Hätte ich mich nicht so tollpatschig angestellt, wüsste ich jetzt schon, ob ich schwanger bin!«, schimpfte ich vor mich hin. Seufzend zog ich die Decke bis ans Kinn und schloss die Augen.

Als ich wach wurde, war es noch dunkel im Zimmer, und ich musste mich erst orientieren, wo ich war. Verschlafen griff ich nach dem Handy. Es war kurz nach fünf. Noch viel zu früh, um aufzustehen.

In diesem Moment fiel mir ein, was ich heute früh vorhatte, und sofort war ich hellwach. Ich stieg aus dem Bett und ging ins Badezimmer, um den zweiten Test auszupacken. Sicherheitshalber legte ich ihn diesmal auf den Boden, während ich auf das Ergebnis wartete.

Fünf Minuten. In fünf Minuten weiß ich es.

Mein Herz begann plötzlich schneller zu schlagen. Ich schaute in den Spiegel und hatte das Gefühl, eine andere Zoe würde mir entgegenblicken. Eine Zoe, die zwar mit zerzauster Frisur und einem zerknautschten Gesicht noch ziemlich verschlafen wirkte, doch ich hatte mich noch nie so wach gefühlt wie in diesem Moment. Wach und bereit für alles, was da kommen mochte.

Ungläubig sah ich auf die Uhr. Noch nicht einmal eine Minute war vergangen.

Das kann doch nicht wahr sein!

Ich beschloss, die Wartezeit zu nutzen, um mir die Zähne zu putzen. Normalerweise dauerte das bei mir etwa zwei bis zweieinhalb Minuten. Ich putzte und putzte und hatte das Gefühl, die Zeit würde sich ewig ziehen, bis ich den Mund mit klarem Wasser spülte.

Wieder sah ich auf die Uhr. Endlich waren vier Minuten vorüber. Noch eine Minute. Eine einzige Minute, bis ich Bescheid wusste! Ich ging im Badezimmer auf und ab und zählte leise bis 60. Noch nie hatten sich fünf Minuten so endlos lange angefühlt wie jetzt, während ich auf das Ergebnis des Schwangerschaftstests wartete. Dann endlich war es so weit!

Ich schluckte. Gerade noch hatte es mir gar nicht schnell genug gehen können, und jetzt zögerte ich. Ich versuchte mir einzureden, dass jedes Ergebnis völlig okay war. Doch das stimmte nicht. Ich wollte unbedingt, dass der Test positiv war.

»Jetzt mach schon, sei nicht so feige!«

Dann bückte ich mich und griff mit zitternden Fingern nach dem Test!

»Du bist schwanger!?«, rief Anna eine Stunde später ins Handy, kaum dass ich ein Foto des positiven Tests in unsere Whats-App-Gruppe geschickt hatte. Da ich keinen Partner hatte, mit dem ich diese unglaubliche Neuigkeit teilen konnte, war es selbstverständlich für mich gewesen, meinen engsten Freundinnen sofort Bescheid zu geben.

»Ja«, murmelte ich und konnte es selbst kaum fassen. »Unglaublich, oder? Es hat wirklich funktioniert! Gleich beim ersten Mal. Anna, ich bekomme ein Baby!«

Unfassbar, mich selbst diesen Satz sagen zu hören.

Ich bekomme ein Baby!

»Ich freue mich so sehr für dich, Zoe!«, beteuerte Anna. Sie klang ganz gerührt.

»Ich krieg das doch alles hin, nicht wahr, Anna?«, fragte ich, immer noch überwältigt von der Tatsache, dass ich tatsächlich schwanger war.

»Aber klar doch!«

Auch Ilona war an diesem Tag offensichtlich schon sehr früh wach und versuchte, mich anzurufen. Ich holte sie zum Gespräch dazu.

»Es war ja klar, dass bei dir alles gleich beim ersten Mal klappt, du Superheldin!«, legte sie gleich ohne Begrüßung und mit vom Schlaf noch rauer Stimme los. »Herzlichen Glückwunsch.«

»Danke, ihr Lieben! Vielen Dank!« Ich fühlte mich in diesem Moment tatsächlich wie eine Superheldin und einfach nur großartig.

»Schade, dass du nicht hier bist. Ich würde dich jetzt so gerne ganz fest drücken«, sagte Anna.

»Ich euch auch. Aber in ein paar Tagen bin ich ja wieder zurück, und dann können wir uns endlos lange knuddeln!«, versprach ich.

»Ilona und ich werden jedenfalls heute Abend schon ein Glas auf dich trinken!«, kündigte Anna an.

»Ja, macht das unbedingt!«

»Und zwar ganz sicher nicht nur eines«, beteuerte Ilona.

»Ist es nicht toll, dass ich euch mal wieder einen Grund zum Feiern liefere?«, scherzte ich.

»Ehrlich gesagt, hätte ich nicht so schnell damit gerechnet!«, meinte Anna.

»Ich schon. Ich hab's irgendwie gespürt, dass deine Eier ganz wild darauf waren, endlich zum Einsatz zu kommen. Und außerdem war mir klar, dass du den blödesten Entbindungstermin für dein Baby aussuchen würdest!«

Ich lachte.

»Tja … mit einem Geburtstag um Weihnachten herum muss mein Kind nun leben!«, sagte ich.

»Es gibt Schlimmeres!«, meinte Anna.

»Sag mal, Zoe, ist es für dich okay, wenn ich es Ben erzähle?«, fragte Ilona.

»Besser nicht!«, rief Anna schnell. »Du kennst doch unser Plappermaul. Das kann er doch nie und nimmer für sich behalten!«

»Stimmt! Aber ich fürchte, er wird mir sowieso sofort anmerken, dass etwas ist, wenn wir gleich zusammen im Laden sind«, gab Ilona zu bedenken, und ich musste grinsen. Auch wenn man sich auf Ilona verlassen konnte, dass sie Geheimnisse nicht absichtlich ausplauderte, so konnte ihr doch jeder, der sie ein wenig besser kannte, an der Nasenspitzte ansehen, dass es eigentlich etwas zu erzählen gab.

»Das verstehe ich, Ilona. Erzähle es ihm ruhig, wenn du möchtest«, sagte ich deswegen.

»Ehrlich? Willst du es wirklich jetzt schon so öffentlich machen?«, fragte Anna vorsichtig.

Dieses Kind in mir sollte eine Mutter haben, die von Anfang an fest daran glaubte, dass alles gut ging. Und damit musste auch die Schwangerschaft kein Geheimnis sein. Zumindest nicht für die Menschen, die mir wichtig waren.

»Ja. Für mich ist das völlig okay, Anna«, bestätigte ich deswegen.

»Super!«, freute sich Ilona.

»Wie du meinst. Aber wenn Ben es weiß, dann will ich es Paul und meiner Mutter auch erzählen dürfen!«, warf Anna ein. »Und natürlich den Mädchen.«

»Klar! Mach das!«, stimmte ich auch hier zu und bedauerte es nur, nicht dabei zu sein, um ihre Gesichter zu sehen, wenn sie die Neuigkeit erfuhren.

»Die werden alle ganz schön große Augen machen«, sagte Ilona und kicherte.

»Du kannst dich jedenfalls schon mal darauf einstellen, dass du heute im Lauf des Tages jede Menge Nachrichten und Anrufe bekommen wirst«, warnte Anna mich vor.

»Ich freue mich darauf.«

Nachdem ich mich von den beiden verabschiedet hatte, stand ich auf und öffnete die Balkontür. Draußen brach langsam der Tag an. Sinnbildlich für ein neues Leben. Ich atmete den un-

vergleichlichen Duft nach Meer ein und sah zu, wie die Hellig-
keit immer mehr von der herrlichen Umgebung hervorzau-
berte. Wieder legte ich die Hände auf meinen Bauch.

»Schön, dass du so schnell eingezogen bist, mein Kleines«,
murmelte ich. »Das hast du echt super gemacht. Auch wenn
ich keine Ahnung habe, wie das alles geht, verspreche ich dir,
dass ich mir alle Mühe geben werde, eine gute Mama zu sein.«

Kapitel 9

Es war einmal …

Drei Stunden später drängte ich mich durch die Stuhlreihen hindurch zu einem der wenigen noch freien Plätze im Konferenzsaal des Hotels. Nach einem längeren Telefonat mit Dr. Jai, der ich die unglaubliche Nachricht natürlich sofort persönlich mitteilen wollte, war ich etwas spät dran. Außerdem hatten sich im Minutentakt fast alle gemeldet, denen Ilona und Anna von meiner Schwangerschaft erzählt hatten. Sie freuten sich für mich, wünschten mir alles Gute und beteuerten mir schon jetzt ihre Unterstützung.

Ein wenig abgehetzt nahm ich auf einem der beiden freien Stühle Platz und schaltete mein Handy in den Flugmodus. Gleich würde die Eröffnungsveranstaltung mit dem Vortrag eines kanadischen Kollegen beginnen, der einen völlig neuen Ansatz bei der Behandlung und Prophylaxe von Karies in Milchzähnen vorstellen würde. Eigentlich hatte ich mich auf dieses Thema gefreut, aber jetzt hätte ich viel mehr Lust darauf, stundenlang am herrlichen Sandstrand entlangzuspazieren und mich einfach nur dem verrückten Gefühl hinzugeben, mit knapp 43 Jahren eine frisch gebackene Schwangere zu sein. Eine alleinstehende schwangere Frau zwar, was mir jedoch völlig schnuppe war. Nichts konnte ich mir im Moment weniger vorstellen, als einen Mann an meiner Seite zu haben.

»Entschuldigung, ist der Platz hier noch frei?«

»Ja klar«, sagte ich, während ich den Kopf seitlich nach oben drehte und den Kollegen ansah, der mich eben angesprochen hatte. Als ich ihn erkannte, schien für einen Augenblick die Zeit stillzustehen. Dann wurde mir mit einem Schlag heiß, und ich war froh, dass ich saß und nicht stand, denn meine Beine zitterten plötzlich so sehr, dass ich mich sicherlich an ihm hätte festhalten müssen.

»Hendrik!«, flüsterte ich und musterte das Gesicht, das mir nach all den Jahren noch immer so vertraut war, obwohl der Zahn der Zeit – *ein beliebtes Wortspiel unter uns Zahnärzten* – auch an ihm etwas genagt hatte. Doch das tat seiner Erscheinung keinen Abbruch. Im Gegenteil. Er sah sogar noch besser aus als in meiner Erinnerung. Aus dem schlaksigen Studenten mit den schulterlangen blonden Haaren war ein attraktiver Mittvierziger geworden, dessen modisch geschnittene Frisur von einigen silbernen Strähnen durchzogen war, die das Blau seiner Augen intensiv strahlen ließen.

»Zoe!« Auch er hatte mich sofort erkannt, und langsam, fast wie in Zeitlupe ließ er sich auf den Stuhl sinken, ohne seinen Blick von mir zu wenden.

»Ich glaube es einfach nicht«, hörte ich ihn murmeln, und dann lächelte er. Es war genau das Lächeln, in das ich mich damals – gleich nach unserer ersten gemeinsamen Vorlesung – Hals über Kopf verliebt hatte. Vor vierundzwanzig Jahren.

»Ich auch nicht«, flüsterte ich und war verwundert, dass meine Stimme mir überhaupt gehorchte. Hendrik Scholler, meine Jugendliebe, saß leibhaftig neben mir.

In diesem Moment bat der Veranstalter um Ruhe im Saal und begrüßte sehr herzlich die Gäste, um dann den Referenten ans Rednerpult zu bitten.

Hendrik beugte sich nah an mein Ohr.

»Darf ich dich anschließend zum Mittagessen einladen?«, fragte er leise.

Ich nickte nur und tat dann so, als ob ich mich auf den Vortrag konzentrieren würde. Doch in Wahrheit bekam ich von den sicherlich äußerst interessanten Erkenntnissen des kanadischen Kollegen nichts mit, denn meine Gedanken drehten sich einzig und allein um Hendrik.

Wir waren während unseres Studiums in Regensburg fast drei Jahre lang ein Paar gewesen – was im Rückblick für meine Verhältnisse doch ziemlich beachtlich war. Hendrik und ich hatten uns sogar eine kleine Studentenbude geteilt. Doch zu mehr waren wir beide nicht bereit gewesen. Wir hatten uns noch viel zu jung gefühlt, um auch nur im Entferntesten über so spießige Themen wie Heirat oder gar Familie nachzudenken. Die Welt und all ihre Möglichkeiten standen uns offen, und instinktiv wussten wir beide, dass unsere Beziehung nicht von Dauer sein würde.

Als ich für zwei Auslandssemester nach London ging und Hendrik vorzeitig zurück nach Hamburg, wo er neben dem Studium im Gemüseladen seiner Eltern aushalf, war klar, dass es Zoe und Hendrik als Paar nicht mehr länger geben würde. Für eine Fernbeziehung waren wir beide nicht gemacht, damit hätten wir unser Leben und unsere Freiheit zu sehr eingeschränkt. Zumindest waren wir damals dieser Überzeugung gewesen. Wir hatten versucht, den Abschied so locker wie möglich zu gestalten, schließlich waren wir ja so unendlich cool gewesen. Ein Abend mit den engsten Freunden in unserer Lieblingskneipe. Danach hatten wir ein letztes Mal miteinander geschlafen. Als ich am nächsten Morgen die Augen geöffnet hatte, war Hendrik bereits verschwunden gewesen. Es hatte mehr wehgetan als gedacht, doch ich hatte versucht, mir einzureden, dass es das Beste für uns beide war.

Anfangs hatten wir noch regelmäßig telefoniert, doch irgendwann war der Kontakt immer weniger geworden. Ich war längst wieder zurück in Bayern gewesen, als ich erfuhr, dass Hendrik sich ganz überraschend mit einer amerikanischen Musicaldarstellerin verlobt hatte und zu seiner zukünftigen Frau nach New York gezogen war. Dass er tatsächlich mit noch nicht mal fünfundzwanzig Jahren schon heiraten wollte, hatte mich damals kurz ins Schleudern gebracht. Doch ich hatte mich zu jener Zeit gerade auf einen charmanten Apotheker eingelassen, der es immerhin schaffte, Hendrik aus meinen Gedanken zu verdrängen. Zumindest für eine Weile. Denn lange hatte auch dieses Intermezzo nicht gehalten.

All die Erinnerungen strömten nun ganz ungefiltert auf mich ein. Rückblickend konnte ich ganz klar sagen, dass es danach keinen Mann mehr gegeben hatte, mit dem ich eine so unbeschwerte Zeit erlebt hatte wie mit Hendrik – aber vielleicht lag das ja auch an der Unbeschwertheit der Jugend. Wir waren damals nicht nur ein Liebespaar gewesen, sondern auch gute Freunde. Womöglich warf mich die Begegnung mit ihm deswegen gerade etwas aus der Bahn?

Unauffällig riskierte ich einen Blick auf seine Hände. Ich sah keinen Ehering. Doch das musste natürlich nichts bedeuten. War er extra wegen des internationalen Zahnärztekongresses aus den Staaten nach Heiligenhafen gekommen? Hatte er die letzten Jahre überhaupt in Amerika verbracht? Oder war er womöglich schon länger wieder zurück in seiner alten Heimatstadt Hamburg? Plötzlich war ich schrecklich neugierig darauf zu erfahren, welche Richtung sein Leben genommen hatte.

Ein begeisterter Applaus riss mich aus meinen Gedanken. Der Vortrag war zu Ende und eine Diskussionsrunde dazu nicht vorgesehen, worüber ich froh war. Während die Leute um uns herum bereits aufstanden, blieben Hendrik und ich in stillem Einvernehmen sitzen und warteten, bis der Saal sich langsam leerte.

»Ein interessanter Vortrag, oder?«, bemerkte er schließlich.

»Hmm«, beteuerte ich mit einem Nicken. »Sehr!«

»Ich hoffe, es gibt dazu auch ein Paper, um alles nachzulesen, denn ehrlich gesagt hab ich mich kaum darauf konzentrieren können«, gestand Hendrik mit einem entwaffnenden Lächeln.

»Ich auch nicht!«, gab ich zu. Wir sahen uns für einen Moment in die Augen, dann prusteten wir los.

»Wollen wir?«, fragte er und stand auf.

»Gern.«

Wir verließen den Saal.

»Worauf hast du denn Lust?«, fragte er, während wir mit dem Fahrstuhl nach unten in die Lobby fuhren.

Hier direkt am Meer bot sich natürlich eines der vielen Lokale an, in denen fangfrischer Fisch auf der Speisekarte stand. Doch ein Essen mit Hendrik verband ich mit etwas völlig anderem. Und so zögerte ich nicht lange mit einer Antwort.

»Auf Pizza«, antwortete ich, und seine Augen funkelten vergnügt.

»Das hatte ich schwer gehofft«, sagte er.

Der Portier im Hotel gab uns einen Tipp für ein kleines italienisches Restaurant nur wenige Gehminuten entfernt, in dem es angeblich die besten Pizzen der Gegend gab. Eine Viertelstunde später setzten wir uns an einen Tisch am Fenster mit einem atemberaubenden Blick aufs Meer.

Als wir die Bestellung für die Getränke aufgaben, dachte ich zum ersten Mal seit unserer Begegnung wieder an meine Schwangerschaft, die ich in den letzten zweieinhalb Stunden tatsächlich total vergessen hatte. Ein Gläschen Weißwein zum Anstoßen auf unsere Begegnung nach so vielen Jahren war jedenfalls für mich nicht drin.

»Eine Johannisbeersaftschorle, bitte«, orderte ich deswegen mein derzeitiges Lieblingsgetränk.

»Und für mich ein großes Mineralwasser mit Zitrone.«

Auch beim Essen mussten wir nicht lange überlegen. Er bestellte eine Pizza mit Kirschtomaten, frischem Rucola und Parmesan.

»So eine möchte ich auch«, sagte ich zur Kellnerin.

»Soll ich dann eine große Pizza für zwei Personen bringen?«, bot sie an.

Wir sahen uns an und nickten gleichzeitig.

»Klar. Eine große für uns beide«, sagte ich.

Hendrik lächelte, nachdem die Kellnerin zur Theke gegangen war, um die Bestellung aufzugeben.

»Keine Pizza Salami heute mit scharfen Peperoni und Zwiebeln?«, fragte er, und ich war baff, dass er sich noch daran erinnern konnte, was ich früher immer gegessen hatte. Gleichzeitig wusste auch ich noch, was damals sein Lieblingsbelag war.

»Das mit dem scharfen Essen habe ich mir abgewöhnt«,

sagte ich. »Und du? Heute keine Pizza mit Schafskäse, ganz viel Knoblauch und Oliven?«

»Du weißt es also auch noch!?«

»Klar!«

»Diese Variante habe ich schon lange nicht mehr gegessen, aber das sollte ich vielleicht demnächst mal wieder versuchen«, überlegte er.

Für ein paar Sekunden herrschte Stille. Ich genoss es, mit ihm hier zu sitzen, und ihm schien es ebenso zu gehen.

»Die roten Haare stehen dir übrigens super«, machte er mir ein Kompliment. »Hattest du eine ähnliche Farbe nicht früher schon mal?«

»Damals ging es eher in Richtung Lila.«

»Stimmt. Ich mochte es immer, wenn du mit deiner Frisur herumexperimentiert hast.«

»Das hat sich seither wenig geändert«, gestand ich.

»Zoe bleibt sich immer treu, oder?« Er schmunzelte.

Ich spielte mit einer Papierserviette.

»Zumindest meistens.«

»Es ist echt so schön, dass wir uns getroffen haben«, sagte er.

»Ja. Das finde ich auch. Bist du denn extra zum Kongress aus Amerika angereist?«

Er schüttelte den Kopf.

»Nein. Ich bin schon seit vier Monaten in Hamburg. Meinem Vater ging es nicht gut, und vor acht Wochen ist er gestorben.«

»Das tut mir sehr leid«, sagte ich. »Ich mochte ihn wirklich gern.«

Hendriks Vater war schon damals ein richtiges Hamburger Original gewesen, und die Kunden waren nicht nur in den kleinen Laden gekommen, um Obst und Gemüse zu kaufen, sondern um eine der vielen Geschichten und Sprüche zu hören, die man dort gratis dazubekommen hatte.

»Danke … Meine Mutter hat den Laden inzwischen geschlossen, und ich habe ihr dabei geholfen, alles abzuwickeln und auch die Wohnung aufzulösen. Sie lebt jetzt zusammen mit einer ihrer ältesten Freundinnen und zwei weiteren Leuten in einer Senioren-WG im Stadtteil Eilbek. Und offenbar fühlt sie sich dort ganz wohl.«

»Das freut mich. Soweit ich mich erinnern kann, konnte deine Mutter nie gut alleine sein.«

»Stimmt. Deswegen ist das wirklich eine praktische Lösung.«

Die Kellnerin brachte die Getränke, und wir prosteten uns zu.

»Auf unsere unerwartete Begegnung!«, sagte ich.

»Prost! … Wobei, ich habe mich gestern bei der Anreise tatsächlich kurz mal gefragt, ob du vielleicht auch hier sein könntest.«

»Ach ja? Echt?«, fragte ich erstaunt.

Er hat an mich gedacht!

»Ja … Aber dass wir uns gleich am ersten Tag über den Weg laufen, das war wirklich ein großer Zufall.«

»Ich dachte, du würdest noch in den Staaten leben«, sagte ich. »Deswegen bin ich gar nicht davon ausgegangen, dass du hier sein könntest.«

»Das mit Amerika hat sich mit meiner Rückkehr erledigt!«, erklärte er und wirkte mit einem Mal etwas nachdenklich.

»Ist deine Familie mit nach Hamburg gekommen?«

»Nein! Ich bin nicht verheiratet!«

Ach, sieh mal an!

»Geschieden?«

Er schüttelte den Kopf.

»Ich war nie verheiratet, Zoe.«

Ich sah ihn verdutzt an.

»Aber ich dachte … also, du wolltest doch damals diese Musicaldarstellerin heiraten? Ihretwegen bist du doch nach Amerika. Iris hieß sie, oder?«

»Ja, Iris … aber letztlich hat es nicht funktioniert, und wir haben die Verlobung gelöst. Es stellte sich heraus, dass Iris sich zwar schnell für die Ehe und das Heiraten begeistern konnte, doch genauso schnell war ihre Begeisterung dann auch wieder verflogen. Glücklicherweise hatten wir die Hochzeit noch gar nicht geplant. Aber es gefiel mir in New York, und ich war eine Weile in einer privaten Zahnklinik angestellt. Danach habe ich noch weitergemacht zum Fachzahnarzt für Kieferorthopädie und meine eigene Praxis in Washington eröffnet.«

»Du warst immer schon sehr ehrgeizig«, bemerkte ich.

»Na ja, du doch auch.«

»Stimmt … Und jetzt bleibst du endgültig in Deutschland?«

»Ehrlich gesagt, weiß ich das noch nicht. Ein paar Wochen vor der Erkrankung meines Vaters haben meine damalige Freundin und ich uns getrennt.«

Ich merkte ihm an, dass ihm das Thema etwas unangenehm war, und er ging auch nicht näher darauf ein.

»Womöglich war es genau die richtige Zeit für eine Rückkehr, auch wenn ich mir einen anderen Grund dafür gewünscht hätte. Jetzt gönne ich mir erst einmal eine kurze Auszeit, um mir über einiges klar zu werden und zu überlegen, wie es bei mir weitergeht. Aber lass uns nicht nur über mich reden. Wie geht es dir denn so? Ich habe gehört, du hast vor ein paar Jahren die Praxis deines Onkels am Chiemsee übernommen?«

»Stimmt … Und da bin ich immer noch. Seitdem ich als Kind mit meinen Eltern aus Griechenland nach München gezogen bin, hab ich noch nie so lange an einem Ort gelebt wie in Prien. Verrückt, oder?«

»Erstaunlich!«

Sein Blick schweifte zu meinem Namensschild, das ich vergessen hatte abzunehmen.

»Dr. Zoe Petrides – entweder hast du bei deiner Hochzeit deinen Geburtsnamen behalten, oder du bist nicht verheiratet?«, rätselte er.

»Was denkst du denn?«, fragte ich neugierig.

»Heiraten und Familie war nie dein Ding. Ich kann mir vorstellen, dass du dir auch hier treu geblieben bist.«

»Stimmt!«, gab ich zu. »Ich habe tatsächlich nie geheiratet.«

Allerdings hatte sich meine Einstellung zu diesen Themen in den letzten Jahren grundlegend verändert. Irgendwie schien mir jedoch jetzt nicht der richtige Moment zu sein, das zu korrigieren. Und noch weniger schien es mir der passende Zeitpunkt zu sein, Hendrik zu erzählen, dass ich seit heute wusste, dass ich schwanger war, und dass dieses Kind durch eine Samenspende entstanden war, weil ich es nicht geschafft hatte, einen passenden Partner zu finden, mit dem ich eine Familie hätte gründen können.

»Liiert?«, fragte er weiter.

»Momentan nicht.«

Er lachte leise.

»Wir beide haben es tatsächlich durchgezogen und das Ehelos an uns vorüberziehen lassen!«

»Sieht ganz so aus«, meinte ich, und in diesem Moment kam die Bedienung mit dem Essen.

»Bitte schön, einmal Pizza mit Tomaten und Rucola für zwei Personen.«

Manchmal trifft man nach langer Zeit auf alte Bekannte und merkt nach wenigen Sätzen, dass man einander nicht mehr viel zu sagen hat. Unabhängig davon, wie eng die Beziehung einmal war. Nicht so bei Hendrik und mir. Während des Essens schwelgten wir in Erinnerungen an unsere aufregende Studienzeit in Regensburg, unterhielten uns über damalige Kommilitonen und Bekannte, unsere Arbeit und die Leidenschaft, die wir damals schon geteilt hatten: das Reisen in aller Herren Länder.

»Ich habe echt unglaublich viel erlebt und bereue natürlich keine meiner Reisen, trotzdem habe ich inzwischen doch ein schlechtes Gewissen, dass mein ökologischer Fußabdruck dadurch leider beträchtlich ist«, gestand Hendrik. »Früher war mir das überhaupt nicht richtig bewusst. Oder vielleicht hab ich das auch gerne verdrängt, weil die Welt zu entdecken für mich immer so etwas Besonderes war und für mich für Freiheit und Aufgeschlossenheit stand. Andere Länder und Menschen kennenzulernen, unterschiedliche Kulturen zu erleben – das hat mich auf vielen Ebenen bereichert«, sagte er. »Doch jetzt ist es wirklich an der Zeit, mein Verhalten in dieser Beziehung etwas zu ändern, wenn eine Reise nicht gerade beruflich oder aus anderen wichtigen Gründen erforderlich ist.«

»Ich fürchte, da muss ich mich auch ein wenig an der Nase packen«, gab ich zu.

»Entschuldigen Sie bitte, ich würde gerne abkassieren. Wir schließen jetzt bis zum Abendgeschäft«, unterbrach die Bedienung unser interessantes Gespräch.

»Natürlich. Bitte alles auf eine Rechnung«, sagte Hendrik und zog seine Brieftasche heraus, bevor ich protestieren konnte. »Ich habe dich vorhin eingeladen, Zoe, schon vergessen?«

»Na gut. Danke, Hendrik.«

Nachdem er bezahlt hatte, sah er auf die Uhr.

»Meine Güte, schon so spät? In zehn Minuten beginnt der nächste Vortrag, für den ich angemeldet bin.«

»Der Vortrag von Professor Holbauer?«

»Genau!«

»Da bin ich auch!«

»Dann lass uns doch gemeinsam gehen.«

»Gern! … Wahnsinn, wie schnell die Zeit vergangen ist. Ich hätte noch ewig weiterquatschen können«, sagte ich.

»Ich auch. Aber sicher finden wir eine weitere Gelegenheit«, meinte er mit einem Lächeln.

Ich nahm meine Handtasche, und wir verließen das Lokal. Draußen hatte sich der Himmel zugezogen, und es sah nach Regen aus.

»Komm, beeilen wir uns! Dann schaffen wir es vielleicht noch rechtzeitig – und vor allem trocken – zum nächsten Vortrag«, sagte Hendrik mit einem Blick zu den dunklen Wolken und griff nach meiner Hand.

Kapitel 10

Mitternacht

Auch von diesem Vortrag bekam ich zunächst nicht allzu viel mit. Hendrik und ich saßen ganz hinten im Saal und unterhielten uns flüsternd, bis die Kollegin vor uns sich umdrehte und uns bat, doch endlich still zu sein oder besser noch draußen weiterzureden. Sie hatte das allerdings deutlich derber formuliert.

Hendrik zwinkerte mir verschwörerisch zu, und wir rissen uns zusammen. Trotzdem fiel es mir schwer, mich auf die Ausführungen von Professor Holbauer zu konzentrieren, obwohl das Thema – neuartige Gebissprothesen bei Kieferschwund – mich durchaus sehr interessierte. Unter meinen Patienten gab es immer mehr, die davon betroffen waren. Gut, dass man seine Ausführungen auch nachlesen konnte.

Es war schon nach achtzehn Uhr, als die Veranstaltung schließlich zu Ende ging.

In der Lobby sah Hendrik auf seine Armbanduhr.

»Ich würde so gerne heute mit dir zu Abend essen und unser Gespräch fortführen, Zoe«, sagte er mit einem bedauernden Blick, »aber ich habe leider schon eine Verabredung mit zwei Kollegen, die ich nicht absagen kann.«

»Oh, schade, ich hatte gehofft, wir würden noch etwas mehr in der Vergangenheit schwelgen.« Der Tag mit Hendrik war bislang so schön gewesen, dass ich einfach gehofft hatte, wir würden auch noch den Abend gemeinsam verbringen.

»Aber ich könnte es schaffen, bis kurz vor Mitternacht zurück zu sein. Rechtzeitig, um auf deinen Geburtstag anzustoßen, wenn du möchtest.«

»Du weißt noch, wann ich Geburtstag habe?«

»Klar! Der 17. April war doch damals immer ein besonderer Tag. Ich kenne niemanden, der seinen Geburtstag so gerne gefeiert hat wie du.«

»Inzwischen vielleicht nicht mehr mit ganz so großem Enthusiasmus wie damals«, gestand ich, und er lachte.

»Also keine wilden Partys mehr, die sich oft über mehrere Tage erstrecken?«

»Nicht wirklich.«

»Was hast du denn heute Abend noch vor?«

Ich zuckte mit den Schultern.

»Eigentlich gar nichts. Nur eine heiße Dusche, eine Kleinigkeit zu essen aufs Zimmer bringen lassen und nebenbei ein wenig fernsehen bis ich so müde bin, dass ich einschlafe.«

»Ich weiß nicht, ob ich dich jetzt bedauern oder beneiden soll«, sagte er.

»Am besten keines von beidem. Für mich ist das Programm völlig okay.«

»Na gut. Dann sehen wir uns also heute nicht mehr?«

»Schick mir doch einfach eine Nachricht, wenn du rechtzeitig zurückkommst. Und wenn ich noch wach bin, können wir uns ja noch sehen.«

»So machen wir es. Gib mir bitte deine Nummer, dann speichere ich sie gleich ein.«

Er holte sein Handy aus der Tasche.

»Moment … ich weiß die leider nicht auswendig«, sagte ich und holte ebenfalls mein Smartphone. In diesem Moment bemerkte ich, dass es noch immer auf Flugmodus gestellt war.

Ups!

Ich schaltete es rasch an und erschrak. Unzählige Anrufe und Nachrichten waren eingegangen, vor allem von Anna und Ilona, die sich offenbar ziemliche Sorgen machten, weil ich mich seit Stunden nicht gemeldet hatte.

»Ist was passiert?«, fragte Hendrik.

»Nein … Warte bitte nur ganz kurz.«

Ich rief unsere Freundinnen-WhatsApp-Gruppe auf und nahm rasch eine Sprachnachricht auf: »Hallo, ihr zwei. Es tut mir leid, dass ich mich nicht gemeldet habe. Mir geht es gut, keine Sorge. Ich hatte nur vergessen, nach dem Vortrag heute Vormittag das Handy wieder einzuschalten. Melde mich dann gleich noch mal. Bis dann.«

Ich warf einen Blick zu Hendrik, der mich neugierig ansah, und zuckte ein wenig verlegen mit den Schultern.

»Entschuldige, ich musste nur …«

Das Klingeln des Handys unterbrach mich. Ilona! Natürlich! Ich seufzte. Sie würde es sicher so lange versuchen, bis ich ans Handy ging. Also brachte ich es am besten gleich hinter mich.

»Hallo, Ilona«, meldete ich mich. »Es ist jetzt gerade ganz ungünstig – ich rufe dich aber wirklich gleich …«

»Was glaubst du, was für Sorgen wir uns die letzten Stunden gemacht haben?«, blaffte Ilona mich ohne Begrüßung an.

»Hör mal, ich …«, doch sie ließ mich nicht ausreden.

»Anna hat sich die schlimmsten Dinge ausgemalt und war so aufgeregt, dass sie vorhin sogar die Polizei angerufen hat.«

»Sie hat was? … Die Polizei?«, fragte ich erschrocken. »Bitte gebt dort sofort Bescheid, dass alles in Ordnung ist«, forderte ich.

»So in Ordnung wie der angeblich ganz harmlose Unfall auf den Kapverden?«, fragte Ilona.

»Hör zu, mir ist wirklich nichts passiert. Alles ist bestens! Ich schwöre, ich bin in keiner Klinik und verharmlose auch nicht meinen Zustand.«

»Apropos Zustand – genau deswegen hat Anna sich natürlich auch …«

»Ich muss jetzt wirklich aufhören«, unterbrach ich sie rasch. Ganz bestimmt würde ich nicht vor Hendrik über meine noch ganz frische Schwangerschaft sprechen. »Aber ich melde mich gleich noch mal bei euch, sobald ich in meinem Zimmer bin. Versprochen.«

Ich legte auf und blies langsam Luft durch die Lippen.

»Da hat sich wohl jemand große Sorgen um dich gemacht«, bemerkte Hendrik, der nur meinen Teil des Gesprächs gehört und sich einen Reim darauf gemacht hatte.

»Ja … Meine Freundinnen Ilona und Anna. Sie konnten mich den ganzen Tag nicht erreichen. Normalerweise vergesse ich nie, mein Handy wieder einzuschalten.«

»Aber das kann doch mal passieren.«

»Eigentlich trägst du ja die Schuld dafür. Du hast mich so abgelenkt, dass es mir gar nicht aufgefallen ist«, sagte ich, natürlich nicht ernsthaft.

»Genau das war auch meine Absicht, dich mit meiner Gegenwart völlig aus dem Konzept zu bringen.« Er lächelte. »Aber natürlich wollte ich nicht, dass sich deswegen jemand Sorgen macht. Mea culpa!«

»Immerhin wissen sie jetzt, dass alles in Ordnung ist.«

»Sind deine Freundinnen immer so besorgt um dich, nur weil du mal ein paar Stunden nicht erreichbar bist?«, fragte er etwas erstaunt.

»Normalerweise nicht, aber … ach, das ist eine längere Geschichte«, wich ich aus.

»Ich liebe längere Geschichten«, bemerkte er mit einem Schmunzeln. »Aber leider muss ich gleich los. Gibt es auch eine Kurzfassung?«

»Gibt es. Also, ich hatte an Silvester einen Unfall, der glücklicherweise glimpflich ausging. Aber die beiden konnten mich damals nicht erreichen, weil ich im Krankenhaus war, obwohl ausgemacht war, dass ich mich melde. Damit habe ich sie wohl ein wenig traumatisiert.«

Den Herzinfarkt im letzten Jahr ließ ich jetzt einfach mal unter den Tisch fallen.

»Okay, das erklärt einiges. Gut, dass dir bei diesem Unfall nichts passiert ist. Ich hoffe, du erzählst mir bei unserem nächsten Treffen die ausführliche Version?«

»Versprochen.«

Ich hielt ihm mein Handy hin.

»Tipp mir doch gleich noch deine Nummer ein, ja?«, bat ich.

»Klar.«

Kaum hatte er sie eingegeben, rief ich ihn an, und damit hatte auch er meine Kontaktdaten.

»Dann bis später vielleicht.«

»Bis später! Ich melde mich, wenn ich zurück bin.«

Er umarmte mich kurz zum Abschied und machte sich dann auf den Weg zu seiner Verabredung, während ich mit dem Lift nach oben zu meinem Zimmer fuhr.

Auf dem Ablagetisch neben der Tür erwartete mich eine handschriftliche Nachricht der Rezeption, dass ich mich bitte unverzüglich melden sollte. Ich seufzte. Anna und Ilona hatten auch dort mehrfach angerufen, um zu überprüfen, ob ich nicht womöglich mit einem weiteren Herzinfarkt hilflos im Zimmer lag. Glücklicherweise war niemand auf die Idee gekommen, meinen Namen beim Vortrag des Professors ausrufen zu lassen.

Ich gab Bescheid, dass sich inzwischen alles geklärt hatte, und bestellte Gemüsesuppe, ein Franzbrötchen und zwei große Flaschen Wasser.

Noch bevor der Zimmerservice das Essen brachte, rief ich Anna an. Sie hatte sich tatsächlich schreckliche Sorgen gemacht, und Paul hatte sie offenbar gerade noch davon abhalten können, ins Auto zu steigen und an die Ostsee zu fahren, um nach mir zu suchen. Einerseits rührte mich ihre Sorge, aber andererseits war es tatsächlich schon ziemlich übertrieben. Und das sagte ich ihr auch deutlich.

»Aber wenn dir wieder was passiert wäre, dann …«, warf sie ein, doch ich ließ sie gar nicht ausreden.

»Anna! Bitte! Komm jetzt wirklich mal runter. Natürlich hätte es auch sein können, dass mir wieder etwas passiert wäre. Klar, das kann bei jedem von uns immer sein. Aber dann hättest du es erstens ohnehin erfahren, weil ich dich und Ilona als meine Notfallkontakte angegeben habe, und zweitens hätte man dann auch nichts mehr ändern können, so schlimm sich das anhört.«

»Schon, aber …«, sie gab nicht auf.

»Ich bin wirklich froh, dass ihr euch so um mich sorgt, aber ich bin doch kein gedankenloser Teenager, und – sorry, wenn ich das so deutlich sage – du bist auch nicht meine Mutter. Ich habe nur vergessen das Handy wieder einzuschalten. Und zwar, weil ich jemanden getroffen habe und wir gemeinsam beim Essen waren. Und danach ging es gleich mit dem nächsten Vortrag weiter. Ich hatte einen wirklich schönen Tag. Die Polizei anzurufen, nur weil ich ein paar Stunden nicht erreichbar war? Merkst du vielleicht selbst, dass das ein wenig übertrieben ist?«

Zerknirscht entschuldigte sich Anna für die Aufregung und versprach, sich zukünftig zurückzuhalten. Was ich ihr allerdings nur bedingt abnahm. Anna war Anna, und in ihrer Fürsorglichkeit konnte sie nicht aus ihrer Haut.

»Aber wer war das, mit dem du beim Essen warst und der dich so abgelenkt hat?«, hakte sie dennoch neugierig nach.

»Hendrik Scholler!«, antwortete ich lapidar. »Ein Kollege.«

»Hendrik? Der Name kommt mir bekannt vor. Doch nicht etwa der Hendrik, mit dem du früher mal zusammen warst?«

Ich konnte mich gar nicht daran erinnern, dass ich ihr schon mal von ihm erzählt hatte. Das musste wohl an einem der Abende gewesen sein, als mich Crémant, Rotwein oder Eierlikör in Plauderstimmung versetzt hatten.

»Ja. Genau der«, bestätigte ich mit einem Nicken, auch wenn sie das nicht sehen konnte.

»Und?«

»Und was?«

»Na ja. Immerhin warst du mit deinem Ex beim Essen«, sagte sie.

»Das hört sich jetzt ungewöhnlicher an, als es war. Dein Ex war mit seiner Frau sogar auf deine Hochzeit eingeladen.«

»Das ist was völlig anderes. Und jetzt weich bitte nicht aus!«

»Na gut. Es war nett.«

»Nur nett?«

»Es war sogar sehr schön!«, gab ich zu.

»Aha, sehr schön war es also! Und? Ist er verheiratet? Oder liiert?«

»Nein ist er nicht! Und was soll das denn jetzt werden, Anna? Eine Inquisition?«

»Ich bin nur interessiert«, meinte sie fröhlich.

In diesem Moment klopfte es an der Tür.

»Der Zimmerservice ist da«, sagte ich und ging zur Tür, um zu öffnen.

»Sollen Ilona, du und ich uns um Mitternacht per Videochat treffen, damit wir dir gratulieren können?«, fragte sie, während die Hotelangestellte das Tablett ins Zimmer trug und auf den Tisch stellte.

»Moment mal kurz, Anna.«

Ich zeichnete den Beleg ab und setzte einen ordentlichen Betrag als Trinkgeld dazu.

Die junge Frau lächelte, und ich nickte ihr zu, als sie wieder ging.

»Ihr braucht wirklich nicht extra so lange aufzubleiben. Es ist ja mitten unter der Woche, und es kann sein, dass ich mich noch mit Hendrik treffe.«

»So so …«

»Was? So so?«

»Ach nichts.«

Ich konnte ihr Grinsen durchs Telefon hören. Doch ich wollte nicht darauf einsteigen.

»Dann bis morgen früh? Ich meine, ein gemeinsamer Geburtstags-Videochat ist doch drin, oder?«, fragte sie.

»Natürlich!«

»Ich klär das mit Ilona … Und wie fühlst du dich eigentlich sonst so? Ich meine, wegen der Schwangerschaft?«

»Weißt du, ich kann es selbst kaum glauben, aber heute ist so viel passiert, dass ich gar nicht so oft daran gedacht habe. Ich muss das erst richtig sacken lassen.«

»Das verstehe ich. Unsere Zoe wird Mama. Das ist ja auch wirklich kaum zu fassen. Dann lass ich dich jetzt mal essen. Schönen Abend.«

»Danke. Dir auch … Und du erholst dich besser von der Aufregung vorhin«, schlug ich vor.

»Werde ich. Paul hat im Keller schon für Ilona und mich die Sauna angeheizt. Und danach gibt es Prosecco, mit dem wir auf deine Schwangerschaft anstoßen.«

»Stimmt. Das wolltet ihr ja heute machen. Na, dann viel Spaß.«

Die Suppe war so heiß, dass ich mir rasch noch eine kurze Dusche gönnte und es mir dann mit dem Tablett im Bett gemütlich machte. Jetzt hatte die Suppe genau die richtige Temperatur. Obwohl ich am Mittag reichlich gegessen hatte, verputzte ich die ganze Portion und das Franzbrötchen und holte mir dann noch ein Päckchen Nüsse aus der Minibar.

Ob der Appetit schon mit der Schwangerschaft zu tun hat?

»Da hab ich wohl einen kleinen Vielfraß als Untermieter«, murmelte ich mit einem Lächeln und legte meine Hand auf den Bauch.

Doch bald schweiften meine Gedanken wieder zu Hendrik und unserer Begegnung heute ab. Ich hatte in seiner Gegenwart immer das Gefühl, dass wir auf allen Ebenen auf der gleichen Wellenlänge lagen. Ich fragte mich, aus welchen Gründen seine letzte Beziehung wohl gescheitert sein mochte. Wie seine letzte Freundin wohl so war? Was für ein Typ Frau? Und warum hatte er nie geheiratet?

Womöglich war es ihm wie mir ergangen und er hatte die Richtige einfach nicht gefunden, sagte ich mir. Was mich zu der zwangsläufigen Frage führte, ob wir immer noch ein Paar wären, wenn wir uns damals nicht getrennt hätten. Wäre eine zeitlich begrenzte Fernbeziehung wirklich so unmöglich gewesen? Vielleicht hätten wir es ja damals trotzdem geschafft? Doch mein Gefühl sagte mir, dass es nicht der Fall gewesen wäre.

Trotzdem war das zwischen uns ganz besonders, dachte ich und schüttelte lächelnd den Kopf.

Ich sah auf das Handy. Es war kurz vor halb zehn. Noch gut zweieinhalb Stunden bis Mitternacht. Ich las und beantwortete noch einige geschäftliche Mails, die mich im Lauf des Tages erreicht hatten. Und dann entdeckte ich noch eine Sprachnachricht von Ben, die ich übersehen hatte.

»Hi Zoe, wie cool, dass es mit dem Baby geklappt hat. Und dann auch noch so schnell. Echt ganz schön mutig von dir, das ohne einen Vater für das Kind durchzuziehen. Aber du wirst das sicher großartig rocken! Und außerdem weißt du hoffentlich, dass es einige Leute gibt, die für dich und dein Küken da sind und auf die du dich verlassen kannst. Ich biete mich hiermit jetzt schon als Babysitter, Kindertaxi, männliches Role Model für deinen Knirps oder einfach nur als Freund an, der was Besonderes für dich kocht! Wenn Not am Mann ist, komme ich sogar zum Geburtsvorbereitungskurs mit. Also … melde dich einfach, wenn du mich brauchst, und pass auf dich auf! Ciao!«

Was hatte ich doch für ein unglaubliches Glück, so tolle Freunde zu haben, die mir eine Familie ersetzten. Ich räusperte mich kurz und drückte den Knopf, um eine Sprachnachricht aufzunehmen.

»Hi Ben. Na, hoffentlich hast du dir dein Angebot auch wirklich gut überlegt, denn glaub mir, ich werde es schamlos ausnutzen! Danke dir, du Lieber! Bist echt ein Schatz! Bis bald!«

Kurz darauf kam ein fröhlicher Smiley mit hochgerecktem Daumen von ihm zurück.

Ich scrollte noch ein wenig durch Instagram, entdeckte neue Fotos aus der Mongolei auf Hollys Seite für Seniorenreisen, schmunzelte über ein Selfie, das Mina bei einem Friseurbesuch gepostet hatte, und gähnte schließlich. Der aufregende Tag war auf eine wunderbare Weise doch ziemlich anstrengend gewesen. Zuerst die unglaubliche Freude über den positiven Schwangerschaftstest, dann die Begegnung mit meinem früheren Freund und die schönen Stunden, die wir beide miteinander verbracht hatten. Ob Hendrik sich tatsächlich vor Mitternacht noch melden würde? Jedenfalls hätte ich große Lust, ihn heute noch mal zu sehen.

Um mir die Zeit zu vertreiben, suchte ich in meiner Hörbuchbibliothek nach einer passenden Geschichte. Zum Lesen war ich abends oft schon zu müde, aber ein Hörbuch ging fast immer. Heute war mir nach etwas Humorvollem, und ich entschied mich für *Mieses Karma* von David Safier, auch wenn ich die Geschichte schon kannte. Mir war einfach nur nach amüsanter Ablenkung, bis Hendrik sich – hoffentlich – melden würde.

Ein leises Klingeln weckte mich. Müde rappelte ich mich hoch und war irritiert, dass es draußen schon hell war. Schlagartig war ich wach. Ich hatte Mitternacht komplett verschlafen! Hastig versuchte ich herauszufinden, wo das Handy war, und entdeckte es schließlich unter dem zweiten Kopfkissen des Doppelbetts.

Der Anruf kam von Anna, die mir gratulieren wollte. Doch erst musste ich dringend ins Badezimmer, weil meine Blase fast am Platzen war. Trotzdem warf ich noch einen kurzen Blick auf die Nachrichten. Hendrik hatte um halb zwölf geschrieben, dass er zurück sei und sich freuen würde, mich noch zu sehen. Und dann noch mal genau um Mitternacht mit Geburtstagsgrüßen. *Mist!*

Ich würde mich gleich auch bei ihm melden.

Kaum war ich aus dem Badezimmer zurück, klingelte es erneut. Diesmal war es Ilona.

»Alles Gute zum Geburtstag, meine liebe Zoe!«, gratulierte sie mir vergnügt und stimmte ein Geburtstagslied an.

»Danke, Ilona!«, unterbrach ich sie jedoch. »Schon gut, schon gut! Nur nicht übertreiben, so früh am Morgen!«

»Eine Gesangseinlage von mir bekommt nicht jeder!«

»Das ehrt mich, aber um diese Uhrzeit kann ich darauf verzichten.«

Sie lachte vergnügt. »Du, ich kann jetzt eh leider nicht lange quatschen, weil gleich eine Lieferung kommt und Ben noch nicht da ist, der das übernehmen könnte.«

»Das macht doch nichts«, beteuerte ich.

»Aber trotzdem muss ich unbedingt wissen, wie es gestern noch lief mit diesem Hendrik«, erklärte sie neugierig.

»Anna hat natürlich wieder geplaudert«, sagte ich und musste lächeln.

»Aber klar doch! In der Sauna ist sie quasi ein offenes Buch für mich. Und? Jetzt sag schon!«

»Leider gibt es nichts zu sagen, weil ich eingepennt bin und Mitternacht total verschlafen habe«, erklärte ich.

»Mist!«

Meine Rede!

»Siehst du ihn denn heute wieder?«

»Ich hoffe.«

»Dann will ich aber alles wissen, klar!«

»Natürlich!«

»Ich drück dich fest. Bis dann!«

»Bis dann!«

Gleich nach Ilona riefen Anna und Paul an, und es kamen weitere Nachrichten mit Geburtstagsgrüßen, auch aus der Praxis von Oxana und meiner Vertretung.

Endlich kam ich dazu, eine Sprachnachricht für Hendrik aufzunehmen, um ihm zu erklären, dass ich gestern leider eingeschlafen war, und mich für seine Glückwünsche zu bedanken.

»Alles Gute zum Geburtstag, Zoe. Ich wollte schon fast die Polizei anrufen und eine Vermisstenmeldung aufgeben«, feixte er in Anspielung auf meine Freundinnen, als er mich gleich darauf anrief.

Ich lachte.

»Vielleicht sollte ich mir einen Peilsender implantieren lassen, damit alle jederzeit wissen, wo ich bin«, scherzte ich.

»Bevor du das machst, könnten wir gemeinsam frühstücken. Was meinst du?«

»Sehr gern! Aber ich muss erst noch unter die Dusche … Sagen wir in einer Dreiviertelstunde unten im Restaurant?«, schlug ich vor.

»Oder ich lasse uns das Frühstück einfach zu mir aufs Zimmer bringen? Da haben wir es sicher gemütlicher.«

Bei diesem Vorschlag hatte ich plötzlich ein leises Flattern in der Magengrube. Ein Flattern der freudigen Art.

»Ja. Warum nicht«, sagte ich.

»Irgendwelche besonderen Wünsche?«

»Überrasche mich einfach!«

»Okay … bis gleich!«

»Hendrik?«

»Ja?«

»Eine Sache noch.«

»Was denn?«

»Welche Zimmernummer hast du eigentlich?«

»Ach ja, stimmt, das solltest du wissen, wenn ich dich schon einlade. Ich bin … Moment, ich muss kurz nachsehen … Ich bin in Zimmer 348!«

»Wirklich?« Ich lachte.

»Ja. Warum?«

»Ich bin in Zimmer 346«, sagte ich.

Nun lachte auch er.

»Dann bist du ja fast meine Nachbarin und hast es nicht weit. Bis dann!«

»Bis dann!«

Als ich pünktlich vor seiner Zimmertür stand, war ich tatsächlich etwas aufgeregt. Ich räusperte mich und klopfte. Gleich darauf öffnete er die Tür.

»Hallo Geburtstagskind!«, begrüßte er mich mit einer Umarmung, die sich ziemlich gut und irgendwie vertraut anfühlte. »Hereinspaziert!«

»Danke für die Einladung!«

»Aber klar doch. Leider ist es noch ein wenig frisch draußen, sonst hätten wir auf dem Balkon frühstücken können.«

»Wow – das sieht ja toll aus!«, sagte ich, als ich den üppig gedeckten Tisch mit einem in hellem Rosa gehaltenen Blumenstrauß und brennenden Kerzen sah.

»Die Blumen sind für dich!«, sagte er.

»Japanrosen! Wie hast du denn die so schnell organisiert?«

»Tja, das bleibt mein Geheimnis. Bei den Blumen war ich mir nicht sicher, was dir gefällt! Mir ist aufgefallen, dass ich dir früher nie welche geschenkt habe.«

»Doch. Einmal eine Sonnenblume. Du hattest sie mir aufs Kopfkissen gelegt. Aber die hatte total viel Läuse. Weißt du nicht mehr?«

»Stimmt!« Er lachte vergnügt. »Da warst du nicht wirklich darüber begeistert.«

»Nein. Seitdem habe ich zu Sonnenblumen ein etwas gespaltenes Verhältnis. Aber Japanrosen mag ich total gern!«, beteuerte ich.

»Wie schön, dass ich diesmal deinen Geschmack getroffen habe.«

»Hast du! Vielen Dank, Hendrik!«

»Ich hätte dir gerne noch ein Geschenk gemacht, aber leider hatte ich nicht genügend Zeit, um herauszufinden, worüber du dich freuen könntest.«

»Hey. Ich freue mich total über die Blumen und das gemeinsame Frühstück!«, beteuerte ich.

»Na schön … dann nimm doch bitte Platz.«

Ich setzte mich und bestaunte die reiche Auswahl, die kaum einen Wunsch offen ließ.

»Kommen noch ein paar Leute, von denen ich nichts weiß?«, erkundigte ich mich lächelnd.

»Alles für dich! Ich war mir nicht sicher, was du magst … Früher hast du außer schwarzem Kaffee und einer Zigarette nichts gefrühstückt.«

»Wahnsinn, was du noch alles weißt. Das Rauchen habe ich inzwischen aufgegeben«, sagte ich stolz. »Es hat zwar eine Weile gedauert und war auch nicht ganz einfach, aber irgendwann hat es geklappt.«

»Sehr vernünftig!«

Ich entschied mich für eine Portion Rührei mit Vollkornbrot und etwas Obstsalat.

»Kaffee?«, fragte er und hob die Kanne hoch.

»Sehr gern!«

Ist Kaffee gut für das Baby? Eine kleine Tasse wird schon nicht schaden!, sagte ich mir und nahm mir vor, mich schnellstens mit dem Thema richtige Ernährung in der Schwangerschaft zu befassen.

Da er noch mal nachhakte, erzählte ich ihm nun ziemlich ausführlich die Geschichte meines Unfalls auf den Kapverden. Und erwähnte auch die Begegnung mit Jenny, Mama Blanca und den Frauen. Natürlich wollte er das Video mit dem Tanz gleich anschauen, und ich rief es am Handy auf.

»Wow – das ist ja toll.«

»Nicht wahr?«

»Ich habe mich schon die ganze Zeit gefragt, wie die Schritt-folge hier ist. Das sieht ganz schön kompliziert aus.«

»Ist es aber gar nicht.«

»Kannst du mir das mal zeigen?«

»Jetzt gleich?«

»Warum nicht?«

Genau diese Spontanität hatte ich an ihm immer schon gemocht.

»Na gut! Versuchen wir es.«

Er schob die Stühle zur Seite, damit wir ausreichend Platz hatten. Trotzdem war es ziemlich beengt.

»Und was muss ich jetzt machen?«

Ich zeigte ihm zuerst die Grundschritte. Dann ließen wir die Musik dazu laufen und begannen zu tanzen, was auf dem begrenzten Raum nicht so einfach war. Ein paarmal verwechselte er die Richtung, und wir stießen lachend zusammen. Wir alberten herum, und einen Moment lang fühlte es sich so an, als wären wir wieder Teenager. Seine Berührungen ließen mein Herz schneller schlagen, was mich irritierte.

»Entschuldige«, sagte er.

»Kein Problem«, winkte ich ab. »Aber das hier ist wohl doch nicht der richtige Platz für die Jerusalema-Challenge.«

»Aber jedenfalls hat schon der Versuch Spaß gemacht.«

»Mir auch!«

»Magst du noch was essen?«

»Das war wirklich genug. Danke noch mal!«

Ich sah auf die Uhr. Inzwischen war es kurz vor neun Uhr. In gut einer halben Stunde würde die erste Veranstaltung beginnen, bei der ich mich angemeldet hatte.

»Ich muss dann leider langsam mal los«, sagte ich.

»Bist du auch für den Vortrag von Doktor Vaukel angemeldet?«

»Klar.«

»Aber sag mal, möchtest du da heute an deinem Geburtstag wirklich hingehen?«

Ich sah ihn amüsiert an.

»Nun ja, er ist einer der Hauptredner hier auf der Konferenz. Er ist der Grund, weshalb ich mich hier überhaupt angemeldet habe.«

»Ich mich auch, hmm … aber … aber was, wenn wir den Vortrag einfach schwänzen?«

»Du willst schwänzen?«

»Ja. Es soll heute sonnig und warm werden. Ich hab ehrlich gesagt überhaupt keine Lust, den ganzen Tag in einem Konferenzraum zu verbringen. Wir könnten nach Fehmarn fahren und dort am Strand an der Küste bei Katharinenhof spazieren gehen. Es ist echt herrlich dort! Na, was meinst du?«

Er sah mich erwartungsvoll an.

Es hatte mit einem Mal etwas sehr Verlockendes, den Vortrag sausen zu lassen und stattdessen zusammen mit Hendrik die Insel zu erkunden. Wahrscheinlich würde ich ohnehin nicht viel davon mitbekommen, weil meine Gedanken abwechselnd zwischen Hendrik und meiner Schwangerschaft hin und her wanderten.

»Ja! Ich hab Lust! Lass uns nach Fehmarn fahren!«, sagte ich.

Kapitel 11

Ein Hühnergott zum Geburtstag

Ich zog mir rasch bequeme Sachen und feste Schuhe an und traf mich fünfzehn Minuten später mit Hendrik vor dem Aufzug. Er hatte den Rest des Frühstücks – zumindest den Teil davon, den man problemlos in Servietten wickeln und mitnehmen konnte – zusammen mit zwei Flaschen Wasser und einem Handtuch in einen Rucksack gepackt.

»Für ein Picknick am Strand!«, erklärte er. »Soll ich noch eine Flasche Sekt organisieren?«

»Nicht meinetwegen«, winkte ich ab.

»Mir reicht auch das Wasser«, sagte er.

»Gut!«

Dann muss ich mir wenigstens keine Erklärung aus den Fingern saugen, warum ich an meinem Geburtstag keinen Alkohol trinke!

Während ich vor meinen Freunden am Chiemsee keinerlei Scheu gehabt hatte, die Schwangerschaft buchstäblich hinauszuposaunen, wollte ich aus irgendeinem Grund nicht, dass Hendrik davon wusste. Zumindest jetzt noch nicht.

Ach übrigens, Hendrik, ich hatte kürzlich eine anonyme Samenspende und bin jetzt schwanger.

So eine Neuigkeit erzählte man nicht einfach mal nur so nebenbei. Da er selbst keine Kinder hatte und in unserer damaligen gemeinsamen Zeit, genau wie ich, nichts von Familienleben hatte hören wollen, wusste ich nicht, wie er mittlerweile zu solchen Fragen stand. Doch bevor ich das herausfand, wollte ich einfach noch mehr Zeit mit ihm verbringen und den jetzigen Hendrik näher kennenlernen. Denn schließlich wusste ich kaum etwas von seinem Leben in den letzten zwanzig Jahren.

Da Hendrik mit dem Zug angereist war, nahmen wir meinen Wagen und fuhren vom Festland über die Fehmarnsundbrücke auf die beliebte Ferieninsel.

Hendrik hatte hier in der Kindheit öfter mit seinen Eltern Urlaub gemacht und lotste mich zu einer etwas abgelegenen kleinen Straße bei Katharinenhof.

»Hier kannst du parken. Gleich da vorne geht es nach unten zum Meer.«

Wir marschierten einen schmalen Weg hinunter zum Kieselstrand, über dem, fast ein wenig geisterhaft, zähe Nebelschwaden hingen. Umgeknickte Baumstämme lagen am Ufer. Zwischen Felsen hatte sich angeschwemmtes Treibholz verfangen. Die ganze Szenerie wirkte auf mich, als ob ich auf einer verwunschenen Pirateninsel gestrandet wäre. Bis auf eine einsame Spaziergängerin, die immer wieder im Nebel verschwand, war keine Menschenseele zu entdecken.

»Wenn die Sonne bald rauskommt, wirst du überrascht sein, was für herrliche Farben das Meer hat!«, versprach Hendrik.

»Gibt es hier nicht auch echten Bernstein?«

»Ja. Meine Mutter hat mal ein ziemlich großes Exemplar gefunden. Als Junge war ich allerdings eher auf Hühnergötter versessen.«

»Hühnergötter?«

»Kennst du die nicht? Das sind Steine mit einem natürlichen Loch.«

»Ach ja, stimmt! Das hab ich mal gehört. Aber wieso heißen die denn Hühnergötter?«

»Wenn ich mich richtig entsinne, dann hat man angeblich früher Schnüre durch die Löcher gezogen und die Steine über Hühnerställen aufgehängt, um die bösen Götter zu vertreiben. Jedenfalls gelten sie als Glücksbringer.«

Ich griff automatisch an die Muschel um meinen Hals, die ich so oft wie möglich trug.

»Dein Glücksbringer?«

Ich nickte.

In diesem Moment wurde mir bewusst, dass ich, seitdem ich die Muschel hatte, tatsächlich ein riesiger Glückspilz war: Ich hatte einen schweren Autounfall fast unverletzt überlebt, war unerwartet schnell schwanger geworden, und dann noch diese völlig überraschende Begegnung gestern mit Hendrik.

»Die Muschel ist von Jenny, dem Mädchen auf dem Video von den Kapverden«, erklärte ich.

Er nickte lächelnd, ohne es weiter zu kommentieren.

Während wir langsam am Ufer entlangspazierten, erzählte Hendrik mir sehr humorvoll mehr Erlebnisse von den Urlauben mit seinen Eltern hier an der Ostsee. Ich hatte das Gefühl, dass es ihm guttat, darüber zu reden, vor allem nach dem noch nicht lange zurückliegenden Tod seines Vaters.

»Warte, ich helfe dir!«, sagte er, als wir über einen dicken Baumstamm klettern mussten, der an einem schmalen Strandabschnitt im Weg lag.

»Danke. Das ist ja wie ein Abenteuerspielplatz!«, sagte ich, als ich auf der anderen Seite nach unten sprang.

»Dann sind wir zwei Kindsköpfe genau richtig hier«, meinte er, und ich erkannte in seinem Blick, woran er dachte. Es war kurz nach unserem Kennenlernen an der Uni gewesen, als wir nach dem ersten offiziellen Date unterwegs nach Hause an einem Spielplatz vorbeigekommen waren. Wie die kleinen Kinder hatten wir in der Dunkelheit geschaukelt, das Klettergerüst erklommen und waren die Rutschbahn runtergesaust. Schließlich hatten wir uns dort zum ersten Mal geküsst.

»Ja, hier sind wir richtig«, sagte ich wie beiläufig, doch die Erinnerung an den Kuss hatte meinen Puls in die Höhe getrieben.

Inzwischen waren mehr Leute unterwegs, einige hatten Hunde dabei. Die Vorstellung, auf einer einsamen Pirateninsel zu sein, war verschwunden.

Ich entdeckte einen ockerfarbenen Stein und hob ihn auf.

»Ist das Bernstein?«, fragte ich und hielt ihm den kleinen Stein entgegen.

»Hm. Möglich. Aber es könnte auch Phosphor sein, ganz leicht zu verwechseln mit Bernstein«, warnte er.

»Du meinst Überreste von Brandmunitionen, oder?«, fragte ich.

»Ja. Pass lieber auf, falls es doch kein echter Bernstein ist. Phosphor kann sich in trockenem Zustand ganz leicht entzünden und ziemliche Brandwunden verursachen. Außerdem entweichen dann Dämpfe, die giftig sind.«

Darauf hatte ich nun wirklich keine Lust. Ich holte aus und warf den Stein ins Meer. Dann fischte ich aus meiner Tasche ein Desinfektionstuch, mit dem ich vorsorglich meine Hände reinigte.

»Ein Tick von mir. Ich hab immer was zur Desinfektion dabei.«

»Typisch für Zahnärzte – ich natürlich auch!«

Er deutete auf die Seitentasche seines Rucksacks, und wir grinsten uns an.

In diesem Moment löste sich der Nebel innerhalb weniger Sekunden wie von Zauberhand völlig auf, und die Sonne ließ das Wasser in traumhaften Blau-, Türkis- und Grüntönen schimmern.

»Das ist ja echt wie in der Karibik hier!«, schwärmte ich begeistert.

Er nickte.

»Man kann sich gar nicht sattsehen, oder?«

Da konnte ich ihm nur zustimmen. Normalerweise hatte es mich bei meinen Reisen bisher meist in südlichere Gefilde gezogen. Doch ich musste zugeben, dass es total schön war, hier an der Ostsee.

»Sollen wir uns ein Plätzchen suchen und dann eine kleine Pause machen?«

»Gerne.«

Nach wenigen Minuten entdeckten wir einen Felsen mit einer ziemlich ebenen Oberfläche. Hendrik breitete das Handtuch darüber aus, und wir setzten uns.

Inzwischen war es so warm, dass ich meine Jacke auszog und die Ärmel meiner Bluse nach oben krempelte.

Hendrik holte die beiden Wasserflaschen aus dem Rucksack und reichte mir eine davon.

»Danke ... Das hier ist tatsächlich tausendmal besser als der

Vortrag von Kollege Vaukel, egal wie interessant er auch sein mag«, beteuerte ich. »Ich bin froh, dass du mich überredet hast zu schwänzen.«

»Gern geschehen! Möchtest du was essen? Es gibt noch Äpfel, Brote mit Käse und zwei Mini-Croissants.«

Ich winkte ab.

»Danke, ich bin noch satt vom Frühstück.«

»Ich eigentlich auch … Komm, machen wir ein Selfie«, schlug er vor und holte sein Handy heraus.

»Gern!«

Wir rückten unsere Köpfe ganz nah zusammen und lächelten in die Kamera.

»Moment …!« Auch ich zückte mein Handy, und wir wiederholten die Prozedur mit einem noch frecheren Grinsen.

»Aber jetzt erzähl doch mal, Hendrik. Hast du echt noch keinen Plan, wo es dich zukünftig hin verschlägt?«, fragte ich neugierig und nahm einen Schluck Wasser.

»Einen Plan nicht, doch es gibt momentan zwei ernsthafte Optionen. Ab dem Herbst könnte ich in Hamburg in eine Praxis einsteigen. Einer der drei Kollegen dort setzt sich zur Ruhe, und ich könnte seine Patienten übernehmen.«

»Das hört sich doch gut an.«

»Ja. Aber ich bin mir nicht sicher, ob das wirklich das Richtige für mich ist. Zumindest im Moment.«

»Warum nicht?«

Er zuckte mit den Schultern.

»Ich kann es gar nicht wirklich erklären. Ich mag Hamburg. Die Bedingungen für die Arbeit dort sind perfekt, und die Kollegen und die Mitarbeiterinnen sind echt nett. Und doch höre ich mein Bauchgefühl nicht *Juhu* schreien.«

Ich musste lachen.

»Was sagt es denn dann, dein Bauchgefühl?«

»Im Moment hört es sich eher an wie *Ach nö.*«

»Und was ist die andere Option?«

»Die beiden Kollegen, die ich gestern Abend getroffen habe, wollen mich unbedingt nach Gulu holen«, sagte er.

»Gulu? Das ist doch in Uganda, oder?«, fragte ich überrascht.

»Stimmt. Eine rein privat finanzierte Hilfsorganisation hat dort in einem Lager eine kleine Tagesklinik aufgebaut und mit medizinischen Geräten ausgestattet. Ein Team von zwei Ärzten und einem Zahnarzt arbeitet dort, ein zweites Team fährt täglich von Gulu aus in einem umgebauten Wohnmobil zu den Menschen, um sie zu versorgen. Die Zahnärztin, die eigentlich vorgesehen war, fällt leider kurzfristig aus gesundheitlichen Gründen aus, deswegen brauchen sie dringend einen Ersatz für etwa ein halbes Jahr. Bis auf eine kleine Aufwandsentschädigung ist das ehrenamtlich, aber Flug und Unterkunft würde die Organisation bezahlen.«

»Wow – das ist echt ein besonderer Einsatz. Du könnest den Menschen dort wirklich helfen.«

Er nickte.

»Was sagt denn dein Bauchgefühl zu Gulu?«, fragte ich neugierig.

»Es sagt: *Hört sich interessant an!* Und in diesem halben Jahr dort könnte ich mir auch klar darüber werden, was ich anschließend längerfristig machen möchte.«

»Ich höre ein *Aber* in deiner Stimme?«

Er lächelte.

»Kein Aber. Nur … na ja. Ich müsste mich wegen Gulu sehr

bald entscheiden, eigentlich schon in den nächsten Tagen. Doch vielleicht gibt es ja noch weitere Optionen, über die ich bisher nur noch nicht nachgedacht habe.«

»Was zum Beispiel?«

»Eine Umschulung zum Tretboot-Kapitän am Chiemsee vielleicht?«, sagte er mit einem Zwinkern.

Ich lachte auf.

»Du würdest dich mit Matrosenmütze sicher ziemlich gut machen!«

»Meinst du?«

»Aber klar doch!«

Seine Augen funkelten vergnügt.

»Bist du eigentlich glücklich, Zoe?«

Seine plötzliche Frage brachte mich kurz aus dem Konzept.

»Glücklich? Nun ja … ich denke schon, dass ich glücklich bin«, sagte ich. »Zumindest oft … Jedenfalls bin ich es gerade. Es ist ein herrlicher Tag, außerdem mein Geburtstag, wir befinden uns an einem wunderschönen Platz am Meer und … wieso fragst du?«

Er wandte den Blick nicht von mir ab.

»Ich frage deshalb, weil ich mich seit unserer Begegnung gestern so glücklich fühle, wie schon lange nicht mehr, und jetzt denke ich darüber nach, ob dein Glück vielleicht irgendwie ansteckend ist.«

»Also, wenn das so wäre, würde mich das sehr freuen«, sagte ich. »Ich kann nur hoffen, dass andere Gefühlszustände von mir nicht auch so ansteckend sind. Denn wenn ich mal vor Ärger auf hundertachtzig bin, müsstest du ganz schön viel Eierlikör trinken, um wieder runterzukommen.«

Er lachte wieder.

»Eierlikör?«

»Ja. Hilft ganz kolossal. Vor allem, wenn ihn die Mutter meiner Freundin Anna selbst gemacht hat«, erklärte ich.

»Siehst du, genau das meine ich. Du bringst mich ständig zum Lachen.«

»Und das konntest du schon länger nicht mehr?«, fragte ich, weil ich ahnte, dass hinter dem, was er sagte, mehr steckte. Doch dann wurde mir wieder bewusst, dass es kürzlich einen Todesfall in seiner Familie gegeben hatte. »Entschuldige«, sagte ich rasch. »Es war nicht leicht für dich, dass du deinen Vater verloren hast.«

Ohne nachzudenken, griff ich nach seiner Hand und drückte sie.

»Stimmt. Aber das ist der Lauf der Welt«, meinte er fatalistisch, ließ allerdings meine Hand nicht los. »Und jetzt erzähl doch lieber mal ein wenig mehr von dir, Zoe. Was ist so besonders am Chiemsee, dass du es dort schon so lange aushältst und offenbar die meiste Zeit ein glücklicher Mensch bist?«

Gute Frage! Doch irgendwie konnte ich mich nicht richtig konzentrieren, denn Hendrik streichelte mit seinem Daumen über meinen Handrücken. War das nur eine freundschaftliche Geste? Er brachte mich ganz aus dem Konzept. Trotzdem versuchte ich, die passenden Worte zu finden, denn er wartete mit interessiertem Blick auf eine Antwort.

»Die Landschaft dort ist natürlich herrlich«, begann ich. »Und dann habe ich da meine Praxis, die ordentlich läuft, und du weißt ja, wie sehr ich meine Arbeit liebe. Ich habe eine schöne Wohnung mit großer Dachterrasse, in der ich mich sehr wohl fühle. Aber eigentlich geht es mir dort deswegen so gut, weil ich gute Freundinnen gefunden habe und weitere Menschen, die inzwischen so etwas wie Familie für mich geworden sind.«

»Das hört sich toll an. Wirklich. Es läuft also ziemlich rund bei dir?«

Ziemlich rund?

Angesichts der Tatsache, dass ich als Schwangere tatsächlich bald und buchstäblich *ziemlich runde Zeiten* vor mir hatte, musste ich mir ein Lachen verkneifen.

Eigentlich wäre jetzt der richtige Zeitpunkt, um ihm alles zu erzählen, aber noch sträubte sich etwas in mir.

»Bis auf die Tatsache, dass ich im letzten Jahr einen Herzinfarkt überlebt und einen schweren Autounfall gut überstanden habe, läuft es tatsächlich gerade ziemlich rund bei mir«, stimmte ich ihm zu.

»Du hattest einen Herzinfarkt?«, fragte er erschrocken und ließ dabei meine Hand los.

»Ja, aber es ist alles wieder völlig okay jetzt«, gab ich schnell Entwarnung.

Ich erzählte ihm die Details, und es tat gut, sich mit einem Menschen auszutauschen, der das nötige medizinische Verständnis besaß, um alles richtig einzuordnen.

»Meine Güte …«, sagte er schließlich, »… da hast du ja echt was hinter dir, Zoe.«

»Mein Bedarf an Nahtoderfahrungen jeglicher Art ist jedenfalls für die nächsten fünfzig Jahre gedeckt!«, erklärte ich nachdrücklich.

»Das will ich mal schwer hoffen!«

»Auf der anderen Seite führen solche einschneidenden Erlebnisse auch dazu, aus einer völlig anderen Perspektive über sich und sein Leben nachzudenken«, sagte ich.

»Und welche Erkenntnis hast du daraus für dich gewonnen?«, wollte er wissen. »Dass man jeden Tag so leben sollte, als wäre es der letzte Tag?«

Ich strich nachdenklich durch mein Haar.

»Klar … Für jeden von uns könnte jeder Tag natürlich immer der letzte Tag sein. Aber irgendwie ist das ein düsterer Gedanke. Diese unberechenbare Endlichkeit. Findest du nicht?«

»Aber wenn man sich dessen bewusst ist, genießt man vielleicht umso mehr den Augenblick.«

»Und doch hat man im Unterbewusstsein immer Angst vor dem, was unweigerlich kommt. Vielleicht ist es deswegen ja auch genau umgekehrt«, formulierte ich einen Gedanken, der mir in diesem Moment durch den Kopf ging. »Vielleicht liegt das Glück ja darin, jeden Tag so zu leben, als wäre man unsterblich.«

Er sah mich verdutzt an. »Macht man sich da nicht etwas vor?«

Ich zuckte mit den Schultern.

»Aber es würde vielleicht diese Angst nehmen, die einem ständig im Nacken sitzt. Und ohne Angst ist das Leben doch viel schöner, oder nicht?«

»Das auf jeden Fall. Jedenfalls regen deine philosophischen Gedanken zum Nachdenken an!«, sagte Hendrik.

»Vielleicht ist es aber auch völliger Unsinn, was ich gerade von mir gebe!«, sagte ich mit einem Schulterzucken. »Eines habe ich jedenfalls aus dem letzten Jahr gelernt: Ich genieße das Leben inzwischen noch mehr als vorher.«

»Genau das merkt man dir an. Und vielleicht ist das ja genau das, was für mich so ansteckend ist in deiner Gesellschaft.«

»Vielleicht … Aber ich verrate dir ein Geheimnis. Ich fühle

mich auch ganz schön wohl in deiner Gesellschaft«, sagte ich mit einem Zwinkern.

»Das freut mich … Moment, du hast da was …«

Er zog vorsichtig etwas aus meinen Haaren.

»Ein Käfer?«, fragte ich.

»Nur irgendein Stück eines vertrockneten Blatts.«

Er ließ es auf den Boden fallen.

»Danke.«

»Sag mal, sollen wir uns langsam wieder auf den Rückweg machen und vielleicht noch irgendwo einen Cappuccino oder Tee trinken? Vorhin sind wir an einem hübschen Café vorbeigefahren, da kann man auch draußen im Garten sitzen. Es sah sehr nett aus. Ich habe sogar ein paar Hühner herumspazieren sehen. Was meinst du?«

»Gern!«

Ich rutschte vom Stein herunter, da fiel mir etwas am Boden auf.

»Das gibt es doch nicht!«, rief ich und bückte mich.

»Was denn?«, fragte er.

»Schau mal!«

Ich hielt einen Hühnergott in der Hand, der aussah, wie ein kleiner Fisch mit einem Loch an der Stelle, wo in etwa die Schwanzflosse wäre.

»Zoe, du hast einen Hühnergott gefunden!«, rief Hendrik erstaunt.

»Ich habe einen Hühnergott gefunden!«, bestätigte ich vergnügt.

»Du bist echt ein Glückspilz«, sagte er.

»Nein, du bist ein Glückspilz, Hendrik, weil ich dir den Hühnergott nämlich schenke.«

»Ach komm. Du hast doch heute Geburtstag und nicht ich!«, winkte er ab.

»Und du hast im Januar, wenn mich meine Erinnerung nicht völlig im Stich lässt. Und zwar am zwölften!«

»Stimmt.«

»Da wir uns an diesem Tag vermutlich nicht persönlich sehen werden, kriegst du den Hühnergott vorzeitig heute schon zum Geburtstag.«

Er schüttelte lächelnd den Kopf und nahm den Stein in die Hand.

»Zoe, du bist vielleicht ein verrücktes Huhn!«

»Aber klar doch! Deswegen hab ich den Hühnergott ja gefunden. Außerdem brauchst du dringend einen Glücksbringer, falls du dich tatsächlich entscheidest, nach Uganda zu gehen.«

»Ehrlich gesagt, machst du mir diese Entscheidung gerade ein wenig schwer.«

Sein Blick hatte sich verändert.

»Ich?« Ich schaute ihn verdutzt an, wobei ich insgeheim ahnte, was er damit meinen könnte. Und diese Ahnung bescherte mir eine Gänsehaut.

»Ja. Du, Zoe. Schon klar, das hört sich bestimmt ein wenig verrückt an, weil wir uns erst gestern nach so langer Zeit zum ersten Mal wieder getroffen haben. Und obwohl wir früher eine Beziehung hatten und uns so nah waren, sind wir inzwischen natürlich zu anderen Menschen geworden und haben unterschiedliche Leben geführt. Aber ich kann mir im Moment einfach nicht vorstellen, dass ich dich nach dem Kongress hier schon wieder ziehen lassen muss, bevor wir genügend Zeit hatten, uns erneut kennenzulernen.«

Ich schluckte.

»Es ist verrückt«, sagte ich leise.

»Sag ich doch.«

»Ziemlich verrückt sogar. Aber mir geht es ganz genau so, Hendrik.«

»Wirklich?«

»Wirklich?«, murmelte ich.

Für einige Sekunden schien die Welt stillzustehen, und es hätte mich nicht verwundert, wenn sogar die Wellen hinter mir in ihrer Bewegung erstarrt wären. Mein Herz hingegen schlug so schnell, dass ich mir wohl um meine Gesundheit Sorgen gemacht hätte, wenn nicht der Grund für das wilde Trommelfeuer in meiner Brust direkt vor mir gestanden und mich mit einer Intensität angeschaut hätte, die mir fast den Atem raubte.

Langsam, fast wie in Zeitlupe, bewegten wir uns aufeinander zu. Wir küssten uns. Und in diesem Kuss spürte ich alles: Vergangenheit, Gegenwart und, so verrückt es war, vielleicht sogar die vage Ahnung einer möglichen Zukunft.

Kapitel 12

Noch ein halber Tag und eine ganze Nacht

Wie wir nach unserem Kuss zurück ins Hotel gekommen waren, war mir im Nachhinein absolut schleierhaft. Inzwischen war es später Nachmittag. Wir lagen nackt, verschwitzt und eng aneinandergekuschelt in seinem Bett. Sanft streichelte ich über seine Brust, berauscht von seinem Duft, seiner Nähe und den Nachwirkungen des Höhepunktes, den wir uns gerade gegenseitig geschenkt hatten. Hendrik küsste zärtlich meine Stirn.

»Wir haben offenbar nichts verlernt«, murmelte er.

Ich lachte leise.

»Absolut nichts! Im Gegenteil!«

Dabei hatte ich doch eigentlich mit Männern abgeschlossen! Hendrik hatte diesen Entschluss jedoch tatsächlich ins Wanken gebracht.

»Wie kann das sein, dass du mir so vertraut bist, Zoe, obwohl wir uns so viele Jahre nicht gesehen haben?«, überlegte er.

Ich zuckte mit den Schultern.

»Keine Ahnung. Vielleicht liegt es daran, dass wir uns damals ganz ohne Streit getrennt haben«, spekulierte ich.

»Vermutlich. Wobei ich mich danach oft gefragt habe, ob das wirklich eine gute Idee war.«

»Weißt du noch, wie lange wir darüber gesprochen haben und wie vernünftig uns unsere Entscheidung damals vorkam?«, erinnerte ich ihn.

»Mir ging es ziemlich beschissen, nachdem wir uns getrennt hatten, egal wie vernünftig uns das zunächst vorkam«, gab er zu.

Ich hob den Kopf und sah ihn an.

»Aber du hast mir damals doch beteuert, dass es für dich …«, begann ich, aber er schüttelte den Kopf.

»Was hätte ich denn sagen sollen? Tut mir leid, liebe Zoe, aber ich möchte absolut nicht, dass du nach London gehst, weil ich es keine Woche ohne dich aushalte?«

»Vielleicht wäre es ja gut gewesen, wenn du mir das zumindest gesagt hättest, denn …«

»Denn was?«

»Ja was glaubst du denn? Denkst du vielleicht, mir ging es gut? Als ich nach unserer letzten Nacht aufwachte und du nicht mehr da warst, da hast du mir so sehr gefehlt, dass ich kaum noch Luft bekam!«

Er rutschte im Bett hoch.

»Aber du wolltest doch nie …«

Nun unterbrach ich ihn.

»Hätte ich vielleicht sagen sollen, vergiss Hamburg und komm mit nach London, Hendrik, denn mir ist es völlig egal, dass deine Eltern dich jetzt so dringend brauchen?«

Er strich nachdenklich durch sein Haar.

»Und wir dachten damals, wir würden super miteinander kommunizieren!«

»Es fiel uns beiden offenbar viel schwerer, als wir es uns gegenseitig eingestanden haben«, fasste ich zusammen. »Das bedeutet aber nicht, dass wir immer noch ein glückliches Paar wären, wenn wir uns damals nicht getrennt hätten.«

»Da hast du wohl recht«, stimmte er mir zu, dann hellte sich seine Miene auf, und er lächelte. »Aber ich hätte mir einige ziemlich schräge Erlebnisse mit Frauen sparen können.«

»Und ich mit Männern«, sagte ich und musste an das Blind Date mit dem Gurkenmann denken.

»Warum grinst du so?«, wollte er wissen.

Ein paar Minuten später, nachdem ich ihm die Story mit dem Gurkenmann – der dramatischen Wirkung wegen natürlich ein wenig überspitzt – erzählt hatte, die mir und ganz ähnlich auch meiner Freundin Ilona passiert war, lachte er schallend.

»Es gibt echt schräge Leute!«, stimmte er mir zu.

»So wie die Musicaldarstellerin, die dich gefühlt schon nach vier Wochen heiraten wollte?«, fragte ich und merkte selbst, dass ich ein wenig spitz klang. »Zumindest hab ich das damals so gehört.«

»Glaub mir, Iris war harmlos. Da gab es ganz andere Kaliber.«

»Mit so einer Ansage möchte ich jetzt aber echt auch eine Story hören!«, verlangte ich.

»Okay … Kennst du Menschen, die sich irgendwas im Kopf zusammenspinnen? Zum Beispiel, dass der Busfahrer sie aus Verliebtheit immer ganz besonders freundlich grüßt oder die Barista den Schaum am Cappuccino mit mehr Kreativität verziert als bei den anderen, um auf sich aufmerksam zu machen?«

»Ja … das hört man öfter.«

»Bei mir war es die Maklerin, die mir die Praxisräume vermittelt hatte. Sie hat sich damals offenbar eingebildet, dass ich etwas für sie empfinde.«

»Ach … Was hat sie gemacht? Erzähl!«

»Ich hatte mich schon gewundert, weil sie, ein paar Wochen nachdem ich die Praxis eröffnet hatte, um ein Treffen bat. Angeblich ein in ihrer Firma übliches Gespräch über Kundenzufriedenheit. Wir waren essen, und es war ein netter Abend, mehr aber nicht. Für mich jedenfalls. Weil sie wusste, dass ich am Wochenende oft alleine in der Praxis war, um in Ruhe Behandlungspläne auszuarbeiten oder Papierkram zu erledigen, wollte sie das als Gelegenheit nutzen und mich überraschen. Mit einem Schlüssel, den sie sich unerlaubt hatte nachmachen lassen, hat sie sich in die Praxis geschlichen und sich auf einen Behandlungsstuhl drapiert.«

»Drapiert?«

»Ja, drapiert, das muss man wirklich so sagen. Ich war in meinem Büro, als plötzlich aus dem Nichts Musik erklang. Ich wollte schon fast die Polizei benachrichtigen, dann aber kam mir der Gedanke, dass vielleicht jemand ein Handy in der Praxis vergessen hatte und es dessen Klingelton war. Trotzdem war mir nicht wohl dabei, vor allem, weil häufiger in Praxen eingebrochen wird. Ich habe mich mit einer riesigen Dekozahnbürste bewaffnet …« Er deutete mit den Händen gut einen Meter an.

»Echt jetzt?«, fragte ich amüsiert und kicherte. »Mit einer Dekozahnbürste?«

»Sie war aus Holz. Sonst hatte ich ja nichts, um mich im Notfall verteidigen zu können. Jedenfalls ging ich mit der Zahnbürste ins Behandlungszimmer, aus dem die Musik kam, und dort fiel mir echt die Kinnlade runter. Diese Maklerin saß nackt auf dem Behandlungsstuhl und hatte sich mit roten Gerbera geschmückt, als ob sie für ein Fotoshooting posieren würde.«

»Das ist jetzt nicht dein Ernst, oder?«

»Mein völliger Ernst.«

»Das hört sich eher nach einer heißen Männerfantasie an, findest du nicht?«

Hendrik lachte trocken auf.

»Zu meinen heißen Fantasien zählt so eine Überraschung definitiv nicht, das kann ich dir versichern. Es fühlte sich eher wie sexuelle Belästigung an, und zudem war es Hausfriedensbruch. Ich habe dann auch sofort die Polizei verständigt.«

»Puh, das ist echt heftig.«

»Sie hat versucht, den Polizisten weiszumachen, dass ich auf sie stehen würde und sie mich nur überraschen wollte. Was in ihrer Wahrnehmung womöglich sogar stimmen mochte, mit meiner Realität aber nichts zu tun hatte. Als ich ihr das so ruhig wie möglich klarzumachen versuchte, ist sie total ausgeflippt. Ich habe am Ende zwar von einer Anzeige abgesehen, trotzdem war das Ganze mehr als unangenehm für mich.«

»Meine Güte, da bin ich ja fast froh, dass ich es nur mit dem Gurkenmann und einem Fußfetischisten zu tun hatte«, sagte ich.

»Tja – sowas wie die Maklerin wäre mir erspart geblieben, hätten wir beide uns damals nicht getrennt«, flachste er.

Er zog mich an sich und küsste mich. In diesem Moment klingelte mein Handy. Ich löste mich von Hendrik.

»Moment«, murmelte ich und ging ans Telefon. Es war Ilona, die einfach nur fragen wollte, wie es mir ging und was ich denn so machte an meinem Geburtstag.

»Bei mir ist alles gut, ich hatte bisher einen ziemlich guten Tag. Jetzt hast du mich gerade noch erwischt, bevor ich in die Dusche steige!«, sagte ich.

»Tut mir leid. Dann halte ich dich nicht länger auf. Bis dann, Zoe.«

»Bis dann. Wir telefonieren morgen!«

»Machen wir!«

Ich legte auf.

Hendrik grinste.

»Jetzt hast du aber ganz schön geschummelt«, sagte er.

»Hab ich nicht … Komm!«, forderte ich ihn auf und zog ihn mit ins Badezimmer.

Am Abend hatten wir kurz überlegt, in ein Restaurant zu gehen. Doch es fiel uns schwer, die Finger voneinander zu lassen, und außerdem hatten wir beide keine Lust, womöglich auf Kollegen zu treffen. Also bestellten wir uns das Essen aufs Zimmer.

»Möchtest du Champagner oder vielleicht Rotwein dazu?«, fragte Hendrik.

»Am liebsten nur Mineralwasser«, sagte ich so lapidar wie möglich, ohne weitere Erklärung.

»Ich auch.«

Es war alles so einfach mit ihm! Und ich genoss es.

Während er vor dem Essen rasch einige E-Mails beantwortete, kümmerte ich mich um die Nachrichten und Geburtstagsgrüße, die seit dem Morgen bei mir eingegangen waren, und beantwortete einen Teil davon. Schließlich konnte ich es nicht lassen und schickte das Selfie von Hendrik und mir am Strand in meine Freundinnen-Gruppe mit dem Text: *Morgen mehr dazu!* Und dazu ein verrückt grinsender Smiley.

Als ob die beiden nur darauf gewartet hätten, kamen innerhalb weniger Sekunden mehrere hochgestreckte Daumen und ebenfalls grinsende Smileys zurück.

Jetzt verstehe ich, warum du vergessen hast, dein Handy einzuschalten. Ich will alles wissen!, schrieb Ilona, und ich tippte ein knappes *Klar* zurück.

In diesem Moment klopfte der Zimmerservice und brachte das Essen. Wir setzten uns ins Bett und genossen eine große Platte mit verschiedenen Vorspeisen und warmem Fladenbrot dazu. Währenddessen unterhielten wir uns über Gott und die Welt.

Ich fühlte mich wie im Paradies. An Hendriks Brust gelehnt, biss ich in eine pralle Olive, während er zärtlich an meinem Hals knabberte.

Ich schloss die Augen und genoss seine Berührungen. Langsam schob er seine Hand an meinen Bauch. Dorthin, wo ich momentan ein kleines Wesen beherbergte. Ich unterdrückte ein Seufzen. Auch wenn es noch so herrlich war in diesem Paradies mit Hendrik und ich es am liebsten nie wieder verlassen wollte, so war mir klar, dass ich ihm so bald wie möglich von meiner Schwangerschaft erzählen musste.

Morgen! Ich sag es ihm morgen!, nahm ich mir vor.

Heute wollte ich für ihn einfach nur Zoe, die begehrenswerte Frau sein und nicht Zoe, die werdende Mutter.

Nachdem wir das Tablett zur Seite gestellt hatten, kuschelten wir wieder gemütlich mit ineinander verschlungenen Beinen. Wie damals vor über zwanzig Jahren. Ich konnte es selbst kaum glauben, wie sehr sich alles in den letzten beiden Tagen gedreht hatte, seitdem Hendrik so völlig unerwartet wieder in mein Leben getreten war. Nie hätte ich das für möglich gehalten, und doch war ich erneut mit dem Mann im Bett gelandet, der meine erste große Liebe gewesen war. Und es fühlte sich richtig gut an!

»Was war eigentlich der Grund dafür, dass du und deine Freundin euch getrennt habt?«, fragte ich, ohne lange darüber nachzudenken.

Eine Weile lang sagte er gar nichts. Ich rutschte im Bett hoch und sah ihn an. Er setzte sich ebenfalls auf. Sein Blick wirkte nun nachdenklich, fast ernst.

»Entschuldige«, murmelte ich schnell. »Das geht mich nichts an.«

Er bemühte sich um ein Lächeln.

»Aber natürlich darf dich das etwas angehen«, sagte er. »Es ist nur so, dass ich bisher mit niemandem darüber gesprochen habe, wie es genau zur Trennung kam.«

»Du musst es mir ja nicht jetzt erzählen«, sagte ich. »Es gibt sicher noch Tausend andere interessante Dinge von dir, die du berichten kannst und die dir nicht so schwerfallen.«

Ich gab ihm einen Kuss.

Er lächelte.

»Vielleicht ist es aber auch gut, wenn ich es gleich hinter mir habe«, sagte er und nahm einen großen Schluck Wasser.

Plötzlich hatte ich ein seltsames Gefühl in der Magengegend und fragte mich für einen Moment, ob ich es überhaupt hören wollte. Doch da begann er bereits zu erzählen.

»Laura, so heißt meine letzte Partnerin, also Laura und ich waren fast vier Jahre lang zusammen. Sie ist Historikerin und arbeitet am Smithsonian-Institut in Washington. Wir haben uns auf der Geburtstagsfeier eines gemeinsamen Freundes kennengelernt und sehr schnell gemerkt, dass wir auf einer Wellenlänge waren. Wir haben uns beide sehr in unseren Jobs engagiert und respektierten es, dass die Karriere für den anderen viel bedeutete. Unsere Beziehung funktionierte wie ein gut geöltes

Uhrwerk. Es schien alles perfekt zu laufen. Etwa ein halbes Jahr vor unserer Trennung habe ich zwar bemerkt, dass sie noch weniger Zeit zu Hause verbrachte und wir uns oft tagelang kaum zu Gesicht bekamen, aber ich habe es natürlich ihrer Arbeit zugeschrieben. Bis ich schließlich im Badezimmer einen positiven Schwangerschaftstest gefunden habe. Sie hatte ihn absichtlich liegenlassen, damit ich Bescheid wusste.«

Bei dem Wort »Schwangerschaftstest« schrillten alle Alarmglocken.

»Und was war dann?«, fragte ich, weil ich das Gefühl hatte, irgendetwas sagen zu müssen.

»Ich war völlig hin- und hergerissen. Laura hatte von Anfang an keinen Hehl daraus gemacht, dass sie keine Kinder wollte, weil sie wenig Lust auf den Spagat hatte, ihre Karriere voranzutreiben und gleichzeitig eine gute Mutter zu sein. Für uns war Familienplanung deswegen nie Thema gewesen. Doch offenbar war bei der Verhütung etwas schiefgegangen. Dachte ich zumindest. Als sie an diesem Abend nach Hause kam, habe ich nicht lange um den heißen Brei herumgeredet und sie direkt auf die Schwangerschaft angesprochen. Sie erklärte mir ganz ruhig, dass sie vor ein paar Wochen Sex mit einem anderen Mann gehabt hatte und das Kind nicht von mir sei. Der Vater sei einer ihrer Kollegen im Smithsonian-Institut.«

»Ach du heilige Sch…«, Ich schluckte das Wort, das mir auf der Zunge lag, hinunter.

Hendrik nickte.

»Ich war wie vor den Kopf geschlagen und natürlich auch verletzt und wütend, weil sie mich betrogen hatte. Hinzu kam, dass sie bei diesem Ausrutscher ungeschützten Sex hatte, während wir immer so sehr darauf bedacht gewesen waren, eine

Schwangerschaft zu vermeiden. Laura hat nichts abgestritten, ihr tat es nur leid, dass sie mich verletzt hatte und dass es so gekommen war. Irgendwie ging ich davon aus, dass sie das Baby nicht behalten wollte und dass sie mir das mitteilen würde. Doch ich hätte mich nicht mehr irren können. Sie hatte längst vor unserem Gespräch beschlossen, das Kind zu bekommen. Natürlich war das gleichzeitig das Ende unserer Beziehung.«

»Das tut mir sehr leid!«, sagte ich leise und spürte, dass ich mich innerlich zurückzog, während er mich fester an seine Brust zog. Ich ahnte plötzlich, dass die wunderbare rosarote Blase, in der ich die letzten Stunden schwebte, gleich platzen würde und ich es nicht aufhalten konnte.

»Nur wenige Tage später erfuhr ich, dass es meinem Vater schlecht ging. Also kümmerte ich mich um eine Vertretung in der Praxis und stellte dort auch einige Sachen von mir unter. Die Wohnung und die Möbel überließ ich Laura. Ich wollte nichts davon haben und einfach nur weg.«

»Das kann ich verstehen!«, murmelte ich.

»Von Deutschland aus habe ich alles geregelt, um die Praxis an einen Kollegen weiterzugeben. Ich war nach Vaters Tod nur noch einmal für ein paar Tage in Washington, um die Verträge für die Praxisübergabe und weitere wichtige Dokumente zu unterschreiben und die restlichen Sachen zu packen, die ich mit nach Hamburg nehmen wollte.«

»Hast du Laura bei deinem letzten Besuch noch mal gesehen?«

»Nein. Und ich hatte auch kein Verlangen danach. Im Krankenhaus, am Bett meines Vaters habe ich viel Zeit gehabt, um intensiv darüber nachzudenken, was mit Laura und mir passiert war. Und auch über die Zeit davor. Ich habe mir den Kopf darüber zerbrochen, was ich falsch gemacht hatte, wieso alles so schiefgegangen war. Bis ich schließlich erkannte, dass sie weit davon entfernt gewesen war, meine große Liebe zu sein, und umgekehrt war es sicherlich genauso. Unsere Beziehung hatte vor allem deswegen so toll funktioniert, weil für uns beide letztlich die Arbeit an erster Stelle stand und wir unser Leben genau darauf ausgerichtet hatten. Und vielleicht wäre es auch noch eine Weile lang so weitergelaufen, wenn sie bei ihrem Seitensprung nicht schwanger geworden wäre.«

Plötzlich lachte er leise, jedoch ohne Humor.

»Der eine Moment, als ich diesen positiven Schwangerschaftstest fand, stellte mein damaliges Leben komplett auf den Kopf und änderte alles. Irgendwie hat mich diese Trennung in eine Art emotionale Starre fallen lassen. Danke, dass du mich nach Laura gefragt hast, Zoe. Ich hätte nicht gedacht, dass es so guttut, das alles mal laut auszusprechen«, sagte er und gab mir einen Kuss auf die Schläfe.

»Doktor Petrides, die Zahnärztin, der Sie alles anvertrauen können«, witzelte ich in dem Versuch, mir meine Sorgen nicht anmerken zu lassen. Ich wusste nicht, was ich darüber denken sollte.

Er lachte wieder leise. Dann schaute er mich mit seinen unglaublich blauen Augen auf eine Weise an, die mir fast den Atem raubte.

»Weißt du was?«

»Was?«

»Jetzt bin ich ziemlich froh darüber, dass es genau so kam, sonst wären wir beide uns nicht wieder begegnet, Zoe. Es fühlt sich so gut an mit dir, sogar noch besser als damals.«

Genauso ging es mir mit ihm. Wir fühlten uns körperlich zueinander hingezogen wie früher und waren uns auch nach all den Jahren noch erstaunlich vertraut. Vorhin war mir tatsächlich sogar der Gedanke gekommen, dass diese zufällige Begegnung vielleicht sogar zu mehr führen könnte. Doch seine Geschichte hatte mir deutlich klargemacht, dass Kinder nicht in sein Lebensplanung passten. Und damit passte auch ich nicht in sein Leben.

»Bist du müde?«, fragte er, vermutlich weil ich so still war.

»Ein wenig …«, antwortete ich, weil es einfacher war, als zu sagen, was mich tatsächlich beschäftigte.

»Kein Wunder, nach diesem Tag … Komm, lass uns ein wenig schlafen«, schlug er vor.

Er knipste das Nachtlicht aus, und wir kuschelten uns eng aneinander. Ich war froh um die Dunkelheit, denn in meinen Augen brannten nun Tränen.

Ich legte eine Hand vorsichtig auf meinen Bauch. Ich hatte mich für dieses Kind entschieden und würde es wie geplant allein durchziehen. Die Sache mit Hendrik war schön, aber bestimmt nichts von Dauer. Zumindest redete ich mir das ein, denn beim Gedanken daran, dass er bald wieder aus meinem Leben verschwunden sein würde, überkam mich Traurigkeit.

Nach einer Weile hörte ich seinen regelmäßigen Atem. Ich schloss die Augen. Nur diese eine Nacht an seiner Seite wollte ich mir noch schenken.

Irgendwann wachte ich in der Dunkelheit auf, als Hendrik sich umdrehte.

»Alles gut?«, murmelte er im Halbschlaf.

»Ja«, flüsterte ich, und dann küsste ich ihn. Er war sofort hellwach, wie unschwer zu spüren war, und wir schliefen miteinander. Zärtlich, leidenschaftlich und für mich mit der Gewissheit, dass es das letzte Mal war. Erneut ein letztes Mal. Doch im Gegensatz zu unserer Trennung vor vielen Jahren war mir jetzt viel mehr bewusst, was ich verlieren würde.

»Du bist so sexy, Zoe, und es ist so unglaublich schön mit dir«, murmelte er an meinem Hals, und fast hätte ich meine Entscheidung doch noch überdacht. Aber ich durfte mir nichts vormachen. Es würde nicht funktionieren.

»Es ist auch wunderbar mit dir, Hendrik. Danke dir für diese Nacht«, sagte ich so leise, dass ich nicht wusste, ob er es gehört hatte.

Ich küsste ihn ein allerletztes Mal, dann wartete ich, bis er wieder fest eingeschlafen war. Leise stand ich auf und schlüpfte in meine Kleider. Im schwachen Schein des Mondlichtes, das durch das Fenster in den Raum fiel, entdeckte ich den Hühnergott auf dem Tisch. Ich nahm ihn, hauchte einen Kuss darauf und legte ihn auf das leere Kopfkissen. Dann griff ich nach meiner Tasche und den Schuhen und verschwand barfuß aus seinem Zimmer.

Ich nahm eine Dusche, zog mich an und packte meine Sachen. In den frühen Morgenstunden checkte ich aus und machte mich auf den Weg nach Hause.

Kapitel 13

Falscher Eierlikör

Nach zwei Stunden Fahrt in Richtung Süden hielt ich an einer Raststelle, um eine Sprachnachricht für Hendrik aufzunehmen. Offenbar schlief er noch, und es war ihm noch nicht aufgefallen, dass ich weg war, sonst hätte ich vermutlich schon von ihm gehört. Oder er dachte, ich wäre in der Nacht zurück in mein Hotelzimmer gegangen, und wollte mich nicht wecken.

Meine ersten beiden Versuche waren etwas hilflos formulierte Erklärungen, aus denen er sich womöglich keinen Reim machen könnte, also löschte ich sie wieder.

Ich musste klar sein und gleichzeitig versuchen, ihn nicht unnötig zu verletzen. Und ich hielt es auch für das Beste, die Schwangerschaft nicht zu erwähnen.

»Hallo Hendrik. Inzwischen ist dir wohl aufgefallen, dass ich nicht mehr da bin«, versuchte ich es so locker wie möglich. »Es tut mir leid, dass ich dich nicht geweckt habe, um mich zu verabschieden, aber das hätte es uns beiden vermutlich nur sehr schwer gemacht. Und das wollte ich nicht, denn die beiden Tage mit dir waren unglaublich. Und so behalten wir sie am besten auch in Erinnerung. Es war so schön, dich wieder zu sehen. Allerdings frage ich mich, ob wir nicht alles ein wenig überstürzt haben. Du bist noch nicht sehr lange von deiner letzten Freundin getrennt, die dich sehr verletzt hat. Das habe ich gespürt, als du mir in der Nacht erzählt hast, was zwischen euch vorgefallen war. Dann auch noch der Tod deines Vaters. Das ist ziemlich viel zu verarbeiten. Ich glaube, es wäre gut, wenn du die Zeit in Uganda – falls du dich dafür entscheidest – dafür nutzen würdest, von allem ein wenig Abstand zu nehmen. Du hast gestern mal angedeutet, du seist ein wenig hin- und hergerissen, ob du nach Gulu gehen sollst, weil das bedeutet, dass wir uns für längere Zeit nicht sehen könnten, jetzt, wo wir uns gerade wieder gefunden haben. Auch ich hätte gerne noch mehr Zeit mit dir verbracht, aber ich finde es wichtig, dass du das Vorhaben durchziehst, ohne dich von unserer Begegnung in deiner Entscheidung beeinflussen zu lassen. Für die Menschen dort, die deine Hilfe brauchen, aber auch für dich selbst. Und es ist auch wichtig für mich. Denn unsere Begegnung hat mich echt ziemlich durcheinandergebracht. Ein halbes Jahr vergeht schnell, und durch den Abstand haben wir beide die Gelegenheit, in Ruhe darüber nachzudenken, was diese gemeinsame und sehr intensive Zeit in Heiligenhafen für uns bedeutet. Ob sie überhaupt etwas bedeutet. Vielleicht war es ja einfach nur ein Strohfeuer, entzündet durch sentimentale Erinnerungen … Bitte gib uns beiden den Raum und die Zeit, das alles jetzt mal sacken zu lassen … Und pass auf dich auf, Hendrik!«

»Wieso hast du ihm nicht einfach die Wahrheit gesagt?«, fragte Anna kopfschüttelnd, als ich ihr und Ilona am Abend meine Nachricht vorspielte.

Anna war sprachlos gewesen, als ich vor einer Stunde, fix und fertig von der langen Fahrt, an ihrer Haustür geklingelt hatte. Rasch hatte sie Ilona angerufen, die kurz darauf kam und jetzt mit uns am Tisch saß.

»Ich habe da ja so eine Ahnung, warum Zoe das nicht gemacht hat«, kam Ilona mir überraschenderweise zu Hilfe.

»Ach ja? Welche denn?«, wollte Anna wissen.

»Vielleicht möchte sie sich und diesem Hendrik einfach ein wenig Zeit geben …«

»Aber das ist doch Unsinn«, unterbrach Anna sie. »Was soll denn ein halbes Jahr Zeit zum Überlegen bringen? Wenn er keine Kinder möchte, dann könnte eine Beziehung mit Zoe sowieso nicht funktionieren«, warf Anna ein und fächelte sich mit einer Gratiszeitung Luft zu.

»Stimmt«, sagte ich. »Aber ich war wohl ein wenig überfordert mit der Situation. Die Schwangerschaft, unsere Begegnung, die Gefühle, die völlig überraschend immer noch da waren. Es hat sich fast angefühlt wie früher, als wären wir gar nicht getrennt gewesen. Aber das war nur Wunschdenken. Wir haben uns beide verändert!«

Ilona legte einen Arm um mich und drückte mich an ihren ausladenden Busen, der etwas sehr Tröstliches hatte.

»Hey … Ich versteh dich total, Zoe«, sagte sie mitfühlend und streichelte durch mein Haar. »Du musst jetzt auch wirklich überhaupt nichts übereilen.«

»Zoe! Ich dachte, du bist noch an der Ostsee!«

Annas Mutter Mina war ins Wohnzimmer gekommen.

»Hallo Mina«, grüßte ich sie.

»Du liebe Güte, Zoe. Du schaust ja schrecklich aus. Ist was passiert … mit deinem Kind?«, fragte sie vorsichtig.

»Nein, das ist nur ein Fall von heftigem Liebeskummer«, erklärte Ilona auf ihre trockene Art.

»Ist es nicht!«, protestierte ich rasch.

»Liebeskummer? Hast du gerade Liebeskummer gesagt?«, fragte Mina nach, die offenbar gedacht hatte, nicht richtig gehört zu haben.

»Ja, es geht um Liebeskummer«, bestätigte Ilona zur Sicherheit ein wenig lauter.

»Ich wusste gar nicht, dass es da einen Mann gibt, der dir Kummer machen könnte«, sagte Mina zu mir.

»Es ist ja auch kein richtiger Liebeskummer. Es ist nur … alles ein wenig kompliziert. Und leider kann ich das diesmal nicht mit deinem Eierlikör wegtrinken«, sagte ich mit einem schrägen Lächeln.

Doch bei diesen Worten leuchteten Minas Augen plötzlich auf, und sie lächelte verschmitzt.

»Du bist sicher noch ein Weilchen da, oder?«, fragte sie schnell.

»Ganz bestimmt«, sagte Ilona.

Und ich nickte.

»Na gut. Dann bis gleich«, sagte Mina und verschwand eilig in ihre Einliegerwohnung nebenan.

»Was hat sie denn vor?«, fragte Ilona.

»Keine Ahnung«, sagte Anna. »Aber wir werden es sicher gleich erfahren.«

Die kurze Unterbrechung hatte die Stimmung ein klein wenig gelockert. Trotzdem war ich nach wie vor bedrückt.

»Hat er dich schon zurückgerufen?«, fragte Ilona.

»Er hat es versucht, aber während der Fahrt wollte ich nicht ans Handy gehen. Dann hat er eine Sprachnachricht geschickt.«

»Und?«

»Ich weiß es nicht«, murmelte ich.

»Du hast sie noch nicht abgehört?«, hakte sie ungläubig nach.

»Nein. Und du müsstest selbst am besten wissen, dass das nicht so einfach ist. Ich erinnere dich nur daran, wie viele Nachrichten Chris dir nach eurem Streit geschickt hat, die du teilweise sogar gelöscht hast, ohne sie zu lesen oder abzuhören.«

Ilona seufzte.

»Du hast ja recht. Aber gerade weil ich es selbst erlebt habe, weiß ich, dass ich mir viel Kummer erspart hätte, wenn wir gleich alles geklärt hätten.«

»Genau das habe ich doch vorhin gesagt!«, erinnerte Anna.

»Bei euch ging es nur um ein Missverständnis, Ilona. Aber in diesem Fall geht es darum, dass er völlig andere Vorstellungen hat als ich, was das Thema Kinder betrifft.«

»Das hat er so deutlich gesagt?« Ilona sah mich fragend an. Ich lachte kurz auf.

»Glaub mir, es war deutlich genug!«, beteuerte ich in Gedanken an die Geschichte über seine schwangere Exfreundin. »Und da ich mit dreiundvierzig Jahren noch kinderlos bin, geht er sicher davon aus, dass ich seine Vorstellungen teile.«

»Blöd aber auch …!«, murmelte Ilona.

»Soll ich seine Nachricht zuerst für dich anhören?«, bot Anna an.

»Danke nein, das muss ich schon selber machen.«

Ich griff wieder nach dem Handy.

»Möchtest du lieber, dass Ilona und ich inzwischen rausgehen?«

»Quatsch!«, winkte Ilona ab. »Zoe lässt es uns doch sowieso hören. Dann können wir gleich dabeibleiben und sie moralisch unterstützen. Schließlich ist sie auch noch frisch schwanger!«

»Sollen wir also bleiben?«, fragte Anna sicherheitshalber.

»Ja. Das wäre mir lieber!«

»Und jetzt mach«, forderte Ilona mich auf.

Ich nickte. Dann atmete ich einmal tief ein und aus. Mein Herz schlug wieder schneller.

»Na gut … Also dann …«

Ich rief seine Nachricht auf und drückte auf *Play*.

»Hallo Zoe, du verrücktes Huhn. Das war ja eine Überraschung heute Morgen, als ich aufgewacht bin und du schon weg warst. Und dann habe ich deine Nachricht abgehört. Ehrlich gesagt musste ich eine Weile überlegen, was und wie ich darauf antworten soll. Nach dieser unglaublichen Nacht und den beiden gemeinsamen Tagen war ich erst einmal ziemlich vor den Kopf gestoßen und schon auch enttäuscht, dass du dich einfach so davongemacht hast. Und es wäre mir natürlich lieber gewesen, wir hätten über alles persönlich gesprochen. Aber ich kann dich auch ein wenig verstehen und nachvollziehen, warum du so plötzlich verschwunden bist. Selbst wenn es mir schwerfällt, muss ich dir zustimmen, dass unser Aufeinandertreffen auch mich ziemlich überrumpelt hat. Doch da war von der ersten Sekunde an wieder diese unglaubliche Magie, nicht nur körperlich, sondern vor allem emotional. Es hat so gut getan, dich zu sehen. Und irgendwie hätte man das wohl gar nicht aufhalten können. Zumindest empfinde ich es so.«

Ich drückte auf *Stopp* und versuchte, die aufsteigenden Tränen wegzublinzeln, was mir nicht gelang. Ich fragte mich plötzlich, ob ich mir mit diesem Mann eine Zukunft vorstellen könnte, wenn ich nicht schwanger wäre. Die Antwort war überraschend klar. Ich wäre sicherlich nicht vorzeitig aus Heiligenhafen abgereist und hätte den Versuch gewagt, es herauszufinden. Doch die Umstände ließen das nicht zu.

»Verdammt!«, murmelte ich.

Ilona und Anna sahen mich mitfühlend an.

»Dieser Hendrik hat eine echt tolle Stimme«, sagte Ilona und reichte mir ein Papiertaschentuch.

»Ja, hat er«, sagte ich leise und musste trotz der Tränen lächeln. Ich putzte meine Nase.

Ilona streichelte wieder meinen Rücken.

»Scheiß Hormone!«, murmelte ich.

»Gut, dass du das als Ausrede hast!«, feixte Ilona in dem Versuch, mich aufzumuntern.

»Lass dir ruhig Zeit, wenn du möchtest«, sagte Anna.

»Ich will es lieber jetzt gleich hinter mich bringen«, erklärte ich jedoch entschlossen und drückte erneut auf *Play*.

»Die Intensität der Gefühle, die wir erlebt haben, kann ein wenig beängstigend sein. Vor allem, weil es tatsächlich so schnell ging. Und ich respektiere natürlich deine Bitte, erst noch einmal einen Schritt zurückzutreten, um alles sacken zu lassen. Schade, dass wir jetzt nicht reden können, aber ich verstehe auch, dass du während der langen Autofahrt so ein Gespräch nicht führen möchtest. Deswegen jetzt auch meine Sprachnachricht, was normalerweise nicht so mein Fall ist.«

Für ein paar Sekunden herrschte Stille, dann sprach er weiter.

»Heute Vormittag haben mich die Kollegen angerufen und auf eine rasche Entscheidung bezüglich Uganda gedrängt. Ich habe zugesagt. Das Bauchgefühl hat diesmal klar *Ja* gesagt.«

Er lachte leise, aber es hörte sich eher ein wenig traurig an.

»Der Flug geht schon übernächste Woche … Tja, also werde ich eine Weile lang weg sein. Aber das halbe Jahr wird schnell vergehen, und wir beide haben währenddessen genügend Zeit, um herauszufinden, ob es tatsächlich nur ein Strohfeuer war oder ob wir uns wiedersehen wollen. Doch egal, zu welchem Schluss wir am Ende kommen werden, ich weiß schon jetzt, dass du mir echt viel bedeutest, Zoe. Das hast du immer schon getan. Vor vielen Jahren haben wir uns getrennt, weil wir es für die vernünftigste Entscheidung hielten. Außerdem waren wir noch ziemlich jung. Aber wir sollten den Fehler von damals nicht wiederholen. Nach unserer überraschenden Begegnung haben wir jetzt die Chance, uns noch einmal neu kennenzulernen. Und der Anfang war doch schon mal super, oder? Jedenfalls würde es mir sehr viel bedeuten, wenn wir während meiner Zeit in Uganda weiter Kontakt halten. Mit einem Abstand von etwa 5.000 Kilometern sind wir weit genug voneinander entfernt, um den nötigen Raum zu haben und nachzudenken, aber gleichzeitig ermöglicht uns das Internet, uns auszutauschen. Nun ja, falls es mit dem Internet dort so einfach klappt. Aber ich werde sicher eine Möglichkeit finden. Ich freue mich, wenn du dich bald meldest. Mach's gut und pass bitte auf dich auf. Ciao Zoe!«

Damit endete die Nachricht. Keine von uns sagte etwas.

»Was ist das denn für ein berührendes Liebesdrama?«

Wir drehten uns zur Tür. Ben und Emma standen dort und sahen uns fragend an.

Wir hatten sie gar nicht kommen hören. Aber so war es eben in diesem Haus. Irgendjemand aus der großen Patchworkfamilie kam immer vorbei und schnappte etwas auf, was eigentlich gar nicht für ihn bestimmt war.

»Ach, es ist schwierig«, sagte ich und winkte ab. Doch ich wusste, dass sie sich damit nicht abspeisen lassen würden.

Emma und Ben umarmten mich zunächst, wünschten mir nachträglich noch mal alles Gute zum Geburtstag und beglückwünschten mich zur Schwangerschaft.

»Wir wollten gerade Kaiserschmarrn und Erdbeereis machen«, sagte Emma.

»Dann macht bitte mal eine besonders große Portion«, schlug Ilona vor. »Das können wir jetzt alle gut gebrauchen.«

»Aber klar doch!«, sagte Ben. »Hexlein und ich werden euch was zaubern. Aber dann wollen wir wissen, was es mit dieser Nachricht auf sich hat.«

Ich versprach, ihnen alles zu erzählen.

In diesem Moment kam Mina zurück. Mit einer Flasche selbst gemachtem Eierlikör, die sie mit frischen Blümchen aus dem Garten verziert hatte. Lächelnd steuerte sie auf mich zu.

»Für dich zum Geburtstag, liebe Zoe«, sagte sie, und mir war plötzlich etwas bang zumute.

War sie inzwischen doch so vergesslich geworden, dass sie in der kurzen Zeit nicht mehr wusste, dass ich keinen Alkohol trinken durfte? Auch die anderen sahen sie ein wenig ratlos an.

»Jetzt schaut doch nicht so bedröppelt!«, rief Mina und schüttelte den Kopf. »Das ist Eierlikör ohne Alkohol, was denkt ihr denn?«

»Ohne Alkohol?«, fragte Ilona verdutzt.

»Eigentlich wollte ich für dich zum Geburtstag den echten Eierlikör machen. Doch gestern früh haben wir ja erfahren, dass du schwanger bist. Dann hab ich im Internet gesucht und einige Rezepte ohne Alkohol gefunden. Als hätte ich es geahnt, dass du früher kommst, habe ich heute Nachmittag ein wenig herumexperimentiert, und das kam dabei heraus.« Sie drückte mir die Flasche in die Hand. »Natürlich ist das Eigelb bei der Zubereitung im Wasserbad genügend erhitzt. Du kannst den Likör also bedenkenlos trinken!«

»Ach Mina, du bist super!«, sagte ich und umarmte Annas Mutter ganz fest.

»Vielleicht tröstet er dich ja ein wenig über deinen Liebeskummer hinweg, Geburtstagskind«, sagte Mina mitfühlend.

»Es ist kein Liebeskummer. Und außerdem ist mein Geburtstag schon wieder vorbei«, erinnerte ich sie.

»Aber gestern konnte ich dir ja nicht persönlich gratulieren. Also bist du für mich heute einfach trotzdem noch ein Geburtstagskind. Und dass du Kummer hast, das kann ich sogar ohne Brille sehen.«

»Dann lasst uns doch das Getränk gleich mal testen!«, schlug Ben vor und holte bereits Gläser aus der Vitrine.

»Da bin ich ja jetzt mal gespannt, was du fabriziert hast, Omi«, sagte Emma, die allein oder zusammen mit Ben auch gern neue Rezepte ausprobierte, die wir dann ab und zu verkosten durften.

»Prost! Auf dich Zoe und auf deine Schwangerschaft!«, sagte Anna, und wir stießen an.

»Na ja … man kann ihn schon trinken«, sagte Ilona mit verhaltener Begeisterung, nachdem wir probiert hatten, »aber ich genehmige mir lieber doch das Original.«

»Ich auch«, sagten Mina und Anna gleichzeitig, und wir lachten.

Ich jedoch war überrascht vom Geschmack und der Konsistenz. Das kam wirklich nah an das Original heran.

»Also, ich finde ihn echt lecker, Mina! Vielen Dank.«

Eierlikör war eben eine Art Seelentröster für mich, und es

war gut zu wissen, dass es dabei gar nicht auf den Alkoholgehalt ankam.

»Den hast du echt gut hingekriegt. Er hat einen ganz feinen Geschmack. Eigelb, Sahne, Vanille und ein wenig Rumaroma schmecke ich raus? Und weiße Schokolade, oder? … Wie genau hast du den falschen Likör denn gemacht?«, fragte Ben neugierig.

»Das, lieber Ben, bleibt für immer mein Geheimnis«, erklärte sie schmunzelnd und leckte mit dem Finger den Rest aus dem Glas.

»Ach komm, Mina. Mir kannst du es doch sagen«, drängte Ben mit einem entwaffnenden Lächeln, das vermutlich einen russischen Spion dazu gebracht hätte, sein Land zu verraten.

Doch Mina zuckte nur bedauernd mit den Schultern.

»Kann ich leider wirklich nicht, Ben. Ich habe nämlich einfach nur experimentiert und mir keine Mengen aufgeschrieben. Keine Ahnung, ob ich den selbst jemals wieder so hinkriege, wie diesen hier«, sagte sie mit Blick auf die angefangene Flasche, und wir lachten.

»Na, dann genießen wir doch besser den Rest!«, sagte ich und schenkte mir noch mal ein Glas ein.

Während Ben und Emma in der Küche das Dessert zauberten und Mina draußen Katze Conny suchte, die mal wieder unterwegs war, saßen Anna, Zoe und ich am Tisch. Ich erzählte ihnen nun ganz ausführlich, wie die letzten Tage an der Ostsee verlaufen waren.

»Mensch, das ist echt total romantisch«, sagte Ilona und seufzte.

»Eher tragisch«, korrigierte Anna, und irgendwie hatten sie beide recht.

Auch als später noch Annas Mann Paul dazukam und wir alle gemeinsam Kaiserschmarrn mit Erdbeereis und Eierlikör – wahlweise mit oder ohne Alkohol – verputzten, blieb mein Schlamassel das Thema.

»Was für ein mieses Timing«, bemerkte Ilona und schob sich einen großen Löffel voll in den Mund.

»Sag mal, Zoe, was hättest du denn gemacht, wenn du diesen Hendrik wiedergetroffen hättest, bevor du deinen Termin in der Kinderwunschklinik gehabt hättest?«, fragte Emma neugierig.

Eine sehr gute Frage!

»Diese Frage habe ich mir auch schon gestellt, aber ich habe – ehrlich gesagt – keine Ahnung«, murmelte ich. »Ich weiß, dass ich überglücklich bin, schwanger zu sein, und dass ich dieses Kind unbedingt haben möchte. Trotzdem hätte ich vermutlich anders über meinen Plan nachgedacht«, gab ich zu.

»Jedenfalls hättest du dein Vorhaben vorher mit ihm besprechen können«, sagte Paul.

»Wobei es trotzdem darauf hinausgelaufen wäre, dass er kein Kind möchte«, erklärte ich. »Sicher wäre ich dann in einen großen Konflikt geraten.«

»Dann ist es genau richtig, so wie es geschehen ist«, fand Mina.

»Hmmm … Vermutlich.« Ich nickte.

»Hey, immerhin hattest du noch einmal richtig guten Sex, bevor du als alleinerziehende arbeitende Mutter ohnehin erst einmal keine Zeit mehr für solche Abenteuer haben wirst!«, rief Ilona mit einem frechen Zwinkern.

»Finde ich auch«, stimmte Mina ihr zu. »Wenn das Baby schon nicht mit einem dazugehörigen ordentlichen Orgasmus entstanden ist …«

»Mama!«, rief Anna.

»Oma!«, rief Emma gleichzeitig.

»Was denn? Ist doch wahr!«

»Mina und Ilona haben völlig recht!«, sagte Ben. »Den Spaß hat Zoe sich echt verdient.«

»Danke!«, sagte ich und nahm noch mal einen großen Schluck vom falschen Eierlikör. »Aber was mache ich denn jetzt mit Hendrik?«

»Lass ihn doch erst mal nach Uganda fliegen«, schlug Paul vor, der die ganze Geschichte inzwischen natürlich auch in groben Zügen kannte.

»Find ich auch«, stimmte Ben ihm zu. »Glaub mir, der hat dort so viel um die Ohren und vermutlich nicht oft die Gelegenheit, sich zu melden. Womöglich wird er nicht mal die Zeit haben, oft an dich zu denken.«

»Und was ist dann?«, fragte Anna. »Ich finde ja nach wie vor, dass du ihm einfach gleich die ganze Wahrheit sagen solltest.«

»Damit der arme Kerl womöglich total unglücklich nach Uganda verschwindet?«, warf Ilona ein.

»Irgendwann muss er es doch erfahren.«

»Leute. Wir drehen uns die ganze Zeit im Kreis!«, warf Emma ein.

Ich nickte.

»Hendrik soll jetzt erst mal in Uganda ankommen und sich dort einleben. Und wenn ich merke, dass es bei ihm gut läuft und wir ein wenig Abstand hatten, dann sag ich es ihm«, versprach ich und merkte, wie sich mein Magen plötzlich zusammenzog.

»Guter Plan!«, stimmte Ben zu.

»Finde ich auch.« Paul nickte.

»Oder … es gäbe da noch eine andere Möglichkeit«, meinte Mina plötzlich mit einem verschmitzten Lächeln.

»Und woran denkst du denn da, Mama?«, fragte Anna interessiert.

»Nun ja … Zoe ist so frisch schwanger, dass das Kind ja fast von diesem Hendrik hätte sein können … Muss er denn überhaupt wissen, dass das Baby durch eine Samenspende entstanden ist!«

»Mama! Oma! Mina!«, riefen wir alle gleichzeitig.

»Das würde ich niemals tun!«, erklärte ich dann sofort vehement.

»Also wirklich, Mina! Das kannst du doch nicht vorschlagen«, Paul schüttelte den Kopf.

»Du würdest ihm echt ein Kind von einem anderen unterschieben?«, fragte Ilona, die eher amüsiert, als empört schien.

»Was heißt denn hier das Kind von einem anderen unterschieben? Von welchem anderen Mann denn? Überlegt doch mal! Kein Mensch von uns weiß doch, wer der Vater ist«, gab Mina zu bedenken.

»Aber das tut man einfach nicht, Oma! Das ist ganz schlimmer Betrug!« Emma schien fassungslos über den Vorschlag ihrer Großmutter.

»Ich meine es doch nur gut!«, verteidigte sich Mina.

»*Gut meinen* ist nicht immer gleichzeitig auch richtig! Außerdem ändert es doch überhaupt nichts an der Tatsache, dass dieser Hendrik gar kein Kind haben möchte. Auch kein eigenes!«, sagte Anna.

Mina zuckte nur die Schultern.

»Wer weiß, ob er nicht plötzlich völlig anders darüber denken würde, wenn das Kindchen da ist? Menschen können ihre Ansichten ändern.«

»Aber nicht Hendrik!«, beteuerte ich, während die Übelkeit in meinem Magen immer stärker wurde. »Auch wenn er sich vermutlich verpflichtet fühlen würde, Verantwortung zu übernehmen. Aber damit würde ich ihn ja indirekt zu etwas zwingen, was er niemals wollte.«

»Noch dazu mit einem Kind, das gar nicht sein eigenes ist«, erinnerte Ben.

Ich griff nach einem Glas Wasser und nahm einen großen Schluck.

»Zoe? Ist alles okay? Du bist ja schneeweiß im Gesicht!«, sagte Mina besorgt.

Mir war inzwischen kotzübel.

»Du bist echt total blass. Das kommt sicher von zu viel falschem Eierlikör!«, vermutete Ilona.

Ich schlug die Hand vor den Mund.

»Oder von zu viel Kaiserschmarrn mit Erdbeereis«, meinte Mina.

Ich stand auf und eilte ins Bad.

»Quatsch. Das liegt an der Schwangerschaft«, hörte ich Anna noch sagen, bevor die Tür ins Schloss fiel.

Und dann kotzte ich mir die Seele aus dem Leib.

Kapitel 14

Ein Gruß von Mama Blanca

Da ich Hendrik natürlich nicht abfliegen lassen wollte, ohne noch einmal persönlich mit ihm gesprochen zu haben, rief ich ihn am nächsten Tag an. Er war gerade auf dem Rückweg von Heiligenhafen nach Hamburg, und die Verbindung war so schlecht, dass wir dauernd unterbrochen wurden. Außerdem saß er in einem Ruhe-Abteil und konnte nur ganz leise mit mir sprechen. Irgendwie war ich froh darüber, denn so war es gar nicht möglich, ein längeres, womöglich emotionales Gespräch zu führen.

»Die nächsten Tage werde ich sehr oft unterwegs sein. Ich habe noch unglaublich viel zu organisieren«, sagte er. »Aber vielleicht schaffen wir es ja am Nachmittag vor meinem Abflug nach Uganda noch, ein wenig länger zu telefonieren. Was meinst du?«

»Das kriegen wir sicher hin«, sagte ich.

Leider war das schwieriger als gedacht, weil ich an diesem Tag ohnehin schon einen ziemlich vollen Terminkalender hatte und dann auch noch zwei Notfälle dazukamen. Doch Oxana hatte einen Termin umgelegt, damit ich ein wenig Zeit für das Gespräch hatte.

»Du musst mir echt versprechen, gut auf dich aufzupassen, Hendrik!«, bat ich ihn.

»Werde ich! Außerdem habe ich ja deinen Hühnergott als Talisman dabei. Da kann mir überhaupt nichts passieren«, beteuerte er, und ich glaubte, in seinen Worten ein Lächeln zu hören.

»Trotzdem … sei bloß nicht leichtsinnig!«, ließ ich nicht locker.

»Höre ich da etwa Sorge in deiner Stimme?«, fragte er amüsiert.

»Hier spricht nur die Vernunft.«

»Na gut. Ausnahmsweise werde ich auf mich aufpassen«, feixte er. »Und sobald ich kann, melde ich mich bei dir.«

»Okay …«

»Und Zoe?«

»Ja?«

»Ich vermisse dich! Es fühlt sich gerade irgendwie ein wenig so an wie damals, nachdem wir uns getrennt hatten. Gleichzeitig ist es diesmal anders, weil ich eher das Gefühl habe, an einem Anfang zu stehen und nicht am Ende. Verstehst du, was ich meine?«

Ich schluckte. Vielleicht war es doch an der Zeit, ihm reinen Wein einzuschenken. Mein Herz klopfte plötzlich wie wild, und ich öffnete schon den Mund. Doch ich konnte nicht. Es ging einfach nicht. Ich war irgendwie noch nicht bereit, es auszusprechen und damit zu riskieren, dass es endgültig vorbei war. Außerdem hatten wir jetzt auch nicht genügend Zeit, so eine große Sache in Ruhe zu besprechen.

»Ja. Ich verstehe es nur zu gut«, sagte ich deswegen und schämte mich für meine Feigheit, die eigentlich völlig untypisch für mich war. Normalerweise war ich eine Frau der klaren Worte.

»Es ist zwar schade, dass wir uns eine Weile nicht sehen können, doch ich bin froh, dass du mir mit deinen Argumenten die Entscheidung leicht gemacht hast, nach Uganda zu gehen. Auch wenn es noch viel … Du Zoe, ich muss jetzt aufhören. Ich bekomme ein Gespräch aus Gulu rein, das muss ich unbedingt annehmen.«

»Klar«, sagte ich schnell. »Gute Reise, Hendrik.«

»Danke, bis bald, Zoe.«

»Bis bald!«

Und dann legte er auf. Ich schloss für einen kurzen Moment die Augen und merkte, dass sich schon wieder Tränen anschlichen.

Verdammt noch mal! Diese bescheuerte Rührseligkeit muss echt an der Schwangerschaft liegen.

Ich räusperte mich und sah auf die Uhr. Noch drei Patienten. Anschließend musste ich sofort nach Hause, mich duschen und umziehen, damit ich rechtzeitig zum Termin kam. Heute wurde meine Schwangerschaft offiziell bestätigt, Gespräche wurden geführt und erste Untersuchungen gemacht. Dazu musste ich nicht mehr in die Kinderwunschklinik zu Dr. Jai fahren, das würde ab jetzt meine Frauenärztin am Ort übernehmen.

»Soll ich mitkommen?«, fragte Anna, kurz bevor der nächste Patient ins Behandlungszimmer gerufen wurde.

»Ich denke, das schaffe ich alleine. Letztlich weiß ich ja schon, dass ich schwanger bin.«

»Es ist wirklich erstaunlich, wie schnell es bei Ihnen geklappt hat, Frau Petrides«, sagte die Frauenärztin nach der Untersuchung.

»Ich kann es selbst immer noch kaum fassen«, gab ich zu. »Ich hatte mich ja informiert und weiß, wie lange es bei manchen Frauen dauern kann, ehe es klappt.«

»Falls es in diesem Alter überhaupt noch klappt … Der errechnete Geburtstermin ist übrigens der 23. Dezember.«

Ich nickte, als ob diese Information völlig neu für mich wäre.

»Vielleicht kann ich es ja überreden, ein paar Tage früher zu kommen, damit es nicht direkt in den schlimmsten Vorweihnachtsstress fällt«, witzelte ich. Wobei ich als Single diese Art von Stress ohnehin nicht kannte.

»Möglich und bei Ihnen auch vertretbar wäre natürlich ein geplanter Kaiserschnitt, etwa eine Woche vor dem Termin«, schlug sie vor.

»Falls es keine Komplikationen gibt, möchte ich gern eine natürliche Geburt«, erklärte ich, und sie notierte es in ihren Unterlagen.

Obwohl ich mich selbst und bei Dr. Jai schon über alle möglichen Aspekte einer Schwangerschaft schlaugemacht hatte, ließ ich mir brav noch mal alles ganz ausführlich von der Ärztin erklären. Auch in Bezug auf meine Herzprobleme im letzten Jahr, weswegen sie eine engmaschige Kontrolle, bei Bedarf in Absprache mit meinem Kardiologen, vorschlug. Sie ermahnte mich, ganz besonders gut auf mich aufzupassen und beruflich nach Möglichkeit ein wenig kürzerzutreten. Schließlich überreichte sie mir den Mutterpass.

»Wenn Sie irgendwelche Probleme haben, können Sie mich auch privat erreichen«, bot sie an und gab mir einen Zettel mit ihrer Handynummer.

»Vielen Dank!«

»So, das war's dann für heute. Und beim nächsten Mal machen wir den ersten Ultraschall.«

Ich vereinbarte an der Anmeldung gleich einen Termin, dann verließ ich gut gelaunt und glücklich die Praxis.

Auf dem Weg zum Parkplatz kam mir ein junges Paar entgegen.

»Leo! Timo!«, rief ich völlig überrascht.

»Zoe!«

Ich umarmte zuerst Leonie, deren Schwangerschaftsbauch nun schon deutlich zu sehen war, dann ihren Mann Timo.

»Ich wusste gar nicht, dass du auch in dieser Praxis Patientin bist«, sagte Annas Tochter. »Schön, dich mal wieder zu sehen.«

»Ich freue mich auch. Wie geht es dir denn?«

»Nachdem mir die ersten Monate ständig übel war, wie du mitbekommen hast, geht es mir jetzt richtig super! Ich habe das Gefühl, ich könnte Bäume ausreißen.«

»Ich muss sie echt ständig bremsen!«, bestätigte Timo, Bens älterer Bruder. »Gut, dass wir nur einen kleinen Garten mit Hecken und Gänseblümchen haben.«

Ich lachte.

»Wann ist noch mal genau dein Termin im Juli?«

»Am fünften. Und wie geht es dir, so ganz frisch schwanger?«, fragte Leonie.

»Das mit der Übelkeit hält sich glücklicherweise noch in Grenzen, und das darf auch gerne weiterhin so bleiben.«

Seit dem übermäßigen Genuss von Minas falschem Eierlikör und der riesigen Portion des Desserts, hatte es keine vergleichbaren Übelkeitsattacken mehr gegeben. Nur ab und zu verspürte ich so ein leicht flaues Gefühl in der Magengegend.

»Das freut mich, ich hoffe, es bleibt so!«

»Das hoffe ich auch.«

»Sag mal, Zoe, hast du vielleicht bald mal Zeit, gemeinsam essen zu gehen?«, fragte Leonie.

»Klar«, sagte ich überrascht.

»Ich würde gerne was mit dir besprechen.«

Obwohl sie immer noch lächelte, war ihr Blick ein wenig ernster geworden.

»Ist irgendwas passiert?«, fragte ich alarmiert. »Geht es um deine Mutter?«

»Nein … oder, eigentlich ja. Es ist wirklich nicht schlimm, aber ich würde gerne deinen Rat hören.«

»Meinen Rat?«, fragte ich überrascht und fühlte mich fast ein wenig geschmeichelt.

Sie lächelte.

»Ja … wenn du mal Zeit hast?«

»Du hast mich richtig neugierig gemacht. Wie wäre es denn gleich mit morgen«, schlug ich vor.

»Morgen passt super! Aber bitte sag meiner Mutter nichts von unserem Treffen.«

»Okay …«, versprach ich, allerdings nun trotz ihrer Beteuerungen ein wenig besorgt.

Da für den nächsten Tag schönes Wetter angesagt war, wollten wir uns in einem Biergarten am See treffen.

»Leo, kommst du?«, drängte Timo. »Der Termin ist in fünf Minuten.«

»Dann mal los, ihr zwei. Und alles Gute … Wir sehen uns morgen!«

»Bis morgen. Servus Zoe.«

Ich sah, wie Timo ihr ganz vorsorglich die Tür öffnete und sie Hand in Hand im Haus verschwanden.

Für einen Moment gab ich mich der Vorstellung hin, wie schön es doch wäre, auch einen Partner zu haben, der mir zur Seite stand und die schönen wie auch schwierigen Momente einer Schwangerschaft mit mir teilte. Eigentlich war ich es ja gewohnt, immer alles allein zu machen, aber vielleicht sollte ich beim nächsten Mal doch jemanden mitnehmen in die Praxis. Anna oder Ilona. Oder vielleicht Ben? Moment mal, hatte ich gerade an Ben gedacht? Ich mochte ihn wirklich sehr, aber in diesem Fall wollte ich doch lieber eine Freundin dabeihaben.

Plötzlich dachte ich an Hendrik und gestattete mir kurz die Frage, wie es wäre, wenn er mich begleiten würde.

Traumtänzerin! Das wird nie passieren!

Reflexartig schaute ich nach oben zum Himmel. Seit etwa zwei Stunden saß Hendrik im Flugzeug und war auf dem Weg nach Uganda. Ich seufzte und ging zu meinem Wagen.

In einer spontanen Anwandlung machte ich dann aber kehrt und spazierte zu einem Modegeschäft mit einer Abteilung für Babybekleidung. Ich brauchte jetzt dringend eine Ablenkung – von Hendrik und auch von der Frage, was Leonie mir so Wichtiges sagen wollte.

»Was hältst du von Grün?«, murmelte ich so leise, dass niemand mich hören konnte. Seitdem das Baby sich bei mir eingenistet hatte, redete ich weniger mit mir selber, sondern hauptsächlich mit meinem kleinen Untermieter.

»Grün macht vielleicht ein wenig blass, oder? Vor allem, wenn man gerade auf die Welt gekommen ist und noch keine Gelegenheit hatte, sich die Sonne auf die Nase scheinen zu lassen … Nein, das Grüne nehmen wir besser nicht, mein Schätzchen.«

Ein hellgrau-weiß gestreifter Strampelanzug, mit einem aufgestickten roten Elefanten, samt passender kleiner Mütze tat es mir hingegen besonders an. Wie winzig das alles war. Die Vorstellung, am Ende des Jahres ein kleines Wesen im Arm zu halten, das diesen Strampler trug, zauberte mir ein Lächeln ins Gesicht.

»Kann ich Ihnen helfen?«, fragte eine Verkäuferin mit pfiffigem Kurzhaarschnitt höflich. Irgendwie kam sie mir bekannt vor, wobei ich zum ersten Mal in dieser Abteilung des Geschäftes einkaufte.

»Gerne ... passt diese Größe für ein Neugeborenes?«, fragte ich.

»Ja, aber aus den kleinen Sachen wachsen die Babys sehr schnell raus. Die Eltern freuen sich sicher mehr über ein Geschenk in einer etwas größeren Ausführung.«

Ich sah sie irritiert an.

»Es soll doch ein Geschenk sein, oder?«, hakte sie nach.

»Ähhhh ... Nein ... es ist für mein Baby«, erklärte ich, als mir schließlich klar wurde, dass sie gar nicht davon ausging, ich könnte in meinem Alter eine werdende Mutter sein. Dabei schätzten die meisten Menschen mich jünger. Zumindest beteuerten sie das. Womöglich logen sie aber auch aus Höflichkeit. Wer wusste das schon?

Der Blick der Verkäuferin verriet mir, dass ich mit meiner Vermutung richtig lag. Sie hielt mich tatsächlich für zu alt. Gekonnt überspielte sie es sofort.

»Ach, entschuldigen Sie bitte. Bei Ihrer schlanken Figur wäre ich nicht darauf gekommen, dass Sie schwanger sein könnten!«, sagte sie.

Schlagfertig war sie, das musste man ihr lassen. Doch ihre

Worte hatten mich ziemlich getriggert. Klar, ich war keine junge Mutter mehr, aber gerade in der heutigen Zeit war das doch echt keine so große Seltenheit mehr.

Nimm das bloß nicht so ernst, Zoe!, sagte ich mir.

Was mir allerdings nicht gelang. Vielleicht war ich durch das ganze Durcheinander mit Hendrik im Moment ein wenig dünnhäutig, oder aber meine Hormone drehten gerade durch – oder beides –, jedenfalls ritt mich plötzlich ein kleines Teufelchen.

»Ich bin ja auch nicht schwanger, sondern meine Frau bekommt unser Kind«, flunkerte ich mit ernster Miene und schaffte es damit nun doch, sie ein wenig aus der Fassung zu bringen. Damit hatte sie offenbar nicht gerechnet. Bei ihrem verdutzten Blick musste ich mir ein Grinsen verkneifen.

»Ach, natürlich … Entschuldigung. Dann benötigen Sie und Ihre Frau also eine Erstlingsausstattung für Ihr Baby?«, fragte sie schnell.

»Später. Eigentlich reicht vorerst dieser Strampelanzug«, sagte ich.

»Klar … Das ist wirklich eine sehr gute Qualität aus nachhaltiger Produktion. Biobaumwolle.«

»Sehr gut, danke.«

Zufrieden ging ich zur Kasse. Fünf Minuten später verließ ich vergnügt das Geschäft, mit dem ersten Kleidungsstück, das ich für mein Baby gekauft hatte. Und es fühlte sich ziemlich gut an.

Nur zwei Straßen weiter lag der Delikatessenladen von Ilona, und ich beschloss, noch einen kleinen Abstecher zu ihr zu machen und ein Päckchen Basmatireis und verschiedene Antipasti und Aufstriche aus der Toskana auf Vorrat zu besorgen. Außerdem wollte ich ganz nebenbei herausfinden, ob Ilona vielleicht auch etwas von Leonie gehört hatte und womöglich wusste, worüber Annas Tochter mit mir sprechen wollte. Doch leider war im Laden so viel los, dass Ilona keine Zeit für einen Plausch hatte.

Am Abend briet ich in der Wokpfanne ein wenig Gemüse an und kochte Basmatireis dazu. Ich machte es mir im Wohnzimmer auf dem Sofa bequem und surfte ein wenig durchs Internet, während ich aß. Plötzlich ploppte mein Skype-Fenster auf, und ich bekam eine Kontaktanfrage von einer etwas seltsam aussehenden Adresse. Nanu, wer war das denn?

Hello Zoe, it's me – Jenny. Do you have time to talk?

Aber sicher hatte ich Zeit, mit Jenny zu reden! Ich schob die Schale mit dem Essen zur Seite und wählte mich ein. Gleich darauf war die Verbindung hergestellt, und ich war total überrascht, nicht nur Jenny zu sehen, sondern auch Mama Blanca, die mein Tuch um die Schultern trug und in die Kamera lächelte.

»Was für eine Überraschung!«, rief ich. Natürlich führten wir unsere Unterhaltung wieder auf Englisch, und Jenny übersetzte für Mama Blanca und mich. Dabei fiel mir auf, dass Jenny deutlich flüssiger sprach als bei unserer Begegnung damals. Offenbar hatte sie fleißig geübt.

»Wir sind heute bei Donny, weil er einen Ausschlag im Gesicht hat und Mama Blanca ihm einen Kräutersud gemacht hat«, erklärte Jenny. »Und hier haben wir eine besonders gute Internetverbindung.«

»Ach je, sag ihm bitte gute Besserung von mir!«

»Mache ich.«

Ich erkundigte mich nach Baby Rosita, Jennys Schwester Maria und all den anderen Frauen, die ich kennengelernt hatte. Jenny erzählte, dass es allen gut ginge und dass sie über Donny immer noch ganz viel positive Resonanz zum Jerusalema-Video aus der ganzen Welt bekamen.

Dann sagte Mama Blanca etwas und lächelte dabei.

»Meine Großmutter fragt, wie es der werdenden Mama geht«, übersetzte Jenny.

Ich starrte ungläubig in den Bildschirm.

»Sie meint damit dich!«, fügte Jenny zur Sicherheit hinzu und grinste ebenfalls.

»Woher weiß sie, dass ich schwanger bin?«, fragte ich völlig verblüfft. Ansehen konnte man es mir doch wirklich noch nicht. Mein Bauch war nach wie vor flach wie ein Brett. Und meine Brüste hatten offenbar auch noch nie etwas davon gehört, dass sie in der Schwangerschaft zulegen sollten.

»Sie sagt, dass sie es in deinem Blick gesehen hat. Ich hab dir ja schon mal gesagt, dass Mama Blanca immer alles weiß«, erinnerte sie mich.

Das war tatsächlich fast ein wenig unheimlich. Auch wenn es völlig verrückt war und ich normalerweise über solche Gedanken lachen würde, fragte ich mich insgeheim, ob dieser Kürbis mir nicht nur das Leben gerettet, sondern mir durch irgendeine Art von Mama Blancas eigener Magie auch in Bezug auf die Schwangerschaft Glück gebracht hatte. Zusammen mit der Fechtermuschel von Jenny, die ich täglich trug.

»Du kannst ihr ausrichten, dass sie recht hat und dass es mir gut geht. Das Baby soll übrigens kurz vor Weihnachten kommen«, verriet ich stolz.

Jenny übersetzte, und die alte Frau nickte wissend. Dann lachte sie kurz auf und redete wieder drauflos.

»Oma sagt, die Kinder werden dich ganz schön auf Trab halten.«

Die Kinder? Da ich keine Hormonbehandlung bekommen hatte, ging ich nicht davon aus, dass ich Zwillinge erwartete. Genau das wollte ich gerade erklären, aber da verabschiedete sich Mama Blanca schon wieder und wünschte mir alles Gute für die Schwangerschaft. Sie winkte noch einmal in die Kamera und war dann verschwunden.

Jenny und ich plauderten noch ein wenig. Sie erzählte mir von Büchern, die sie gelesen hatte, und dass ihre kleine Nichte inzwischen schon ein paar Worte plappern konnte. Und sie bat mich, ihr ein wenig von dem Land und der Gegend zu erzählen, in der ich lebte. Und von den Menschen hier. Was ich gerne machte.

»Dieses Bayern stelle ich mir ganz wunderbar vor!«, sagte sie.

»Ich kann dir in einer Mail ein paar Fotos schicken, wenn du möchtest.«

»Sehr gern!«

»Moment … sie kommen gleich.«

Während wir uns noch unterhielten, schickte ich einige Bilder, die sie nebenbei anschaute.

»Wie grün alles bei euch ist!«, schwärmte Jenny. »Und der herrliche See mit den Bergen! Es muss toll sein, dort zu leben.«

»Ja. Das ist es!«, sagte ich. »Vielleicht kommst du ja irgendwann mal hierher.«

Doch Jenny zuckte mit den Schultern.

»Ich glaube nicht, dass das möglich ist.«

»Aber du weißt doch, es ist mehr möglich, als man es für möglich hält.«

Sie lächelte.

»Vielleicht … Vielen Dank für die Fotos, Zoe.«

»Gerne.«

Langsam wurde es Zeit, das Gespräch zu beenden.

»Es war schön, mit dir zu reden«, sagte sie plötzlich langsam in deutscher Sprache.

»Jenny! Du sprichst ja Deutsch?«

»Ich versuche, deine Sprache ein wenig zu lernen«, erklärte sie, nun wieder auf Englisch.

»Toll, und wenn ich dir helfen kann, sag Bescheid«, bot ich an.

»Danke.«

»Bis bald, Jenny!«, sagte ich.

»Wiedersehen!«, verabschiedete sie sich auf Deutsch.

Sie war echt ein ziemlich ehrgeiziges und tolles Mädchen, und es war so schade, dass sie wegen ihrer Behinderung in ihrem Land so wenige Möglichkeiten hatte, sich zu entfalten. Ich überlegte, wie ich dem Mädchen eine Freude machen könnte, und hatte plötzlich eine Idee. Wenn sie sich schon so für unsere Sprache interessierte, würde ich ihr einen Sprachkurs Deutsch-Portugiesisch zukommen lassen. Und zwar einen richtig guten Sprachkurs. Ich suchte im Internet, während ich den restlichen Gemüsereis verputzte, der zwar inzwischen kalt, aber immer noch sehr lecker war. Schließlich fand ich, was ich suchte: einen kleinen tragbaren CD-Player, der noch mit Batterien lief, samt Kopfhörer, dazu einen Sprachkurs auf CD mit begleitenden Büchern und ausreichend Batterien, die längere Zeit reichen würden. Da ich die Sachen mit einer persönlichen

Nachricht verschicken wollte, bestellte ich alles zunächst an meine Adresse.

Zufrieden lehnte ich mich auf dem Sofa zurück. Ich suchte auf Netflix nach einer Komödie, doch schon nach wenigen Minuten schaltete ich aus. Zu vieles ging mir durch den Kopf, und ich hatte das Gefühl, ein wenig Ordnung in meine Gedanken bringen zu müssen. Ich klappte meinen Laptop wieder auf und tippte eine Liste mit allem, was ich in den nächsten Wochen und Monaten zu erledigen hatte. Wichtig war vor allem, rechtzeitig eine Vertretung zu finden. Dr. Hiltrud Krause konnte ich zwar nach wie vor immer wieder tage- oder wochenweise einplanen, doch ich brauchte eine längerfristige Lösung. Falls es mir möglich war, wollte ich höchstens bis zum Ende des Sommers voll praktizieren und mir nach der Geburt ein paar Monate Auszeit nehmen, um ganz für mein Kind da zu sein. Und auch danach wollte ich generell etwas weniger arbeiten, von daher wäre es ideal, wenn die Vertretung sich vorstellen könnte, auch zukünftig in der Praxis mitzuarbeiten.

Ich setzte schon mal den Text für eine Anzeige auf, die ich in einer Fachzeitschrift schalten wollte.

Der nächste Punkt auf meiner Liste war das Kinderzimmer. Dafür wollte ich das jetzige Gästezimmer ausräumen. Herr Rixner, der Malermeister, der vor Wochen wegen seiner Angst mehrere Anläufe gebraucht hatte, bis wir ihn schließlich behandeln durften, würde mir einen Kostenvoranschlag für die Renovierung vorlegen. Die Kindermöbel wollte ich von einer hiesigen Schreinerei machen lassen. Dann fiel mir noch ein, dass ich natürlich auch die Wohnung und die Dachterrasse rechtzeitig kindersicher machen musste. Ich hatte keine Ahnung, was es da alles zu beachten gab. Da brauchte ich Annas Ratschläge.

Beim Schwangerschaftsvorbereitungskurs anmelden stand als Nächstes auf meiner Liste. Darauf hatte ich allerdings nicht sonderlich viel Lust. Immerhin hatte ich nach dem Gespräch mit der Bürgermeisterin mein Kind bereits vorsorglich schon im neuen Kindergarten und der Kita angemeldet.

Ein Handyklingeln riss mich aus meinen Gedanken.

»Hallo Zoe«, meldete sich Ilona.

»Hallo Ilona.«

»Leo hat mich vorhin angerufen und gefragt, ob ich morgen mit ihr und dir in den Biergarten gehen mag, weil sie etwas mit uns besprechen muss. Weißt du vielleicht, worum es da geht?«

»Keine Ahnung. Einerseits bin ich froh, dass du auch dabei bist, aber wenn sie uns beide sehen möchte, dann deutet das doch andererseits irgendwie auch darauf hin, dass es etwas Ernsteres sein könnte.«

»Stimmt. Blöd, dass Ben nicht da ist. Der könnte vielleicht was wissen.«

Doch Ben hatte Urlaub und segelte mit einigen Freunden die kroatische Küste entlang.

»Kannst du ihn nicht anrufen und fragen?«

»Er ist nur schwer zu erreichen. Da müssen wir uns wohl oder übel noch bis morgen Abend gedulden. Dann erfahren wir, was los ist. Soll ich dich abholen?«

»Gern!«

»Ich hoffe, es ist nicht Schlimmes.«

»Das hoffe ich auch.«

Wir verabschiedeten uns, und ich wollte mich wieder an die Liste setzen, es gab noch so vieles, woran ich denken musste, aber plötzlich fühlte ich mich ziemlich müde. Der Tag heute war ereignisreich genug gewesen, und so ging ich bald schlafen.

Doch als ich im Bett lag, konnte nicht einschlafen. Immer noch ging mir zu viel durch den Kopf. Wie würde es mit der Praxis weitergehen? Dann das bevorstehende Gespräch mit Leonie – was erwartete uns da? Ganz zu schweigen von den Vorbereitungen für das Kind, und außerdem musste ich – wenn ich ganz ehrlich war – ständig an Hendrik denken. Die kurze Zeit, die wir miteinander verbracht hatten, war so intensiv und gleichzeitig von einer Leichtigkeit erfüllt gewesen, die mich buchstäblich auf einer Wolke hatte schweben lassen. Auch, wenn ich den Vergleich selbst ziemlich kitschig fand. Ich schaute auf die Uhr. Er war immer noch in der Luft. Ich griff nach dem Handy und tippte eine Nachricht für ihn in der Hoffnung, dass er sie nach seiner Ankunft lesen konnte.

Ich hoffe, du bist gut angekommen! Pass bitte auf dich auf!

Und einem spontanen Impuls folgend, machte ich rasch ein Selfie und schickte es ihm ebenfalls.

Kapitel 15

Große und kleine Kleider!

»Ihr werdet was?«, fragte Ilona und sah Leonie ungläubig an.

Weder Ilona noch ich hatten mit dem gerechnet, was sie uns gerade erzählt hatte.

»Ihr geht echt nach Österreich?«

Leonie nickte.

»Der Umzug nach Wien ist für Ende September geplant. Ich kann ab dem Herbst an der Uni mit einer halben Stelle an meiner Dissertation arbeiten. Und Timo hat ein tolles Job-Angebot, und zwar als stellvertretender Leiter in der Physiotherapieabteilung in der Klinik, in der meine Tante Moni in der Unfallchirurgie arbeitet. Er muss nur noch zusagen und den Vertrag unterschreiben«, erklärte Leonie noch mal ausführlicher.

»Okay«, sagte ich. »Das ist echt eine Überraschung.«

»Ja … Aber es läuft alles perfekt!«, beteuerte sie.

»Ich dachte, hier läuft schon alles perfekt für euch. Timo hat doch einen tollen Job. Und wolltest du nicht erst einmal ein Jahr aussetzen nach der Entbindung und dich in dieser Zeit auf eine Stelle bewerben?«, fragte Ilona, die es offenbar nicht glauben wollte.

»Das war eigentlich der Plan, aber ich habe mich entschieden, doch meinen Doktor zu machen, und irgendwie tun sich gerade so schöne Möglichkeiten auf. Alles scheint wie von selbst zu gehen. Über einen guten Bekannten von Tante Moni bekommen wir auch eine Wohnung mit Garten zur Miete, die einigermaßen erschwinglich ist. Genau das, was wir uns immer vorgestellt haben.«

»Deine Mutter weiß es aber noch nicht, oder?«, fragte ich unnötigerweise. Sicher hätte Anna uns das sofort erzählt.

»Nein. Und genau das ist auch der Haken. Mama freut sich doch schon so auf das Baby und hat uns immer wieder angeboten, dass sie uns unterstützen und auf das Kind aufpassen wird, soweit es mit ihrer Arbeit vereinbar ist.«

»Sie wird ziemlich traurig sein, wenn ihr weggeht«, sagte ich.

»Nicht nur sie. Ben plant jetzt schon ständig, was er als zukünftiger Onkel mit dem Kind alles unternehmen wird«, bemerkte Ilona. »Ich hoffe, er wird jetzt nicht auch nach Wien gehen wollen, um in eurer Nähe zu sein. Weiß er es denn schon?«

Leonie schüttelte den Kopf.

»Natürlich nicht. Du kennst ihn doch. Er kann doch nichts für sich behalten. Wir wollen es ihm erst sagen, wenn Mama es weiß.«

Ich nahm einen Schluck Mineralwasser.

»Und wieso habt ihr es Anna noch nicht gesagt?«, fragte Ilona.

»Es ist ja auch für uns noch alles ganz frisch. Den endgültigen Entschluss, nach Wien zu gehen, haben wir selbst erst vor wenigen Tagen gefasst, nachdem Timo das Jobangebot bekommen hatte. Wir wollten, dass ihr es schon wisst, bevor wir mit Mama reden, damit ihr sie ein wenig aufmuntern und ablenken könnt. Sicher wird sie es nur ganz schwer verkraften.«

»Sie wird am Boden zerstört sein«, murmelte Ilona.

»Das fürchte ich leider auch!«, sagte ich und seufzte.

»Wien? Wie toll! Klar verstehe ich das!«, sagte Anna am nächsten Abend.

Ilona und ich hatten mit Leonie vereinbart, uns gemeinsam bei Anna zu treffen und ihr alles so schonend wie möglich beizubringen.

»Es ist eine tolle Chance für euch, die solltet ihr euch auf keinen Fall entgehen lassen. Ich bin wirklich stolz auf dich und Timo.« Anna drückte Leonie lächelnd an sich.

Verblüfft sahen wir uns an. Mit so einer Reaktion hatte keine von uns gerechnet. Und Leonie schon gar nicht. Sie löste sich von ihrer Mutter und sah sie eindringlich an.

»Du findest das wirklich gut?«, fragte sie.

»Ja, mein Schatz. Aber offenbar hast du selbst noch Zweifel, sonst hättest du nicht extra Ilona und Zoe als Verbündete mitgebracht, um dich zu unterstützen«, meinte sie mit einem strengen Blick.

»Leo wollte doch nur, dass wir …«, begann Ilona, doch Anna winkte ab.

»Ich weiß doch, weshalb ihr hier seid«, sagte sie und grinste plötzlich. »Ihr dachtet sicher, dass ich kreuzunglücklich sein werde, wenn sie nicht mehr hier in der Nähe wohnen und wir uns nicht mehr so oft wie bisher besuchen können. Vor allem, weil ich dann mein Enkelkind nicht regelmäßig sehen kann. Stimmt's?«, fragte sie.

Wir nickten.

»Versteht mich nicht falsch, ich freue mich unglaublich darauf, bald Oma zu sein. Und natürlich wäre es einfacher und auch schöner, wenn sie weiterhin hier in der Gegend wären – das will ich nicht abstreiten. Aber erstens ist Wien ja wirklich nicht aus der Welt, und noch dazu sehr schön, und so habe ich dann endlich wieder mal richtig gute Gründe, öfter dorthin zu fahren. Zweitens bin ich noch ziemlich frisch verheiratet und genieße es durchaus, meine Freizeit mit meinem Mann zu verbringen.«

»Und drittens?«, fragte Ilona, nachdem Anna nicht weitergesprochen hatte.

»Drittens kann ich doch als Mutter nicht stolzer sein. Wenn meine Kinder ihre eigenen Entscheidungen treffen und mutig und glücklich ihren Weg gehen, sowohl privat als auch beruflich, ist das doch wohl ein großes Kompliment für mich. Vielleicht habe ich dann ja doch einiges richtig gemacht als Mama.«

»Du hast es mehr als richtig gemacht Mama.«

Und nun kullerten doch die Tränen bei Anna, während sie sich gleichzeitig mit der Hand Luft zufächelte.

Mir fiel im Moment leider kein flapsiger Spruch ein, um alles ein wenig aufzulockern.

»Eine Hitzewelle mit Tränentropfen – das müsste eigentlich eine besondere Art von Regenbogen geben«, kam es stattdessen von Ilona.

Anna lachte und weinte gleichzeitig.

Leonie umarmte ihre Mutter erneut.

Dann löste sich Anna wieder von ihr und wischte sich mit dem Handrücken die Tränen aus dem Gesicht.

»Deiner Oma und deiner Schwester musst du das aber selbst beibringen«, sagte sie.

»Zu Oma gehe ich gleich noch und sag es ihr. Und mit Emma hab ich heute schon telefoniert. Sie weiß schon, dass wir nach Wien gehen, und findet es cool.«

»Tja dann … Dann bleibt noch die Frage, wie Ben es aufnehmen wird«, grübelte Anna, und zum ersten Mal entdeckte ich wirklich Sorge in ihrem Blick.

Ilona seufzte.

»Er wird es sehr schwer haben, wenn er seine Nichte oder seinen Neffen nicht so oft sehen kann, wie er sich das vorgestellt hat«, sagte sie.

»Seine Nichte!«, verriet Leonie mit einem verschmitzten Lächeln.

»Es … es wird ein Mädchen!?«, rief Anna und strahlte nun wie ein Honigkuchenpferd.

»Ja … und das wollte ich euch dreien heute auch verraten«, sagte Leonie.

»Hach, wie schön!«, schwärmte Ilona mit einem Seufzer.

»Genau dasselbe würdest du doch sagen, wenn es ein Junge wäre!«, bemerkte ich trocken.

»Natürlich würde ich das!«, antwortete sie mit einem breiten Grinsen, und wir lachten.

»Ilona, wie wär's mit einem Gläschen Crémant?«, fragte Anna.

»Unbedingt!«

»Und ihr zwei werdenden Mamis bekommt Apfelschorle. Dann können wir auf die guten Nachrichten anstoßen.«

Anna ging zum Kühlschrank.

Ilona und ich warfen uns einen erleichterten Blick zu. Nie hätten wir damit gerechnet, dass es für unsere Freundin ein Tag zum Feiern werden würde, wir waren davon ausgegangen, dass wir sie aufmuntern müssten. Das war nun glücklicherweise nicht notwendig.

Ben hingegen nahm die Nachricht nicht so gut auf. Als er drei Tage später braungebrannt aus seinem Urlaub zurückkam und von seinem Bruder die Neuigkeiten erfuhr, war er ziemlich niedergeschlagen. Noch nicht einmal Emma konnte ihn aufmuntern.

Ich schaute am nächsten Tag kurz vor der Sprechstunde noch im Delikatessenladen vorbei, um zu sehen, wie es ihm ging.

Natürlich verstand er die Gründe für den Umzug, aber er hatte sich so darauf gefreut, seine Nichte – wie wir alle nun wussten – so oft wie möglich zu sehen.

»Hey, wenn ich eine Fernbeziehung zwischen Chiemsee und Toskana hinkriege, dann schaffst du das als Onkel mit einer deutlich kürzeren Entfernung zwischen Prien und Wien auch«, versuchte Ilona ihn einfühlsam aufzumuntern.

»Trotzdem, ich kann dann schließlich nicht mehr einfach mal schnell auf einen Besuch vorbeikommen, ihr ein Schlaflied vorsingen, mit ihr Eis essen gehen oder ein Legohaus bauen. Wieso machen die das?«, fragte er deprimiert und lief mit einer Trauermiene herum. Bis Ilona schließlich der Kragen platzte.

»Jetzt stell dich nicht so an, Ben. Das kann man ja nicht mehr mit ansehen, wie du dich da reinsteigerst!«, schimpfte sie. »Außerdem – noch sind sie doch gar nicht weg!«

»Abgesehen davon kenne ich Leo und deinen Bruder genug, um zu wissen, dass die beiden sicher regelmäßig hier zu Besuch sein werden. Du wirst auf jeden Fall der supercoole Onkel sein, auf den das Mädchen sich jedes Mal total freut«, fügte ich hinzu.

»Ihr habt ja recht. Tut mir leid, dass ich so herumjammere. Ich weiß, dass ich das akzeptieren muss, aber ich vermisse sie, noch bevor sie überhaupt umgezogen sind!«

Ilona umarmte ihn und drückte ihn an sich.

»Bis zum Ende des Sommers sind sie noch hier. Und gerade am Anfang werden sie froh sein, wenn du sie so gut wie möglich unterstützt.«

»Natürlich werde ich das!«

»Eben!«, sagte ich.

»Außerdem – es wird Zeit, dass du deinen hübschen Hintern mal wieder vom Sofa hochbekommst und dich nach einem neuen Freund umsiehst. Du willst ja wohl nicht für immer Single bleiben. Und dann bist du sicher ganz froh, wenn du nicht ständig Babysitter für deine Nichte spielen musst!«, sagte Ilona.

Schließlich hatten wir es geschafft, ihn zumindest ein wenig aufzumuntern.

Doch ich wusste noch etwas, das ihn ganz sicher auf andere Gedanken bringen würde.

»Habt ihr Lust, mit mir in der Mittagspause in den Modeladen zu gehen? Ich brauche dringend ein neues Sommerkleid«, schlug ich vor.

»Gute Idee«, sagte Ilona. »Ich frag Emma, ob sie zur Mittagszeit kurz im Laden einspringen kann.«

»Wenn ich schon meine Nichte nicht so regelmäßig sehen kann, wie ich mir das vorgestellt habe, dann wird dein Kind eben noch mehr von mir profitieren«, meinte Ben, als ich in einem luftigen türkisfarbenen Sommerkleid aus der Umkleidekabine kam.

»Damit kann ich gut leben«, sagte ich und stellte mich vor den Spiegel. Das Kleid war an der Taille so weit geschnitten, dass ich es sicher auch noch im Sommer mit etwas mehr Bauch tragen konnte.

»Wie findet ihr es?«

»Schrecklich. So kannst du echt nicht herumrennen!«, sagte Ilona.

»Unmöglich! Geht gar nicht!« Ben schüttelte den Kopf.

»Also soll ich es nicht nehmen?«, fragte ich.

»Doch, natürlich! Das Kleid sieht toll an dir aus, Zoe«, sagte Ilona und seufzte.

»Klar nimmst du es!« Ben zwinkerte und streckte den Daumen nach oben.

»Irgendwie sieht doch immer alles toll an dir aus! Wieso fragst du überhaupt?«, grummelte Ilona.

»Nur nicht neidisch sein!«

»Bin ich doch gar nicht … Zumindest nicht sehr!«

»Außerdem wird Zoe bald eine ziemlich runde Kugel vor sich herschieben«, sagte Ben, und ich war froh, dass er wieder deutlich vergnügter wirkte. Die Geheimwaffe *Shopping* hatte auch bei ihm funktioniert.

Trotzdem boxte ich ihn sanft in die Seite.

»Wir freuen uns ja alle auf deine Kugel!«, erklärte er.

»Das will ich auch hoffen!«

»Kommt, jetzt besorgen wir noch ein Geschenk für meine Nichte«, schlug er vor.

Kurz darauf sahen wir uns in der Babyabteilung um. Während Ben vor einem drehbaren Kleiderständer mit überwiegend knallbunten oder reichlich mit Glitter verzierten Kleidchen stand, schauten Ilona und ich eher bei den etwas neutraleren Sachen.

»Ist das nicht süß?«, fragte sie und hob den gleichen grünen Strampelanzug hoch, den ich wenige Tage zuvor auch angeschaut hatte. »Ich frag mich nur, ob ein Baby nicht sehr blass darin aussieht«.

Ich musste lächeln. Mir war schon öfter aufgefallen, dass Ilona und ich manchmal sehr ähnliche Gedanken hatten.

»Ich finde auch, wir sollten eine andere Farbe nehmen.«

»Ach, wie schön! Heute haben Sie ja Ihre Frau dabei!«, hörten wir plötzlich eine Stimme. Ilona und ich drehten uns um, und ich erkannte die Verkäuferin vom letzten Mal.

Ich bemerkte Ilonas irritierten Blick und versuchte, sie rasch wegzuziehen.

Doch da fuhr die Verkäuferin schon fort: »Ich sehe schon, dass es bis zu Ihrem Entbindungstermin nicht mehr allzu lange hin ist. Juli oder spätestens August würde ich mal raten. Deswegen würde ich für die Erstlingsausstattung im Hochsommer überwiegend leichtere Sachen empfehlen.«

»Erstlingsausstattung?« Ilona schüttelte verständnislos den Kopf. Dann drehte sie sich kurz um, offenbar um zu überprüfen, ob die Verkäuferin womöglich mit jemandem sprach, der hinter ihr stand.

Ich wäre am liebsten im Boden versunken. Wie sollte ich aus dieser Nummer wieder rauskommen und Ilona über das Missverständnis aufklären, ohne mich total zu blamieren?

Die Verkäuferin ging offensichtlich davon aus, dass Ilona meine Frau war. Und um sich keinen weiteren Fauxpas zu leisten, sah sie diesmal völlig darüber hinweg, dass Ilona mit ihren 51 Jahren schon deutlich jenseits des gebärfreudigen Alters lag, und hatte ihre etwas üppigen Rundungen als Schwangerschaftsfigur gedeutet. Wobei ich zugeben musste, seitdem sie mit Chris diese eigenartige Fernbeziehung führte, sah Ilona aus, als wäre sie in einen Jungbrunnen gefallen.

»Entschuldigung, aber wir kennen uns doch, oder?«, sagte die Verkäuferin. »Das grüne Kleid! Sie sind doch die Frau, die Jo Ranke damals gerettet hat.«

Und jetzt wurde mir klar, warum die Frau mir beim letzten Mal so bekannt vorgekommen war. Sie war kurz auf dem Video zu sehen gewesen, das seit der Panne mit dem Kleid im Internet herumgeisterte. Allerdings mit einer völlig anderen Frisur.

Ilona lief auf einen Schlag puterrot an. Sie hatte die Verkäuferin von damals nun ebenfalls wiedererkannt.

»So, wie ich das verstanden habe, hat er eher dazu beigetragen, dass sie überhaupt erst in so eine blöde Situation kam«, sagte ich etwas leiser. Schließlich mussten die anderen Leute das nicht mitbekommen.

Ilona nickte bestätigend. Die Sache war nach wie vor ein wunder Punkt bei ihr.

»Ich verstehe, dass Ihnen das peinlich ist. Für mich war das aber wirklich auch nicht ohne. Es gab ja dieses blöde Video im Internet. Und ständig kamen Leute zu uns, nur um mich zu fragen, wer denn nun diese Dame war und was es damit auf sich hatte. Die wollten nichts kaufen, die waren nur neugierig. Ich habe mir sogar ein völlig anderes Styling verpasst ...«, sie fuhr durch ihre kurzen blondierten Haare, »... doch trotzdem wurde ich von einigen doch immer noch erkannt. Also hat meine Chefin mich in die Kinderabteilung versetzt.«

»Das tut mir leid«, murmelte Ilona.

Die Verkäuferin zuckte mit den Schultern.

»Eigentlich gefällt es mir hier besser. Es ist entspannter. Meistens.«

»Ich finde, Sie sind hier genau richtig! Und der neue Look steht Ihnen super!«, beteuerte ich.

»Danke. Es tut mir echt leid, dass das Ihrer Frau passiert ist. Gut, dass sie damals noch nicht schwanger war.«

Ilona schaute zwischen uns beiden hin und her und hatte ganz offensichtlich keinen blassen Schimmer, was die Verkäuferin da redete.

Ich musste ein plötzlich aufsteigendes hysterisches Lachen unterdrücken.

»Wobei, dann hätte ich ihr dieses enge Kleid sicher nicht zum Anprobieren gegeben«, murmelte die Verkäuferin, mehr zu sich selber.

Wir müssen hier schnellstens raus.

»Ich glaube, wir sind schon spät dran. Wir kommen ein anderes Mal wieder. Lass uns gehen, Ilona«, sagte ich eindringlich.

In diesem Moment steuerte Ben auf uns zu.

»Was sagt ihr zu diesem unfassbar süßen Teil für unsere kleine Maus?«, rief er und hielt uns ein lilafarbenes Kleidchen mit einem aufgestickten Einhorn in Regenbogenfarben entgegen.

Der Verkäuferin erging es wie den meisten Frauen, die Ben zum ersten Mal zu Gesicht bekamen. Ihr kippte die Kinnlade runter. Jetzt, mit der frischen Urlaubsbräune, sah der ohnehin schon unverschämt attraktive Ben ziemlich sexy aus, und seine grünen Augen funkelten intensiv.

»Hallo!«, sagte die Verkäuferin einen Tick zu laut.

»Hi … Sagen Sie, für welches Alter ist das denn?« Er hielt ihr das Kleidchen entgegen und schien offenbar nicht mitbekommen zu haben, dass hier eine etwas eigenartige Stimmung herrschte.

»Sechs«, sagte sie.

Sechs oder Sex? Wieder musste ich mir ein Kichern verkneifen.

»Sechs?«, fragte Ben mit einem zweideutigen Unterton, womöglich um sie auf neckische Weise ein wenig zu verwirren.

Als ob hier nicht ohnehin schon genügend Verwirrtheit herrschte.

»Ich meine natürlich … es ist für ein etwa sechs Monate altes Baby«, erklärte die Verkäuferin rasch.

Normalerweise würde Ilona bei so einer Vorlage jetzt einen frechen Spruch loslassen, doch sie blieb erstaunlich still.

»Danke!«, sagte Ben. Dann wandte er sich an uns. »Das wäre doch wirklich zauberhaft, oder?«

Wir nickten.

»Entschuldigung, wenn ich neugierig bin, aber sind Sie vielleicht der Vater des Kindes?« Die Verkäuferin machte die Situation mit ihrer Frage noch absurder, als sie es ohnehin schon war. Und die Einzige, die wusste, was hier wirklich los war, war ich – aber ich war nicht in der Lage, hier einzugreifen. Es fiel mir immer schwerer, nicht zu lachen, ich versuchte weiterhin nur, mich zu beherrschen.

»Der Vater des Kindes?«, hakte Ben nach und schaute nun ähnlich irritiert drein wie Ilona vorhin – oder eigentlich immer noch.

»Nein. Ist er nicht. Es war eine anonyme Samenspende!«, sagte ich schnell.

»Aha …« Die Frau sah zwischen uns hin und her.

»Aber ich wär's echt gern gewesen«, fügte Ben hinzu. »Also, der Samenspender. Ich steh nämlich ansonsten nur auf Männer«, erklärte er freimütig.

Die Verkäuferin nickte verwirrt, und ich hatte das Gefühl, dass sie sich erst ein wenig sammeln musste bei all diesen Informationen.

»Was das regenbogenfarbene Einhorn auf dem Kleidchen erklärt!«, sagte sie schließlich, vermutlich in dem Versuch, sich als weltoffene Frau und kompetente Verkäuferin zu zeigen, und lachte etwas gekünstelt.

»Es ist für meine zukünftige Nichte«, erklärte Ben.

»Ach so, also nicht für Ihr Baby?«

Sie warf einen fragenden Blick zu Ilona. Ilona schaute die Verkäuferin verdutzt an.

»Mein Baby? Sie denken … Sie denken tatsächlich ich bin schwanger?«, fragte sie. Endlich war der Groschen gefallen.

»Äh … etwa nicht?«

Ben schien begriffen zu haben, was hier los war, und wirkte inzwischen ebenfalls amüsiert. Ich legte die Hände vors Gesicht, um mein Grinsen zu verbergen, das ich mir nicht länger verkneifen konnte.

Ilona lachte kurz auf.

»Also bitte, ich bin doch schon viel zu alt für ein Baby!«, rief sie kopfschüttelnd. »Denken Sie, nur weil ich ein wenig üppiger gebaut bin, muss ich gleich schwanger sein? Oder wie kommen Sie auf so eine Schnapsidee?«

»Na, Ihre Frau hat es mir doch erzählt?« Sie deutete auf mich.

»Meine Frau? Sagen Sie, wollen Sie mich irgendwie verarschen?«, fragte Ilona und wirkte nun echt ein wenig sauer. »Vielleicht immer noch wegen der Sache mit dem grünen Kleid? Und weil Sie versetzt wurden? Ich hab das Kleid doch damals gekauft!«

»Und sie sah auf der Hochzeit ganz zauberhaft darin aus«, gab nun Ben noch seinen Senf dazu.

»Ilona, hör mal …«, wollte ich zu einer Erklärung ansetzen, doch die Verkäuferin ließ mich nicht ausreden.

»Ich Sie verarschen? Das ist doch wohl eher umgekehrt der Fall!«

Wir schienen sie an ihre Grenzen gebracht zu haben.

»Entschuldigen Sie, es ist alles ein riesengroßes Missverständnis«, presste ich hervor.

»Missverständnis?«, fragten Ilona und die Verkäuferin gleichzeitig.

Ich muss da raus!

»Kannst du das bitte für mich zahlen, Ilona?«

Ich drückte ihr das Sommerkleid in die Hand.

»Zoe? Was soll das alles?«, fragte sie völlig verdattert, und ich konnte es ihr kaum verdenken.

»Das würde mich auch interessieren!«, sagte die Verkäuferin.

»Jedenfalls würde ich das Kleidchen mit dem Einhorn gerne kaufen!«, sagte Ben. »Und können Sie das gleich als Geschenk verpacken?«

Und in diesem Moment konnte ich mich nicht länger zurückhalten. Ich prustete laut los und flüchtete lachend aus dem Laden.

Ein paar Minuten später verließen Ilona und Ben gemeinsam das Geschäft und trugen jeweils eine Papiertüte mit den Einkäufen. Ich stand an meinen Wagen gelehnt und wischte mir die Lachtränen aus den Augenwinkeln.

»Die Verkäuferin war echt etwas angepisst«, erklärte Ilona.

»Was war das denn gerade? Versteckte Kamera?«, fragte Ben, jedoch mit einem Grinsen im Gesicht.

»Gehen wir zu euch in den Laden«, schlug ich vor und musste schon wieder lachen. Und obwohl es absolut albern war, tat mir dieses Lachen unglaublich gut.

Als ich den beiden und Emma die ganze Geschichte und wie es überhaupt erst zu diesem Missverständnis gekommen war, erzählt hatte, mussten auch die drei herzlich lachen.

»Sie dachte wirklich, ich wäre schwanger?«, fragte Ilona.

»Ja … Mich hingegen hielt sie beim ersten Mal für zu alt, um noch Mutter zu werden«, erklärte ich. »Da war ich echt ein wenig verschnupft. Deswegen habe ich ihr ja diese Geschichte aufgetischt, dass meine Frau das Baby bekommt. Ich konnte doch nicht ahnen, wie sich das heute entwickeln würde und dass sie auf die Idee käme, du wärst meine Frau.«

»Oh, Mann, ihr seid echt alle total verrückt«, kicherte Emma. »Schade, dass ich nicht dabei war.«

»Du kannst ja beim nächsten Mal mitkommen, dann geben wir dich als unsere bereits erwachsene Tochter aus«, schlug Ilona vor, und wir prusteten erneut los, doch gleichzeitig plagte mich das schlechte Gewissen.

»Ich werde noch mal in den Laden gehen und mich mit einem Blumenstrauß bei der Verkäuferin entschuldigen«, sagte ich. Denn auch wenn die Sache für viel Heiterkeit gesorgt hatte, wollte ich nicht, dass die Frau sich unsertwegen womöglich schlecht fühlte. »Und wenn sie mich nicht gleich wieder rauswirft, werde ich bei ihr die komplette Erstlingsausstattung für meinen Zwerg kaufen.«

»Kann ich mitkommen?«, fragte Emma. »Ich kenne mich echt gut aus mit Babysachen.«

Kein Wunder bei drei deutlich jüngeren Geschwistern, die bei Emmas Vater und dessen zweiter Frau in München lebten.

»Gerne. Zu zweit macht es ohnehin mehr Spaß«, stimmte ich zu. »Und vielleicht ist die Verkäuferin auch ein wenig milder gestimmt, wenn du dabei bist.«

In diesem Moment meldete mein Handy eine Nachricht von einer unbekannten Nummer.

Liebe Zoe. Ich schreibe von einer anderen Nummer, damit wir einfacher Kontakt halten können, wobei einfacher nicht heißt, dass es auch wirklich einfach wird. Also bitte nicht wundern, wenn du mal ein paar Tage lang nichts von mir hörst. Wir sind gut in Gulu angekommen und wohnen dort in dem kleinen Lager etwas außerhalb, in dem es auch ein Krankenhaus gibt, falls man das so nennen kann. Bitte schreib mir bald zurück, damit ich weiß, ob meine Nachricht bei dir angekommen ist. Mehr erzähle ich dann beim nächsten Mal. Ich denke viel an dich und hoffe, es geht dir gut. Bis bald, Hendrik.

Ohne dass ich es wollte, klopfte mein Herz mit einem Mal schneller.

»Von Hendrik?«, fragte Ilona.

Ich nickte.

Rasch tippte ich eine Nachricht zurück.

Lieber Hendrik, schön, dass du gut angekommen bist. Mir geht es gut. Ich denke auch oft an dich und freue mich darauf, wenn du dich, sobald es dir möglich ist, wieder meldest. Pass auf dich auf! Zoe.

Ich drückte auf Senden. Und lächelte, als gleich darauf ein Smiley von ihm zurückkam. Unsere Verbindung funktionierte. Zumindest im Moment.

Ich spürte eine Hand auf meinem Rücken.

»Und wenn du es doch riskierst und ihm von der Schwangerschaft erzählst?«, schlug Ben vorsichtig vor.

Doch ich schüttelte nur den Kopf. Für mich war es noch nicht der richtige Zeitpunkt.

»Er muss sich jetzt erst einmal richtig dort einleben. Komm, Emma! Lass uns gehen!«

Kapitel 16

Drei Frauen am See

Die Zeit verging wie im Flug. Inzwischen war es Anfang Juli geworden, und auch wenn mein Bauch in der 16. Schwangerschaftswoche immer noch relativ flach war, so hatte sich mein Körper inzwischen doch verändert.

»Schau an, in deinem Bikinioberteil ist ja endlich mal was drin!«, feixte Ilona, als wir zusammen mit Anna an unserem abgelegenen Lieblingsplatz am See beim Baden waren.

»Hab dich auch lieb, mein Moppelchen«, sagte ich und warf ihr einen Luftkuss zu.

»Bestimmt würde dein Hendrik da voll drauf abfahren. Vielleicht wäre es ihm dann sogar egal, dass du schwanger bist«, ließ sie nicht locker.

»Ob du es glaubst oder nicht, Hendrik stand schon immer total auf meine Brüste! Die müssen sich nicht verändern, damit er darauf abfährt.«

»Wie geht es Hendrik denn?«, unterbrach uns Anna, die offenbar nicht wollte, dass es mit unseren Sticheleien wieder ausuferte.

»Ich habe die letzten Tage nichts von ihm gehört. Sie sind fast täglich und in teils sehr abgelegenen Dörfern unterwegs, und da ist nur selten ein stabiles Internet verfügbar.«

»Dazu muss man nicht erst nach Uganda. Internet, das ständig abschmiert, gibt es auch hier bei uns in Bayern auf den Dörfern!«, meinte Ilona trocken und verteilte Sonnencreme auf ihren Beinen.

»Das stimmt leider«, gab Anna ihr recht und griff nach ihrem Handy, um die eingegangenen Nachrichten zu checken.

»Wenn Hendrik Zeit hat, schreibt er Mails an mich, die er dann wegschickt, wenn es möglich ist«, sagte ich.

»Hach, das ist ja fast ein wenig romantisch«, bemerkte Ilona.

»Das, was er dort erlebt, allerdings weniger«, sagte ich. »Teilweise ist das richtig gefährlich. Letzte Woche sind sie auf einen alten Armeelastwagen gestoßen, der eine Panne hatte. Plötzlich standen zwei bewaffnete Männer da. Sie forderten alle auf, aus dem umgebauten Wohnmobil zu steigen.«

»Ach du liebe Güte!«, rief Anna erschrocken. »Und dann?«

»Glücklicherweise kam ein Wagen mit Regierungssoldaten vorbei, und die Männer sind verschwunden. Stellt euch vor: Im Lastwagen waren vier junge Mädchen eingesperrt. Die Männer waren Menschenhändler.«

»Was? Solche Schweine!«, rief Ilona aufgebracht. »Wenn mir so einer in die Finger käme, den würde ich …« Sie ließ den Satz unvollendet, aber Anna und ich konnten uns ausmalen und auch nachvollziehen, was sie meinte.

»Gegen das, was Hendrik gerade erlebt, ist mein Leben fast schon ein ödes Tal der Langeweile«, sagte ich und setzte hinzu: »Zumindest der Teil, von dem ich ihm erzählen kann.«

»Ich finde, du hast hier wirklich genug um die Ohren«, sagte Anna, während sie erneut einen Blick auf ihr Handy warf. »Vor allem brauchen wir endlich eine Vertretung in der Praxis«, erinnerte sie mich.

»Schon klar. Aber du siehst ja selbst, wie schwierig es ist. Oder hättest du gerne einen der beiden Kollegen, die sich letzte Woche vorgestellt haben, als deinen Chef?«

»Himmel, nein!«, winkte Anna ab. »Die hätten wirklich nicht zu uns gepasst … Der eine hat ja unsere Oxana mit seinen Blicken fast ausgezogen!«

»Eben. Und der andere stand schon kurz vor der Pension. Ich brauche jemanden, der in den nächsten Jahren fest in der Praxis bleibt.«

»Ich bin mir sicher, ihr findet genau die richtige Person … Sag mal, wie oft hast du jetzt in der letzten Stunde dein Handy kontrolliert, Anna? Dreißigmal? Vierzigmal?«, fragte Ilona.

»Ich bin schrecklich, oder?«, gab Anna zu und lächelte ertappt.

»Glaub mir, du erfährst es sicher rechtzeitig, wenn es bei Leo so weit ist«, versicherte ich ihr. »Und dann sind wir für dich da und zittern mit, bis das Kind da ist, Oma Anna.«

»Oma Anna!«, sie kicherte. »Das hört sich schon schräg an, oder?«

»Allerdings … Mögt ihr eigentlich schon was essen?«, fragte Ilona.

Sie hatte einen Picknickkorb voller Leckereien aus ihrem Laden mitgebracht.

»Gern!«, sagte ich und schnappte mir eines der kleinen Sandwiches.

»Mhmm …«, sagte ich, nachdem ich probiert hatte. »Was ist das denn Feines?«

»Find ich auch super!«, erklärte Anna mit vollem Mund.

»Nicht wahr? Das ist ein neues Pesto aus gegrilltem Gemüse, das ich mitgebracht habe, und darüber gehobelter Pecorino.«

»Hast du das Pesto mit Chris ausgetüftelt?«, wollte ich wissen.

Ilona war erst vor zwei Tagen wieder aus der Toskana zurückgekommen.

»Ja … wir haben gemeinsam in der Küche herumexperimentiert«, erklärte sie, und ihre strahlenden Augen bestätigten, wie glücklich sie und Chris waren.

»Das hört sich fast ein wenig unanständig an!« Anna grinste.

»Tja …«, kam es von Ilona, und ich bemerkte, dass ihre Wangen sich leicht gerötet hatten.

»Erstaunlich, wie gut das mit euch funktioniert«, sagte ich. »Vielleicht ist eine Fernbeziehung doch nicht so verkehrt.«

»Bei uns klappt es jedenfalls echt gut«, bestätigte Ilona.

»Und bei mir funktioniert genau das Gegenteil. Das Zusammenleben mit Paul ist so herrlich unkompliziert und trotzdem immer spannend«, sagte Anna.

Ilona sah mich an. »Was ist das eigentlich genau zwischen dir und Hendrik?«

Diese Frage konnte ich mir selbst nicht beantworten.

»Können wir nicht von irgendwas anderem reden als von Beziehungen?«, schlug ich deswegen vor.

»Wenn du meinst!«, sagte Anna.

»Okay.«

Wir sahen uns an, jede schien zu überlegen.

»Ich könnte euch jetzt von meinem eingewachsenen Zehennagel erzählen, der mich echt ziemlich piesackt«, begann Ilona und hob ihren Fuß mit den hellrosa lackierten Nägeln.

Anna und ich winkten sofort ab.

»Muss nicht sein!«, sagte ich.

»Na gut …«, Ilona legte das Bein wieder auf die Decke.

»Worüber haben wir eigentlich früher immer gesprochen, als es noch keine Männer in unserem Leben gab?«, überlegte Anna laut.

»Über Männer – die es damals in unserem Leben eben nicht gab und die wir uns wünschten!«, sagte ich und verputzte eine Olive.

»Und über Zyklusunregelmäßigkeiten, Wechselbeschwerden, lästige Hitzewellen und nächtliche Panikattacken«, fuhr Ilona fort.

Anna verdrehte die Augen.

»Das wollen wir jetzt aber echt nicht wieder alles aufwärmen … Was ist denn mit neuen Urlaubsplänen, Zoe?«

»Sind aus gegebenem Anlass für längere Zeit auf Eis gelegt«, erklärte ich mit einem Blick auf meinen Bauch.

»Aber unser Wochenende im Bayerischen Wald machen wir schon noch, bevor dein Baby kommt?«, fragte Ilona.

»Das können wir ja immer noch spontan entscheiden«, meinte Anna und griff wieder zu ihrem Handy.

»Anna!«, mahnte Ilona.

»Ist ja schon gut.«

»Hab ich euch schon erzählt, dass Jenny inzwischen fleißig Deutsch lernt mit dem Sprachkurs, den ich ihr geschickt habe?«

»Nein, hast du nicht!«, sagte Ilona. »Das ist ja toll. Sie scheint ein sehr aufgewecktes Mädchen zu sein.«

Ich nickte.

»Sie hat sich total über mein Geschenk gefreut. Lustigerweise kam es genau einen Tag vor ihrem 18. Geburtstag bei ihr an. Dabei wusste ich das gar nicht.«

»Das war sicher eine riesige Überraschung für sie«, sagte Anna.

»Total. Sie versucht sogar schon, kleine Passagen auf Deutsch zu schreiben, wenn sie mir Nachrichten schickt. Und das in der kurzen Zeit.«

»Beeindruckend«, sagte Anna.

»Ja … Bei jedem Gespräch mit ihr wird mir klar, wie viel mehr Möglichkeiten sie hier hätte. In ihrer Heimat bleibt ihr nichts anderes übrig, als ihre Großmutter im Haushalt zu unterstützen und auf die Kinder ihrer Schwester und der Cousinen aufzupassen.«

»Hm … Ich frage mich eben …«, begann Ilona.

»Was denn?«, hakte ich nach.

»Na ja, ich kenne mich da ja überhaupt nicht aus, aber könnte sie denn nicht vielleicht als Au-pair nach Deutschland kommen? Dann könnte sie sich einen Eindruck von hier verschaffen. Und du brauchst doch ohnehin jemanden, wenn dein Baby da ist. Sie versteht es ja offenbar gut, mit Kindern umzugehen, trotz ihrer Beeinträchtigung, was ich echt sehr beeindruckend finde. Und auch wenn sie deswegen natürlich etwas eingeschränkt ist, so bleibt ja trotzdem einiges, wobei sie dich unterstützen kann.«

Ich sah sie verblüfft an.

»Was für eine tolle Idee!«, rief Anna begeistert.

Der Gedanke gefiel mir zwar, doch es gab für mich einen Haken.

»Ich würde Jenny sofort mit Kusshand bei mir aufnehmen. Aber dann ist sie ja wieder nur der Babysitter!«, sagte ich und markierte das letzte Wort mit meinen Händen in Anführungsstriche. »Ich würde mir etwas anderes für sie wünschen. Sie ist eine so intelligente und wunderbare junge Frau, ich traue ihr viel mehr zu.«

»Aber gerade deswegen! Überlege doch mal, welche Möglichkeiten sie dadurch hätte. Sie könnte hier ein Jahr lang als zusätzliche Hilfe dein Kind mit beaufsichtigen. Was nur ein paar Stunden am Tag wären. Dazu bekommt sie Sprachunterricht. Und mit dir und uns allen hätte sie Leute, die sich gut um sie kümmern würden, damit sie sich willkommen fühlt.«

Ich nickte nachdenklich, während mir tausend Gedanken durch den Kopf schossen. Hier in Deutschland hätte sie natürlich auch eine ganz andere medizinische Versorgung. Vielleicht wäre es sogar möglich, dass sie eine Prothese bekäme. Damit hätte sie völlig andere Chancen im Leben. Ich wurde immer aufgeregter, trotzdem sollte ich mich nicht so in diese Sache reinsteigern. Noch war gar nichts entschieden, Jenny wusste ja noch nicht einmal von ihrem Glück. Ehe ich ihr diesen Vorschlag unterbreitete, musste alles richtig gut durchdacht sein. Für mich, aber vor allem für Jenny.

»Aber ich weiß gar nicht, ob sie ihre Familie überhaupt verlassen würde«, sagte ich.

»Es wäre doch erst einmal nur für ein Jahr. Aber frag sie doch einfach, ob sie sich das vorstellen kann«, schlug Anna vor. »Ich fände es toll, ihr so eine Chance zu bieten. Aber entscheiden muss sie es natürlich selbst.«

Ich nickte.

»Du hast recht. Ich werde recherchieren, ob so etwas möglich ist. Falls ja, schlage ich ihr vor, für ein Jahr herzukommen«, beschloss ich.

In diesem Moment meldete Annas Handy eine Nachricht, gleich darauf klingelte es.

»Leo!«, meldete sie sich sofort. »Ist es so weit? ... Äh, wie bitte?« Eine Weile lang sagte sie nichts, sondern hörte einfach nur zu und nickte immer wieder.

»Ist was passiert?«, fragte Ilona alarmiert, als plötzlich Tränen über Annas Wangen liefen.

»Ich komme später … Ja klar, nehme ich Omi auch mit … Und dich drücke ich ganz fest. Hab dich sehr lieb, mein Schatz. Bis später«, sagte sie. Sie beendete das Gespräch, öffnete eine Nachricht und grinste dann so breit, wie ich es noch nie zuvor bei ihr gesehen hatte. Sie hielt uns ihr Handy entgegen und zeigte uns das Foto eines neugeborenen Babys.

»Das ist Lena Charlotte. Meine Enkeltochter. Sie kam mit knapp sieben Pfund zur Welt. Ihr und Leo geht es gut.«

»Ach ist die süß!«, schwärmte Ilona. »Aber wieso ist das Kind schon da? Wollten sie dir nicht vor der Entbindung Bescheid geben?«

Anna nickte.

»Sie haben es niemandem gesagt. Vermutlich, damit sich keiner von uns Sorgen macht.«

»Sie ist wirklich zauberhaft … Tja dann … herzlichen Glückwunsch, Omi!«, rief ich und beugte mich zu ihr, um sie fest zu umarmen. Und auch Ilona drückte sich überschwänglich an uns.

»Ich kann euch gar nicht sagen, wie erleichtert und glücklich ich bin«, murmelte Anna.

Plötzlich hörte ich Schritte auf dem steinigen Boden. Ich löste mich von den beiden und drehte mich um.

»Sorry, ich will euch nicht stören!«, sagte der Mann hinter uns mit amüsierter Stimme.

»Jo!«, riefen Anna und Ilona gleichzeitig.

Jo Ranke, der vor Jahren für einen Oscar nominierte Filmmusikkomponist. Nach längerem Aufenthalt in Los Angeles war er im letzten Jahr wieder zurück in seine alte Heimat an den Chiemsee gekommen. Dabei hatte er nicht nur Anna, für die er die erste – und vor allem unglückliche – Jugendliebe war, in ein emotionales Chaos gestürzt, sondern sich später auch noch in Ilona verliebt. Ilona war durchaus in Versuchung geraten, wollte ihre langjährige Freundschaft zu Anna jedoch nicht eines Mannes wegen riskieren und hatte ihm eine Abfuhr erteilt. Was er ihr etwas übelgenommen hatte. Seit der peinlichen Episode zwischen ihm und Ilona im Modeladen und der Aufregung um das Video war es in den vergangenen Monaten in den sozialen Medien wieder still um ihn geworden. Es hieß, er würde an einem Musical arbeiten.

Nun stand er da mit seinem Labrador an der Leine und grinste breit.

»Euch dreien scheint es ja sehr gut zu gehen«, sagte er ein wenig süffisant.

»Ziemlich gut!«, sagte Ilona

»Fantastisch sogar«, beteuerte Anna, deren Wangen sich genauso gerötet hatten wie die von Ilona.

Ich musste mir ein Lachen verkneifen. Obwohl beide inzwischen in sehr glücklichen neuen Beziehungen waren, schaffte es dieser Mann offensichtlich immer noch, sie ein wenig durcheinanderzubringen. Nun ja, übel sah er nicht aus. Und wie ich von Ilona wusste, konnte er tatsächlich charmant und auch ziemlich amüsant sein, wenn man ihn ein wenig besser kennenlernte.

»Wenn du denkst, dass das hier der Auftakt für einen erotischen Dreier war, müssen wir dich enttäuschen«, sagte Ilona. »Wir haben nur eben erfahren, dass Annas Tochter ihr Baby bekommen hat.«

Ich bemerkte, wie sehr ihn diese Erklärung überraschte.

»Du bist Oma geworden?«, fragte er erstaunt.

»Ja!« Anna hielt seinem Blick stand. »Bin ich.«

»Hey, dann herzlichen Glückwunsch. Das ist ja eine großartige Nachricht für dich. Ich hoffe, es ging alles gut?«

Anna nickte.

»Ja … alle sind wohlauf.«

»Junge oder Mädchen?«

»Ein Mädchen!«, antwortete Anna.

»Toll, wenn die Kleine so eine junge und energiegeladene Oma hat. Ich wünsche euch echt alles Gute!«

»Danke, Jo.« Anna war anzusehen, dass er sie mit seinen Worten überrascht hatte.

Für ein paar Sekunden sagte niemand etwas. Dann räusperte er sich.

»Na schön!«, sagte er und tätschelte den Hund. »Komm Hugo! Wir lassen die drei Damen jetzt wieder weiterfeiern und machen uns auf den Heimweg!«

Wir verabschiedeten uns. Er winkte uns noch mal zu, dann verschwand er auf dem schmalen Weg zwischen den Büschen.

»Das war doch jetzt echt nett von ihm. Vielleicht tut es ihm gut, wieder hier am Chiemsee zu leben«, sagte ich.

»Er scheint sich tatsächlich zu seinem Vorteil zu verändern«, sagte Anna. »Und nach dem, wie er sich im letzten Jahr mir gegenüber benommen hat, hätte ich nie gedacht, dass ich das mal sagen würde. Damals hat er mich nicht gerade freundlich als eine ältere Frau tituliert, und jetzt bin ich für ihn die junge Oma.«

Sie lachte kurz auf.

»Da siehst du mal, alles ist immer relativ!«, sagte ich und grinste.

»Ab und zu kommt er bei mir im Laden vorbei, um einzu-
kaufen. Wir plaudern dann immer ein wenig«, erzählte Ilona.

»Ach tatsächlich? Das wusste ich ja gar nicht.« Anna war
überrascht über diese Information.

Ilona zuckte mit den Schultern.

»Das Thema Jo ist für dich ja meist etwas schwierig gewesen … Übrigens, er ist immer noch Single. Vielleicht solltest
du ihn dir angeln, Zoe«, schlug Ilona mit einem frechen Grinsen vor.

»Willst du mich etwa mit ihm verkuppeln?«

»Das wäre doch lustig, oder?«

»Du meinst, er sollte reihum nun an mich weitergegeben
werden, damit wir alle mal was mit Jo Ranke hatten?«, feixte
ich.

»Hey, ich habe nie mit ihm geschlafen! Nur fast«, betonte
Ilona.

»Und ich auch nur einmal!«, erklärte Anna.

Ich lachte. Was ich in letzter Zeit ziemlich oft tat. Diese
Schwangerschaft hatte irgendwelche Glückshormone in mir
freigesetzt.

»Ganz abgesehen davon, dass er nicht so ganz mein Typ ist,
wird auch er nicht unbedingt auf eine schwangere Frau stehen.«

»Immerhin ist er selbst Vater, und er hat doch eben sehr
freundlich über Annas Großmutterschaft gesprochen«, meinte
Ilona. »Womöglich hätte er ja nichts dagegen.«

Auch wenn mir klar war, dass sie es nicht ganz ernst meinte,
winkte ich ab.

»Ich werde sicher nicht versuchen, das herauszufinden. Ich
bekomme jetzt erst einmal ganz in Ruhe mein Küken, und

dann sehen wir weiter«, sagte ich und versuchte den Gedanken an Hendrik zu verdrängen, der sich mal wieder eingeschlichen hatte.

In diesem Moment klingelte Annas Handy. Ihre Mutter rief an. Kurz darauf meldeten sich Paul und Emma.

Ilona bekam ebenfalls einen Anruf, von Ben, der völlig aus dem Häuschen war. Offenbar hatten Leonie und Timo inzwischen die Familie nach und nach informiert.

Ich ließ meine beiden Freundinnen in Ruhe telefonieren und stand auf, um ein wenig am Ufer entlangzugehen. Ich freute mich sehr, dass bei Leonie alles gut gegangen war, und hoffte, dass auch mein Baby und ich die Geburt gesund überstehen würden.

»Hey, Schätzchen«, murmelte ich. »Deine zukünftige kleine Freundin ist schon angekommen. Und in knapp sechs Monaten ist es bei dir auch so weit. Und keine Angst, auf dich werden sich alle hier genauso sehr freuen wie auf die kleine Lena Charlotte!«, unterhielt ich mich mit meinem Bauch und schaute dabei auf das Wasser, in dem das Licht der Sonne glitzerte.

Nachdem die beiden alle Telefonate geführt hatten, packten wir unsere Sachen zusammen und fuhren nach Hause. Anna wollte natürlich sofort ins Krankenhaus und ihre Enkelin sehen. Ilona und ich baten sie, das Baby für uns zu filmen. Wir waren schrecklich neugierig, aber natürlich würden wir die kleine Familie erst besuchen, wenn sie wieder zu Hause und dort auch in Ruhe angekommen war.

Kapitel 17

Mädchen oder Junge?

Je länger ich über Ilonas Idee nachdachte, Jenny als Au-pair nach Deutschland zu holen, desto besser gefiel sie mir. Natürlich bedeutete das auch eine große Verantwortung, dem Mädchen und seiner Familie gegenüber. Aber gleichzeitig wäre es auch eine große Freude, sie hier zu haben. Nicht nur als Babysitterin für mein Kind, sondern auch, weil sie ein kluger lebensfroher Mensch war und es mir Spaß machen würde, ihr einiges zu ermöglichen. Nachdem ich über die Formalitäten recherchiert hatte, schrieb ich am nächsten Tag eine Nachricht und machte Jenny den Vorschlag, zu mir an den Chiemsee zu kommen, um mich nach ihren Möglichkeiten mit meinem Baby zu unterstützen.

Danach ging ich durch meine Wohnung und überlegte. Da ich das Gästezimmer als Kinderzimmer eingeplant hatte, fehlte ein Raum, in dem Jenny wohnen könnte. Allerdings benutzte ich mein Büro zu Hause kaum und brauchte es nicht unbedingt. Es gab ja immer noch die Praxis, in die ich jederzeit fahren konnte, wenn ich Papierkram zu erledigen hatte. Und notfalls konnte ich mir einen Schreibtisch mit Computer und ein kleines Regal für Ordner vorübergehend auch in mein Schlafzimmer stellen, das war groß genug. Falls Jenny also tatsächlich als Au-pair hierher nach Bayern kommen würde, hätte Malermeister Rixner bald zwei Zimmer zu renovieren. Ich war gespannt, wie Jennys Reaktion ausfallen würde.

Am Montag hatte ich wieder einen Termin bei meiner Frauenärztin. Diesmal begleitete Ilona mich. Und ich war sehr froh, dass sie mit dabei war.

Sie stand neben mir am Kopfende des Untersuchungsstuhls und wir starrten fasziniert auf den kleinen Bildschirm. Es lief das schönste Programm, das man sich überhaupt vorstellen konnte: Mein Kind!

»Ihr Baby ist ziemlich munter«, erklärte die Ärztin, während sie den Schallkopf über meinen Bauch gleiten ließ. »Und so wie es aussieht, ist alles bestens.«

Ich hatte mich gegen eine Fruchtwasseruntersuchung entschieden, die viele Frauen in meinem Alter vorsichtshalber machen ließen. Doch mir ging es prächtig, und ich hatte ein unerschütterliches Gefühl der Zuversicht, dass auch mit dem Baby alles in Ordnung war und überhaupt alles gut gehen würde.

»Und es ist ganz sicher nur ein Kind? Es hat sich keines mehr irgendwo versteckt?«, fragte ich zur Sicherheit.

Die Ärztin lachte.

»Nur ein Kind!«, beteuerte sie.

Ich musste an Mama Blanca denken, die auf kryptische Weise darauf hingedeutet hatte, dass ich zwei Kinder bekommen würde. Diesmal hatte die alte Dame sich wohl getäuscht.

»Kann es sein, dass man da was sieht?«, fragte Ilona plötzlich und beugte sich noch etwas näher zum Bildschirm. »Ich meine etwas, das darauf hindeutet, dass es sich bei dem Kind nicht um ein Mädchen handelt?«

»Das haben Sie aber nett formuliert«, sagte die Ärztin belustigt. »Ich könnte Ihnen natürlich sagen, ob es ein Mädchen oder ein Junge ist, aber Frau Petrides muss entscheiden, ob sie das überhaupt jetzt schon wissen möchte.«

»Es ist ein Junge!«, sagte ich ganz ruhig, denn im grau-grauen Ultraschalldschungel musste man kein Diagnostikgenie sein, um das gewisse Etwas zwischen den Schenkeln richtig zu deuten. Außerdem hatte ich schon seit einiger Zeit das Gefühl, mich bei meinen pränatalen Mutter-Kind-Gesprächen mit einem männlichen Wesen zu unterhalten.

»Das haben Sie beide ganz richtig gesehen«, bestätigte die Gynäkologin. »Es ist ein Junge.«

»Perfekt«, rief Ilona begeistert. »Den verkuppeln wir mit der kleinen Lena. Das ist die Enkelin unserer besten Freundin, die vorgestern zur Welt kam«, erklärte sie ungefragt.

Vermutlich wusste die Ärztin darüber Bescheid, dass Leonie inzwischen entbunden hatte, und reimte sich womöglich zusammen, welches Kind wir meinten.

Nach dem Termin umarmten Ilona und ich uns vor der Praxis.

»Danke, dass du mitgekommen bist!«, sagte ich.

»Aber klar doch. Danke, dass du mich mitgenommen hast, Zoe. Das war wirklich besonders für mich.«

»Bitte entschuldige, mir wurde vorhin erst so richtig bewusst, dass es … na ja, dass es vielleicht nicht so ganz einfach für dich sein könnte, wenn du …«

»Zoe!«, unterbrach sie mich. »Ich habe schon vor einer Weile damit abgeschlossen. Ehrlich. Früher wäre mir das sicher schwerer gefallen. Aber inzwischen weiß ich, dass ich nicht unbedingt selbst ein Kind haben muss, um ein für mich perfektes Leben zu haben.«

»Ach, Ilona …«

»Und während du bald mit dunklen Augenringen vom Schlafmangel permanent nach Babykacke riechst, mit angesabberter Kleidung herumrennst und nach den Schnullern deines plärrenden Kindes suchst, werde ich ganz locker und ungebunden zwischen dem Chiemsee und der Toskana hin und her pendeln und mein Leben spontan und ohne Einschränkungen genießen!«, erklärte sie frech.

Doch so einen kleinen Funken von Wehmut konnte ich trotzdem in ihren Augen sehen.

»Glaub nicht, dass du so einfach davonkommen wirst, Tante Ilona«, sagte ich deswegen. »Auch du wirst öfter die Windeln meines Sohnes wechseln, als dir vielleicht jetzt schon klar ist.«

»Es wird mir kein Vergnügen sein!«, antwortete sie mit einem Zwinkern. »Aber ich freue mich trotzdem schon sehr auf den kleinen Herrn Petrides!«

»Der kleine Herr Petrides«, murmelte ich mit einem Lächeln. Er würde meinen Familiennamen tragen. Und ich hatte auch schon seinen Vornamen gewählt. Aber den wollte ich vorerst noch für mich behalten.

»Jetzt muss ich aber leider los, Zoe.«

Ilona beeilte sich, in ihren Laden zu kommen, damit Ben und Emma – Onkel und Tante der kleinen Lena Charlotte – wieder ins Krankenhaus fahren konnten.

Da ich heute Vormittag wegen meiner Untersuchung keine Termine in meiner eigenen Praxis hatte und es zu heiß für einen Spaziergang war, fuhr ich nach Hause. Ich machte meine täglichen Yogaübungen und legte mich dann aufs Sofa, um durch das Vormittagsprogramm im Fernsehen zu zappen.

Doch kaum hatte ich die Fernbedienung in die Hand genommen, fand ich eine längere E-Mail von Hendrik im Posteingang. Ich kochte mir eine Tasse Tee und nahm den Laptop auf den Schoß.

Liebe Zoe, seit meiner Ankunft hier in Gulu habe ich zum ersten Mal ein paar Tage frei gemacht und war mit einem Kollegen im Murchison-Falls-Nationalpark. Ich wünschte, du wärst bei dieser Tour mit dabei gewesen. Es war atemberaubend. Ich habe zum ersten Mal in meinem Leben Giraffen und Elefanten in freier Wildbahn gesehen. Und Warzenschweine. Und natürlich noch viele andere Tiere. Und dann der imposante Wasserfall – ich bin mir sicher, du wärst begeistert gewesen. Ein paar Fotos habe ich an die Mail gehängt, damit du dir einen Eindruck machen kannst. Während ich jetzt diese Zeilen schreibe, fällt mir wieder ein, dass ich auch noch nie am Chiemsee war. Sicherlich gibt es auch dort ziemlich viel zu sehen. Vielleicht zeigst du mir ja nach meiner Rückkehr im Oktober die schönen Plätze dort? Dabei könnten wir vielleicht auch herausfinden, ob wir beide für eine Neuauflage unserer Beziehung bereit sind. Jedenfalls sind meine Gefühle für dich durch den Abstand nicht weniger geworden.

Ich hielt für einen Moment inne.

»Meine auch nicht«, murmelte ich und las weiter.

So viel für heute – ich muss gleich in die Krankenstation. Ein Backenzahn muss gezogen werden. Und die Patientin hat panische Angst. Aber was erzähl ich dir – das gehört zu unserem Arbeitsalltag! Dicker Kuss aus Gulu, und melde dich bitte bald, dein Hendrik!

Ich überlegte sehr lange, was ich ihm antworten sollte. Spätestens jetzt war wohl der Moment gekommen, in dem ich ihm alles sagen musste. Auch wenn keiner von uns wusste, ob überhaupt mehr aus uns werden könnte, sollten wir doch wenigstens über so wesentliche Dinge wie zukünftige Kinder Bescheid wissen. Leider kannte ich ja seine Haltung dazu. Deswegen war es total unfair von mir, ihm noch weiter Hoffnung zu machen, die ich nicht erfüllen konnte, egal, wie sehr ich es mir wünschte. Und doch fiel es mir unendlich schwer. Mehrfach setzte ich an und fand einfach nicht die richtigen Worte. Plötzlich begann ich damit, von Annas Enkeltochter zu erzählen. Und wie aufregend das für sie, aber auch für uns als Freundinnen war. Schließlich wurde mir bewusst, was ich da tat. Insgeheim hatte ich die Hoffnung offenbar nicht ganz aufgegeben, dass Hendrik sich mit meiner Schwangerschaft arrangieren könnte. Zumindest wünschte ich es mir sehnlichst, ganz egal, was meine Vernunft mir sagte. Deswegen erzählte ich auch so ausführlich von dem kleinen Mädchen. Ich wollte auf diese Weise herausfinden, wie er auf das Thema reagierte.

Falls ich in seiner nächsten Mail deutlich spüren würde, dass ihn das Thema Kind kalt ließ, würde ich ihm die Schwangerschaft verschweigen und ihm weismachen, dass es sich in Heiligenhafen tatsächlich nur um ein Strohfeuer gehandelt hatte und ich unseren Kontakt nicht weiter vertiefen wollte.

Auf keinen Fall wollte ich, dass er das Kind womöglich nur »in Kauf nahm«, um mit mir zusammen zu sein. Der kleine Herr Petrides hatte auf jeden Fall Besseres verdient!

Nachdem ich die Mail abgeschickt hatte, hoffte ich, dass ich nicht allzu lange auf eine Antwort warten musste. Das schlechte Gewissen nagte ohnehin ständig an mir, und ich wollte bald klare Verhältnisse schaffen. Auch für mich selbst. Es würde wehtun, falls es sich so entwickeln würde, dass ich ihn ziehen lassen musste. Denn Hendrik war der Mensch, mit dem ich mir inzwischen vorstellen konnte, viele schöne gemeinsame Jahre zu erleben und zusammen alt zu werden.

Kapitel 18

Freunde

Fast drei Wochen waren inzwischen vergangen, und noch immer hatte ich nichts von Hendrik gehört. Ich war hin- und hergerissen, einerseits vor Sorge um ihn, andererseits fragte ich mich, ob ich ihn mit meiner Schwärmerei über die kleine Lena Charlotte womöglich verschreckt hatte. Es konnte aber auch sein, dass er einfach noch keine Gelegenheit gehabt hatte, sich zu melden.

Dafür gab es eine andere Nachricht, über die ich mich sehr freute. Nur wenige Tage nachdem ich Jenny geschrieben hatte, vereinbarten sie und ich ein Videogespräch über Donnys Computer.

»Hast du das wirklich ernst gemeint, Zoe?«, fragte sie, kaum dass die Verbindung stand.

»Natürlich habe ich das. Wenn das Baby da ist, wäre ich echt froh über deine Hilfe. Also, falls du das möchtest und es für deine Familie auch in Ordnung ist, bist du hier als Au-pair herzlich willkommen«, beteuerte ich.

Jenny schüttelte den Kopf, bemühte sich jedoch weiterhin zu lächeln.

»Ich würde das so gerne, wirklich, das wäre mein größter Traum. Aber es geht leider nicht.«

»Aber warum denn nicht?«

»Weil ich mir die Flüge nicht leisten kann.« Sie senkte den Kopf.

Natürlich war es für mich selbstverständlich, ihr die Reise zu bezahlen. Doch ich wusste auch, wie sensibel dieses Thema war. Jenny sollte nicht den Eindruck haben, dass sie sozusagen mein Charity-Projekt war, das ich mir als wohlhabende Europäerin einfach mal locker leisten konnte. Ich musste meine Worte mit Bedacht wählen.

»Hör mal, Jenny. Ich habe mich natürlich informiert, wie das mit den Reisekosten so ist, und meistens ist es tatsächlich so, dass die Au-pairs das selber bezahlen. Aber manchmal übernehmen das auch die Gastfamilien, da gibt es keine feste Regel. Wenn man die Preise vergleicht und mit den Flugdaten flexibel ist, findet man relativ günstige Flüge. Darum kann ich mich gerne kümmern. Mein Vorschlag an dich ist folgender: Wir teilen uns einfach die Kosten für die Flüge. Ich übernehme den Flug zu mir und du deinen Flug nach Hause. Wenn du hier bist, bekommst du monatlich etwa 300 Euro Taschengeld, und davon könntest du das Geld für das Ticket locker ansparen. Essen und wohnen sind natürlich frei. Und auch für alle Unternehmungen hier komme ich auf. Wäre das ein Deal für dich? Überleg es dir einfach.«

»300 Euro? So viel?«, fragte Jenny mit großen Augen. Für sie musste das ein kleines Vermögen sein.

In diesem Moment tauchte Mama Blanca neben ihr auf dem Bildschirm auf. Wir begrüßten uns, und dann übersetzte Jenny für sie, was ich eben erläutert hatte. Sie schien kurz nachzudenken, dann sagte sie etwas zu ihrer Enkeltochter, was diese zum Lächeln brachte.

»Meine Oma sagt, sie freut sich über den Vorschlag, den du gemacht hast. Damit können wir einverstanden sein.«

»Wie schön!«, sagte ich erleichtert.

»Und sie denkt, dass du meine Hilfe mit den Kindern wirklich gut gebrauchen kannst.«

»Das ganz bestimmt, Jenny. Allerdings bekomme ich wirklich nur ein Kind«, korrigierte ich und lächelte ebenfalls.

Mama Blanca zuckte daraufhin nur mit den Schultern, kommentierte das jedoch nicht.

»Sag ihr bitte, dass ich sehr gut auf dich aufpassen werde und ich alles tue, damit du dich wohlfühlen wirst.«

Mama Blanca nickte, als ob sie daran ohnehin keinen Zweifel gehabt hätte.

»Bis Anfang kommenden Jahres haben wir noch ausreichend Zeit, uns um die ganzen Formalitäten zu kümmern. Es gibt nur einen Punkt, der vielleicht etwas kritisch werden könnte. Das ist das erforderliche Gesundheitszeugnis, ob du für die Aufgabe geeignet bist. Für das, was du bei mir zu tun hast, bist du auf jeden Fall geeignet, aber ich bin mir nicht ganz sicher, was die Ärzte dafür benötigen.«

Jennys Lächeln war einer besorgten Miene gewichen, als sie den Punkt mit ihrer Oma besprach. Doch diese winkte nur ab, und Jenny übersetzte erleichtert, dass das kein Problem sei. Mama Blanca wusste, an wen sie sich dafür wenden musste. Die notwendige Bescheinigung eines Arztes würden wir problemlos bekommen, versicherte sie.

Ich war ein wenig erstaunt, wie locker und zuversichtlich die alte Dame war. Gleichzeitig verwunderte es mich jedoch auch wieder nicht, denn Mama Blanca wusste ganz genau, was sie wollte. Und wie sie mir schon auf den Kapverden erzählt hatte, war ihr größter Wunsch Jennys Glück. Dazu wollte ich meinen Beitrag leisten.

Wir besprachen noch einige Details und verabschiedeten uns schließlich in der Hoffnung, dass alles klappen würde und Jenny im besten Fall irgendwann ab Januar für ein Jahr bei mir als Au-pair leben würde.

Doch das war erst der Anfang meines Plans. Denn inzwischen hatte ich Größeres vor. Falls es Jenny hier gefiel, würde ich nicht nur dafür sorgen, dass sie die beste medizinische Versorgung bekam, sondern auch – wenn sie das wollte –, dass sie nach der Zeit als Au-Pair eine Berufsausbildung machen konnte. Vielleicht klappte das sogar als Optikerin. Damit konnte sie später dann wieder zurück in ihr Land gehen und sich dort eine Zukunft aufbauen.

Dank Klein Lena Charlotte konnte ich inzwischen bereits einige Erfahrungen sammeln, wie man mit einem Baby umging. Da Anna öfter auf ihre Enkelin aufpasste, bekam ich sozusagen einen kostenlosen Crashkurs in Babygrundversorgung. Nach ersten lustigen Anlaufschwierigkeiten unter Annas strengem Blick stellte ich mich bald erstaunlich geschickt an. Und das kleine Mädchen mit dem roten Haarflaum, den es von seiner Mutter geerbt hatte, fühlte sich offenbar ganz wohl bei mir.

»Manchmal denke ich, sie mag dich lieber als mich«, sagte Anna, als die Kleine nach einem Bäuerchen an meiner Schulter seelenruhig eingeschlafen war und auch nicht aufwachte, als ich sie vorsichtig in ihr Bettchen legte.

»Ach was. Das kommt davon, weil wir beide rote Haare haben. So etwas verbindet«, feixte ich.

Anna lachte.

»Nur deine sind gefärbt.«

»Das weiß Lena Charlotte glücklicherweise noch nicht!«

»Hast du dich eigentlich schon zu einem Geburtsvorbereitungskurs angemeldet?«, frage Anna, während ich mir eine Banane aus ihrer Obstschale schnappte. Ich hatte zurzeit ständig Hunger.

»Äh, nein.«

»Das solltest du dann aber schleunigst machen«

»Ach, weißt du, ich habe mir eine DVD gekauft. Da erfährt man auch alles, was man wissen muss, und kann die Übungen zu Hause machen. Und man braucht sich vor allem als zukünftige Single-Mama nicht die mitleidigen Blicke der Paare antun. Paare, die einem die perfekte Familienwelt vorleben, die es für mich nicht gibt. Das könnte mich womöglich etwas frustrieren.«

»Erstens gibt es keine perfekte Familienwelt. Und zweitens wären ich oder Ilona doch mit dir hingegangen, Zoe!«, sagte Anna.

»Das weiß ich, aber mir war echt nicht danach. Und da du bei der Geburt des kleinen Herrn Petrides« – so nannten wir ihn inzwischen alle – »dabei sein wirst, habe ich sowieso jemanden an der Seite, der aus erster Hand weiß, wie das abläuft, und mir Tipps geben kann.«

»Ich soll dabei sein?«, fragte Anna erstaunt.

»Ja, aber klar! Wer sonst? Allerdings musst du mir schwören, es niemandem zu erzählen, falls mir dabei irgendwas Peinliches passiert oder ich vor Schmerzen wild fluche.«

Sie lachte.

»Also gut. Alles, was im Kreißsaal passiert, bleibt auch im Kreißsaal«, versprach sie.

Als ich ein paar Tage später vor der Sprechstunde in der Praxis meine Mails bearbeitete, entdeckte ich im Posteingang endlich die ersehnte Nachricht von Hendrik. Mein Herz begann schneller zu klopfen, als ich sie öffnete.

Liebe Zoe, es tut mir leid, dass ich mich eine Weile lang nicht mehr gemeldet habe. Aber kurz nachdem ich dir zum letzten Mal geschrieben hatte, gab es einen schrecklichen Brand in der Klinik, und hier herrschte ein großes Chaos. Leider starben bei diesem Brand auch Menschen. Einige sofort, andere haben den Kampf erst in den letzten Tagen verloren. Die Organisation hat schon Leute hergeschickt, um zu helfen und die Versorgung so schnell wie möglich wieder zu gewährleisten, aber wir mussten alle hier vor Ort mit anpacken und konnten deswegen auch nur sehr eingeschränkt zu den Menschen auf dem Land fahren. Langsam pendelt sich die Lage wieder einigermaßen ein, aber die Verluste haben uns sehr getroffen, vor allem der Tod von Norma. Du weißt schon, die Krankenschwester, von der ich öfter erzählt habe. Sie war so etwas wie die Seele des Lagers, obwohl sie noch keine dreißig Jahre alt war. Und ein echter Sonnenschein. Seit dem Brand haben wir um ihr Leben gekämpft, doch vergeblich. Gestern früh starb sie, und darüber herrscht hier große Trauer.

O Gott, wie schrecklich, ich konnte mir vorstellen, wie er sich gerade fühlen musste. Und dass es ihm natürlich deswegen nicht gut ging.

Tut mir leid, dass ich heute nur traurige Nachrichten habe. Es ist eine düstere Zeit, und ich versuche, meine Kraft zu sammeln, damit wir alle bald wieder hoffnungsvoll weitermachen können. Im

Moment fällt das sehr schwer. Wie gerne würde ich jetzt mit dir am Strand auf Fehmarn sitzen und eine unbeschwerte Zeit genießen. Von dieser Unbeschwertheit bin ich gerade weit entfernt. Ich hoffe, dass es dir gut geht, und versuche, mich so bald wie möglich wieder bei dir zu melden. Hoffentlich kann ich dann wieder erfreulichere Geschichten erzählen. Pass auf dich auf! Dein Hendrik.

Anna kam in mein Büro. »Zoe, gleich ist die erste Patientin im Behandlungsraum eins«, informierte sie mich, dann sah sie mich fragend an. »Ist alles okay bei dir?«

Ich nickte.

»Ja … Nein … Hendrik hat sich gemeldet!«

»Endlich!«

»Es hat bei ihnen im Lager gebrannt, und sie haben ein paar Menschen verloren.«

»Das ist ja furchtbar! Aber ihm geht es gut?«

»Körperlich schon, denke ich. Hoffentlich. Davon hat er zumindest nichts geschrieben«, sagte ich. »Aber sicher hätte er was gesagt.«

»Brauchst du noch ein wenig Zeit?«

»Nur kurz. Ich möchte noch schnell zurückschreiben.«

»Okay …«

Kaum hatte sie das Zimmer verlassen, begann ich zu tippen.

Lieber Hendrik, es tut mir von Herzen leid, was passiert ist. Der Verlust so vieler Menschen, und vor allem der Tod dieser Krankenschwester muss für euch alle ganz schrecklich sein. Glaub mir, ich wäre jetzt sehr gerne bei dir, um dir beizustehen. Ich hoffe sehr, dass du dich bei dem Brand nicht auch verletzt hast. Langsam frage ich mich, ob es wirklich so ein guter Rat von mir war, dich zu dieser Reise nach Uganda zu bestärken. Bitte versprich mir, noch mehr auf dich aufzupassen, damit du im Oktober wieder gesund zurück nach Deutschland kommst. Ich wünsche dir Kraft und Mut und vor allem, dass trotz der schweren Zeit bald wieder Hoffnung und Fröhlichkeit bei euch einziehen werden. Deine Zoe!

Am nächsten Abend war ich sehr froh, dass Ben und Ilona mich in Ilonas Wohnung zum Essen eingeladen hatten. Die Gesellschaft der beiden lenkte mich von Hendrik ab. Seine Nachricht hatte mich sehr betroffen gemacht und mir vor allem vor Augen geführt, wie viel mir an ihm lag. So würde ich auf andere Gedanken kommen.

Es gab gebratenen Lachs mit einer Avocadocreme, grünem Salat und gegrilltem Dinkelbrot. Ben achtete sehr darauf, dass ich mich so gesund wie möglich ernährte.

»Hast du eigentlich immer noch keinen Vornamen für den kleinen Herrn Petrides?«, wollte Ben wissen.

»Sie hat doch schon längst einen!«, erklärte Ilona. »Sie verrät ihn nur nicht.«

»Echt? Wieso denn nicht?«, fragte Ben.

»Ich habe ab dem ersten Tag meiner Schwangerschaft und auch schon vorher gewissermaßen alles mit euch geteilt. Mit irgendwas muss ich euch doch auch noch überraschen.«

»Es gibt Überraschungen, die in die Hose gehen können, das ist dir schon klar, oder?«, mahnte Ilona.

»Ich finde auch, dass du unbedingt mit uns darüber reden solltest, mit welchem Namen der Junge sein Leben lang herumrennen muss, bevor es amtlich ist und du es nicht mehr ändern kannst.«

»Habt ihr nicht irgendwas von einer Nachspeise gesagt?«, versuchte ich, vom Thema abzulenken.

Ben stand auf und ging zum Kühlschrank.

»Schon unterwegs, aber dafür bekommen wir im Gegenzug auch den Namen!«, sagte er und holte drei kunstvoll in Gläsern angerichtete Desserts heraus, die er uns servierte.

»Wow – das sieht echt super aus«, sagte ich.

»Und vor allem ist es sehr gesund. Leicht mit frischer Minze aromatisierter Joghurt, geschichtet mit Dinkel-Mandel-Streuseln, Erdbeeren, Heidelbeerspiegel und dekoriert mit einem hauchdünnem Zartbitter-Schokoladenblatt.«

Ich nahm einen Löffel.

»Mhmmm … Und es schmeckt genauso gut, wie es aussieht«, schwärmte ich.

»Ich finde, sogar noch besser«, sagte Ilona.

»Ben, du bist wirklich ein Gaumenzauberer!«

»Danke … Und als Belohnung bekomme ich jetzt den Namen, meine liebe Zoe!«, ließ Ben nicht locker.

»Ihr könnt ja raten!«, schlug ich vor.

»Klar, es gibt ja nur ein paar Tausend Möglichkeiten«, sagte Ilona und verdrehte die Augen.

»Gib uns wenigstens einen Hinweis, mit welchem Buchstaben er beginnt!«, bat Ben.

»Das wäre dann viel zu einfach«, sagte ich.

»Ach … Beginnt der Name etwa mit einem ungewöhnlichen Buchstaben? X, wie Xaver, Xilas oder Xander?«, spekulierte Ben.

»Oder mit Y – Yanik, Yan?«, nahm Ilona den Ball auf.

Ich schüttelte lächelnd den Kopf.

»Warum lasst ihr euch nicht einfach überraschen, wenn es so weit ist?«

»Weil das viel zu wichtig ist«, sagte Ben. »So eine Entscheidung kann man doch nicht alleine treffen. Schon gar nicht, wenn der Verstand von den ganzen Schwangerschaftshormonen eingelullt ist.«

Ich lachte. Das erste Mal seit Hendriks bedrückender Nachricht.

»Egal, ob euch der Name gefallen wird oder nicht, ihr werdet ihn trotzdem akzeptieren müssen.«

»Sei doch keine Spielverderberin. Einen Namen für ein Baby zu suchen ist eines der schönsten Dinge überhaupt. Lass uns doch bitte daran teilhaben«, versuchte Ben es weiter. Diesmal mit seinem speziellen Blick, bei dem normalerweise jeder schwach wurde. Doch ich blieb stark.

»Ich muss doch gar nicht mehr suchen, weil ich schon einen Namen habe«, feixte ich.

»Ich hab's doch gesagt, Ben. Sie rückt einfach nicht damit raus.«

»Eine echt harte Nuss!«

Ich wollte gerade Wasser nachschenken, da spürte ich plötzlich ein seltsames Flattern. Ich riss die Augen auf.

»Zoe? Ist was?«, fragte Ilona.

Ich stellte die Flasche ab und legte die Hand an meinen Bauch, der inzwischen für ein geübtes Auge durchaus schon als Schwangerschaftsbauch zu erkennen war.

»Hast du Schmerzen?«

Ich schüttelte den Kopf.

»Was ist dann los?«, fragte Ben.

»Ich glaube, der kleine Herr Petrides hat mich eben geschubst ... Da, schon wieder.«

Ich konnte es ganz deutlich fühlen.

»Echt? Darf ich auch mal?«, fragte Ben aufgeregt.

Ich nickte und nahm meine Hand weg, damit er seine auf meinen Bauch legen konnte. Er wartete einige Sekunden.

»Ich spür nichts ... Hey, Kleiner. Kannst du mir auch mal einen Tritt geben?«

»Entweder er ist schon wieder eingeschlafen, oder er möchte dich ein wenig ärgern und hält sich absichtlich still«, sagte Ilona amüsiert.

»Dabei würde ich das so gerne mal spüren«, sagte Ben seufzend.

»Das hast du doch sicher mal bei Leos Schwangerschaft gemacht.«

»Nein. Leo mochte es gar nicht, dass ihr jemand an den Bauch fasst«, sagte er.

»Also ich durfte schon«, erklärte Ilona.

»Ich auch«, beteuerte ich.

Das schien ihn betroffen zu machen. Vor allem, weil er und Leonie schon seit der Kindheit die engsten Freunde waren und nicht nur Schwager und Schwägerin.

»Vielleicht hatten ja nur Frauen das Privileg?«, gab ich zu bedenken.

»Egal. Sie wird schon ihre Gründe gehabt haben«, meinte er dann. »Bin gleich wieder da.«

»Denkst du, er hat es wirklich nie gemerkt«, flüsterte Ilona, kaum dass er aus dem Zimmer war.

»Was denn nie gemerkt?«

»Na ja ... Leo war früher mal ziemlich verliebt in Ben, bevor er sich irgendwann geoutet hat, dass er nur auf Männer steht.«

»Und du denkst, dass sie deswegen nicht wollte, dass er an ihren Bauch fasst?«, frage ich irritiert.

»Ich glaube, dass Leo ihren Timo zwar sehr liebt, aber dass Ben trotzdem immer noch einen besonderen Platz in ihrem Herzen hat. Anna hat irgendwann mal sowas anklingen lassen. Für Ben ist Leo eine Art bester Kumpel. Aber umgekehrt waren von ihrer Seite zumindest früher ganz andere Gefühle im Spiel gewesen.«

Ich seufzte.

»Irgendwie ist das schon alles verrückt, mit der Liebe, die man so wenig beeinflussen kann … Dabei hatte ich tatsächlich schon abgeschlossen mit dem Thema.«

»Willst du durch die Blume endlich damit rausrücken, dass du für Hendrik mehr empfindest?«

Bevor ich antworten konnte, meldete ihr Handy eine Nachricht.

»Von Chris?«, fragte ich.

Sie nickte.

»Wenigstens läuft bei dir alles rund!«

»Lange genug habe ich darauf gewartet.«

»Stimmt. Du hast es dir absolut verdient!«

»Du bist mir noch eine Antwort schuldig.«

Ich seufzte. War ja klar, dass sie nicht lockerlassen würde.

»Also dann … ja, es könnte durchaus sein, dass ich mich erneut in Hendrik verliebt habe«, gab ich zu, und Ilona grinste zufrieden.

»Sobald sich die Lage in Gulu wieder stabilisiert hat und ich das Gefühl habe, dass es ihm besser geht, werde ich ihm von meiner Schwangerschaft erzählen«, versprach ich.

»Da bin ich ja mal gespannt«, meinte Ilona, und ich hörte den Zweifel in ihrer Stimme.

Inzwischen war Ben längst wieder zurück, und wir hatten das Dessert verputzt.

»Kann ich euch beide was fragen?«, begann ich nun ein Thema, das mir schon eine Weile auf der Seele brannte.

»Aber immer doch!«, sagte Ilona.

»Welche Namensvorschläge wir für deinen Sohn hätten?«, fragte Ben grinsend.

»Nicht ganz«, sagte ich mit einem Lächeln. »Aber es geht tatsächlich um meinen Sohn. Ich möchte euch fragen, ob ihr die Paten des kleinen Herrn Petrides werden möchtet?«

Die beiden schaute mich völlig verdutzt an.

»Ich?«, sagten sie gleichzeitig.

Ich lächelte.

»Ja, ihr!«

»Meinst du das ernst? Ich war felsenfest davon überzeugt, dass du Anna auswählst, immerhin kennt ihr euch schon so lange«, sagte Ilona.

»Das dachte ich auch. Sie kennt sich vor allem auch mit Kindern am besten aus«, bemerkte Ben.

»Also wollt ihr nicht?«

»Doch!«, riefen sie.

»Auf jeden Fall!«, sagte Ben.

»Es wäre mir eine Ehre!«, beteuerte Ilona.

»Danke … wisst ihr, ihr beide seid für mich inzwischen Familie. Außerdem hat Anna ja zwei eigene Töchter und schon eine Enkelin, die sie umsorgen kann. Sollte mir wirklich etwas passieren, dann weiß ich, dass mein Kleiner die besten Paten hat, die man sich nur wünschen kann. Verlässliche wunderbare Menschen, die ihn nicht nur jetzt schon ins Herz geschlossen haben, sondern die ihm auch starke Vorbilder sind in Sachen

Toleranz, Mut, Lebensfreude und gesunder Menschenverstand.«

»Jetzt hör wieder auf, sonst heul ich gleich los«, murmelte Ilona.

»Und ich mit.«

»Was für mich den besonderen Ausschlag gab, euch zu fragen, war …«, fuhr ich dennoch fort.

Ich machte eine kurze Pause.

»Ja?«, hakte Ben nach.

»Natürlich das Naheliegendste. Bei euch bekäme mein Kind immer sauleckeres Essen!«, erklärte ich.

»Blöde Kuh!«, brummte Ilona, trotzdem war ihr anzusehen, wie sehr sie sich freute, künftig Patin zu sein.

»Hab dich auch lieb!« Ich grinste.

»Also, dann ist das abgemacht. Wir müssen uns nur darüber einig werden, bei wem das Kind im Falle eines Falles leben würde«, bemerkte Ilona.

»Bei mir natürlich!«, sagte Ben.

»Ich finde, der kleine Herr Petrides wäre bei mir besser aufgehoben!«, erklärte Ilona.

»Und ich hoffe, dass es gar nicht erst so weit kommt und ihr darüber niemals streiten müsst!«, sagte ich.

»Das hoffe ich auch, Zoe. Aber falls dir doch etwas Unvorhergesehenes passieren sollte, verspreche ich dir hoch und heilig, dass Ilona und ich stets im besten Sinne für das Wohl des Kindes handeln würden.«

»Ganz genau«, bestätigte Ilona.

»Danke«, sagte ich mit einem Kloß im Hals.

Ich hatte weder einen Partner noch Geschwister oder sonstige nahe Familie. Und die väterliche Familienseite des kleinen

Herrn Petrides fehlte ja ebenfalls komplett. Umso wichtiger und beruhigender war es für mich, diese Entscheidung getroffen zu haben.

»Ich werde das Ganze zur Sicherheit auch noch schriftlich machen … Aber jetzt lasst uns bitte wieder über etwas anderes reden.«

Ein paar Sekunden herrschte Stille.

»Hab ich euch schon erzählt, dass ich letzte Woche beim Bäcker einen ziemlich coolen Typen kennengelernt habe?«, fragte Ben schließlich.

»Nein! Rück raus!«, forderte Ilona ihn auf, und auch ich wollte die Geschichte unbedingt hören.

Eine Stunde später bedankte ich mich für das tolle Essen und vor allem noch mal für ihre Bereitschaft, Paten für mein Kind zu sein, und machte mich auf den Heimweg.

Als ich später im Bett lag und mir wieder mal tausend Dinge durch den Kopf gingen, meldete mein Kleiner sich erneut mit einem schwachen Tritt. Es war ein unbeschreibliches Gefühl, das ich jetzt, so ganz allein und in aller Ruhe, noch viel mehr genießen konnte.

»Schön, dass du so munter bist, mein Kleiner. Bewegung ist gesund … Vielleicht könntest du es aber zukünftig vermeiden, auf meine Blase zu treten«, sprach ich leise. »Das wäre wirklich super von dir.«

Kapitel 19

Überraschung

Inzwischen war es Anfang September geworden, und ich war in der 25. Schwangerschaftswoche, was man mir nun auch schon deutlich ansehen konnte. Obwohl es mir nach wie vor gut ging, fiel mir die Arbeit doch schon erheblich schwerer, und ich versuchte, zwischen den Behandlungen so viele kleine Pausen wie möglich zu machen. Meine Gynäkologin hatte mir dringend geraten, nicht mehr täglich zu arbeiten. Leider hatte ich immer noch keine geeignete Vertretung gefunden, doch Hiltrud versprach, so lange zu bleiben, wie ich sie brauchte. Nur noch eine Woche, dann würde sie vorerst für mich übernehmen. Natürlich würde ich immer wieder mal hier sein, um ein paar Termine wahrzunehmen und mich vor allem um die bürokratischen Angelegenheiten zu kümmern. Und darum, mich verstärkt darum zu bemühen, doch noch jemanden zu finden, der auch später fest in der Praxis mitarbeitete.

Der Kontakt zu Hendrik war seit dem Unfall noch seltener geworden. Er erklärte es mit der vielen Arbeit, die Station neben der Versorgung der Patienten wieder aufzubauen. Und mit der Schwierigkeit, funktionierendes Internet zu haben. Doch etwas hatte sich verändert. Er hatte sich verändert. Ich konnte es spüren. Irgendwie war er mir gegenüber zurückhaltender geworden. Deswegen hatte ich ihm bisher auch immer noch nichts von meiner Schwangerschaft gesagt. Nie schien es zu passen. Und das belastete mich.

»Mach dich bitte nicht verrückt!« Vor allem Ilona versuchte mir einzureden, dass ich mir das nur einbildete. Im Gegensatz zu Anna. Sie konnte meine Sorgen verstehen.

»Vielleicht hat ihr Bauchgefühl ja nicht unrecht!«, warf sie ein.

»Blödsinn! Jetzt setz ihr du nicht auch noch solche Flausen in den Kopf!«

»Flausen? Vielleicht war es ja doch richtig von Zoe, dass sie ihm nichts von dem Kind erzählt hat. Womöglich war es tatsächlich nur ein Strohfeuer, und die Sache mit Hendrik hat sich bald von selbst erledigt«, sagte Anna trocken.

»Sag mal, was ist denn mit dir los?«, fragte Ilona mit einem Kopfschütteln.

»Was soll schon mit mir los sein?«, fragte sie. »Ich versuche nur, realistisch zu sein!«

Anna war in letzter Zeit oft etwas gereizter Stimmung. Was man von ihr normalerweise gar nicht kannte. Ich vermutete, dass der bevorstehende Umzug ihrer Tochter sie mehr belastete, als sie zugab. Auch wenn sie stets beteuerte, dass sie sich für Leonie und Timo freute, so schmerzte es sie insgeheim wohl doch sehr, dass die kleine Familie bald in Wien leben würde.

Ich konnte es nachvollziehen, Lena Charlotte war unglaublich süß und hatte jeden von uns bereits um den Finger gewickelt. Sie würde uns allen schrecklich fehlen. Deswegen nahm ich auch Annas Stimmungsschwankungen kommentarlos hin. So wie ich sie kannte, würde sich das bald wieder einpendeln.

»Realistisch?«, hakte Ilona indes nach. »Das sind doch nur deine Vermutungen dazu.«

»Bitte. Lasst uns von was anderem reden«, bat ich eindringlich, und wir wechselten das Thema.

Trotzdem beschäftigte mich das alles natürlich weiterhin. Ein Gedanke geisterte seit einer Weile durch meinen Kopf, der sich kaum vertreiben ließ. Hatte Hendrik womöglich in Uganda eine andere Frau kennengelernt? Das würde jedenfalls seine plötzliche Zurückhaltung verständlich machen, die sich für mich nicht mehr nur mit dem Unglück im Lager erklären ließ.

Ach, mein kleiner Herr Petrides, es könnte gerade alles so schön sein, wenn dieser Mann mir nicht immer noch etwas bedeuten würde, redete ich mal wieder mit meinem Bauch und seufzte.

Heute war der erste Tag seit Langem, an dem ich es vermisste, mir am Abend einfach ein Glas Wein einschenken zu können. Oder besser noch zwei. Oder noch besser mehrere Gläser Eierlikör!

Die letzte Patientin an diesem Nachmittag hatte soeben die Praxis verlassen, und ich beschloss spontan, das immer noch schöne Wetter auszunutzen und schwimmen zu gehen. Bewegung half mir momentan am besten, um mich abzulenken. Außerdem wollte ich bis zum Geburtstermin so fit wie möglich sein.

Anna war noch im Behandlungszimmer, um aufzuräumen, und ich stand bei Oxana an der Theke und unterschrieb einige Unterlagen.

»Du und Anna könnt dann auch schon nach Hause gehen«, sagte ich. »Den restlichen Papierkram machen wir morgen! Heute ist es viel zu schön draußen.«

»Na gut! Wiedersehen Chefin!«

»Bis morgen!«

Sie winkte mir hinterher, als ich die Praxis verließ.

Gerade als ich aus der Eingangstür ging, kam Herr Rixner auf mich zu.

»Frau Doktor Petrides! Gut, dass ich Sie noch erwische!«, rief er erfreut.

»Herr Rixner … haben Sie wieder Zahnschmerzen?«, fragte ich besorgt.

Er schüttelte den Kopf. Wenn er nicht gerade ängstlich zitternd auf dem Behandlungsstuhl saß, sah der Mann gar nicht mal so übel aus, wie mir in diesem Moment auffiel.

»Glücklicherweise nicht … Ich weiß jetzt zwar, dass ich bei Ihnen in den besten Händen bin, trotzdem hoffe ich, dass ich nicht so schnell wieder auf Ihrem Stuhl lande.«

»Das hoffe ich auch.«

Es war eine schwere Geburt gewesen.

»Aber trotzdem. Sie sind einfach super! Das vergesse ich Ihnen nie, wie geduldig Sie und Ihr ganzes Team mit mir waren. Dabei habe ich es Ihnen mit meinen verrückten Ängsten echt nicht leicht gemacht.«

Sympathisch, diese Selbsterkenntnis und Offenheit!

»Aber gerne doch. Danke, Herr Rixner! Wie kann ich Ihnen denn sonst helfen?«

»Stimmt. Warum ich eigentlich hier bin. Einer meiner Kunden hat einen größeren Wasserschaden im Haus, jetzt verschiebt sich der Termin, den wir für ihn in dieser Woche fest eingeplant hatten. Dadurch könnte ich statt in drei Wochen schon diese Woche die beiden Zimmer in Ihrer Wohnung streichen. Wäre Ihnen das recht?«

»Diese Woche schon?«

»Ja … Übermorgen, um genau zu sein.«

Ich überlegte kurz. Die Zimmer waren bereits ausgeräumt. Eigentlich sprach nichts dagegen. Je früher die Räume fertig waren, desto besser.

»Klar. Das lässt sich einrichten«, stimmte ich zu.

»Super, dass Sie so flexibel sind, Frau Doktor«, freute er sich. »Mein Mitarbeiter und ich würden am Donnerstag um sieben Uhr loslegen. Zu zweit schaffen wir das locker an einem Tag.«

»Passt.«

»Ich würde dann jetzt noch gleich die Farbe im Baumarkt besorgen und schon mal mit dem Abdeckvlies und der Leiter bei Ihnen vorbeibringen.«

»Hmm … eigentlich wollte ich jetzt zum Schwimmen gehen … Aber wissen Sie was? Ich gebe Ihnen den Garagenöffner, dann können Sie dort alles unterstellen, falls ich bis dahin noch nicht zurück bin.«

»Das wäre super.«

Ich öffnete meine Handtasche, holte meinen Schlüsselbund heraus und schob den kleinen elektronischen Garagenöffner vom Ring.

»Es ist die linke Garage«, erklärte ich. »Werfen Sie den Öffner danach einfach in den Briefkasten.«

»Wird gemacht … Und die beiden Zimmer streichen wir also in Pink und Lila.«

»In Pink und Lila?« Ich sah ihn verdutzt an. »Ich fürchte, da haben Sie was falsch aufgeschrieben, Herr Rixner. Ich wollte doch ...«

»Kleines Späßchen«, unterbrach er mich mit einem Zwinkern und grinste.

Und ich musste tatsächlich lachen. Wenn ich nicht gerade traurig war wegen Hendrik, musste ich ständig wegen jedem Blödsinn lachen. Ich fragte mich, ob das auch nach der Schwangerschaft so blieb.

»Frau Doktor?« Plötzlich schaute er mich mit einem sehr intensiven Blick an.

»Ja?«

»Kann ich Sie was ganz Persönliches fragen?«

Will er mich jetzt womöglich auf ein Date einladen?

Er beugte sich ein wenig näher zu mir.

Wie erkläre ich ihm ganz freundlich, dass ich momentan kein Interesse an einem Mann habe?

»Haben Sie Angst vor Spinnen?«

»Wie bitte? Angst vor Spinnen?«, fragte ich verdutzt.

Er nickte.

»Kommt drauf an«, sagte ich, ohne zu verstehen, worauf er hinauswollte.

»Eine Spinnenphobie habe ich nicht gerade, aber begeistert bin ich trotzdem nicht, wenn eine im Haus herumhängt. Vor allem mag ich sie nicht im Schlafzimmer. Ich fange sie dann immer mit einem Glas und lasse sie ins Freie.«

»Okay ... also werden Sie nicht gleich hysterisch, wenn eine Spinne in Ihren Haaren sitzt.«

»In meinen Haaren? Ist das wieder ein Späßchen?«

»Nein ... Kein Späßchen. Es ist auch nur eine ganz kleine Spinne. Soll ich sie wegnehmen?«

»Bitte ja … Wenn's geht, ganz schnell! Sofort!«

Eine Spinne an der Wand zu haben war halt doch was anderes als eine Spinne im Haar!

»Moment …«

Er lächelte und beugte sich noch näher zu mir, holte das Tierchen von meinem Kopf und setzte es in einen Buchsbaum, der in einem Topf neben der Eingangstür stand.

»Schon erledigt.«

»Danke!«, sagte ich erleichtert.

»Gerne … So, und ich fahr jetzt mal los. Vielleicht sehen wir uns ja später noch. Ansonsten bis Donnerstag!«

»Ja. Bis Donnerstag.«

Er ging zu seinem Wagen, und ich wollte gerade in die andere Richtung gehen, da entdeckte ich auf der gegenüberliegenden Straßenseite einen Mann. Und zwar einen Mann, der eigentlich nicht hier sein konnte.

Hendrik!

Er überquerte die Straße und kam auf mich zu.

»Hendrik! Was machst du denn hier?«, fragte ich ungläubig, und meine Beine zitterten vor Aufregung, ihn so unverhofft zu sehen.

»Du bist schwanger!«, sagte er mindestens genauso ungläubig und konnte den Blick nicht von meinem Bauch wenden.

Ich starrte ihn noch immer fassungslos an. Am liebsten wäre ich ihm sofort um den Hals gefallen, weil ich mich so freute, ihn zu sehen. Doch ich war wie festgefroren.

Henrik wirkte schlanker, als ich ihn seit Heiligenhafen in Erinnerung hatte. Fast ein wenig hager. Und er sah erschöpft aus. Vermutlich von der langen Reise. Und in seinem Blick vermeinte ich nicht nur eine große Überraschung zu erkennen, sondern auch etwas viel Tiefergehendes. Enttäuschung vielleicht? Schmerz?

»Wieso bist du hier?«, fragte ich und war selbst verwundert, dass ich noch Herrin meiner Stimme war. Er wollte doch noch bis Oktober in Uganda bleiben.

»Es gibt etwas sehr Wichtiges, worüber ich mit dir reden wollte. Und zwar persönlich. Aber jetzt sehe ich, dass du schwanger bist.«

»Ja …«, sagte ich nur. Mehr brachte ich nicht heraus. Nie hätte er es auf diese Weise erfahren sollen.

»War das eben der Vater des Kindes?«

»Der Vater Kindes?«, fragte ich irritiert.

»Na dieser Mann gerade. Das war doch dein Freund, oder?«, seine Stimme klang bitter.

Ich lachte nervös auf, war in dem Moment völlig überfordert.

»Aber nein … das war doch nicht mein Freund. Herr Rixner ist Malermeister und streicht bei mir das Kinderzimmer«, erklärte ich schnell.

»Trotzdem bist du mit dem ganz schön vertraut.«

Plötzlich ging mir auf, dass er aus seiner Perspektive gegenüber offenbar völlig falsche Rückschlüsse gezogen hatte, als Herr Rixner vorhin die Spinne aus meinem Haar entfernt hatte. Würde Hendrik nicht so ernst dreinblicken, dann könnte ich sogar darüber scherzen.

»Hendrik hör mal, das siehst du jetzt völlig falsch«, begann ich, doch er schüttelte den Kopf.

»Ich möchte das gar nicht hören, Zoe. Echt nicht. Du bist schwanger! Und hast es in den letzten Wochen nicht für nötig gehalten, mir das zu sagen! Verdammt noch mal! Da hast du mir schön was vorgemacht!«

Sein enttäuschter Blick traf mich bis ins Innerste. Das, wovor ich mich die ganze Zeit gefürchtet hatte, war eingetreten. Schlimmer noch, als ich es mir vorgestellt hatte.

»Mach's gut, Zoe!«

Damit drehte er sich um und ging davon.

»Aber Hendrik … bitte warte doch und lass es mich erklären!«, rief ich ihm nach, doch er blieb nicht stehen, bog in eine Seitengasse ein und war verschwunden.

Ich konnte es nicht fassen.

»Was war das denn gerade?«, fragte Anna, die zusammen mit Oxana aus der Haustür gekommen war, ohne dass ich sie bemerkt hatte. »Das war doch nicht etwa Hendrik?«

»Doch … Das war Hendrik«, sagte ich so leise, dass ich nicht wusste, ob sie mich gehört hatten.

»Geht es Ihnen gut Chefin?«, fragte Oxana besorgt.

Ich schüttelte den Kopf. Nein! Mir ging es gar nicht gut.

Mein Puls war in den letzten Sekunden in die Höhe geschossen, und mein Mund war trocken. Alles drehte sich mit einem Mal um mich herum. Plötzlich spürte ich Arme, die mich links und rechts packten.

»Zoe?«, hörte ich Anna wie durch Watte rufen.

Dann schleiften die beiden mich mehr oder weniger zurück in die Praxis.

Kapitel 20

Ein weiterer Gast

»Ich kann nichts Auffälliges feststellen«, sagte der Arzt, den Anna angerufen hatte und der sofort zu mir in die Praxis geeilt war. Er hatte mich gründlich untersucht, den Blutdruck gemessen und mit einem mobilen Gerät sogar ein EKG gemacht.

»Mir geht es wirklich wieder gut!«, beteuerte ich wahrheitsgemäß. »Ich habe mich vorhin wohl etwas zu sehr aufgeregt.«

»Das war mehr als nur ein bisschen zu sehr aufgeregt«, erklärte Anna energisch.

»Jetzt passt doch wieder alles. Und auch mein Baby turnt vergnügt herum. Trotzdem danke, dass Sie so schnell gekommen sind, Dr. Geiger.«

»Gerne … Aber ich würde vorschlagen, dass Sie vorsichtshalber einen Termin beim Kardiologen machen! Ich möchte nicht, dass wir etwas übersehen.«

Anna hatte ihm in der Aufregung von meinem Herzinfarkt im letzten Jahr erzählt, weil sie Angst gehabt hatte, dass es womöglich wieder einer sein könnte.

Doch das, was ich vorhin erlebt hatte, hatte sich ganz anders angefühlt. Das war kein Herzinfarkt. Das war nur ein besonders schwerer Fall von Herzschmerz.

»Mache ich!«, versprach ich dennoch. Auch ich wollte natürlich nichts übersehen, schon wegen des Babys. Aber mir war trotzdem klar, dass der Schwächeanfall nur mit Hendriks unverhofftem Auftauchen und womöglich noch mehr mit seinem schnellen Verschwinden zu tun hatte, nachdem er meinen Schwangerschaftsbauch gesehen und völlig falsche Rückschlüsse gezogen hatte. Und mit der Tatsache, dass ich keine Gelegenheit gehabt hatte, ihm endlich alles zu erklären.

Verdammt!

Inzwischen hatte ich mehrmals versucht, ihn unter seiner früheren Handynummer zu erreichen, da ich davon ausging, dass er diese in Deutschland wieder benutzte. Doch dort war ich nach jeweils mehrmaligem Klingeln immer nur auf der Mailbox gelandet.

Obwohl Anna mich drängte, nach Hause zu gehen, setzte ich mich an den Computer und schickte ihm eine Mail mit der Bitte, sich umgehend bei mir zu melden. Ich wollte alles mit ihm klären, jedoch nicht in einer Mail, sondern entweder am Telefon oder besser noch bei einer persönlichen Begegnung, falls er noch irgendwo im Lande war.

Doch weder am Abend noch am nächsten Tag hörte ich etwas von ihm.

Anna, Ilona und Ben wechselten sich ab, damit ich nicht allein war, und zwischendrin kam sogar Mina, um nach mir zu sehen.

Ständig kreisten dieselben Fragen in meinem Kopf. Warum war er vorzeitig nach Deutschland gekommen? Was hatte er mit mir besprechen wollen? Und wie sehr hatte ich ihn mit dem Verschweigen meiner Schwangerschaft verletzt?

»Warum hab ich es ihm nicht einfach längst gesagt?«, fragte ich unglücklich, als Anna und Ilona am zweiten Abend bei mir waren.

»Gut, dass du uns diese Frage erst etwa tausendmal gestellt hast, Zoe«, bemerkte Ilona trocken.

»Du warst einfach noch nicht so weit, es ihm zu sagen, weil du Angst davor hattest, dass er dann sofort den Kontakt abbrechen würde«, sagte Anna verständnisvoll. Dabei war sie es gewesen, die mich von Anfang an gedrängt hatte, die Karten offen auf den Tisch zu legen. Hätte ich doch nur auf sie gehört!

»Solange er es nicht wusste, gab es in deiner Vorstellung zumindest die Möglichkeit, dass Hendrik dich und den kleinen Herrn Petrides im Doppelpack nehmen würde … Man könnte fast sagen, es handelt sich um einen klaren Fall von Schrödingers Katze … oder besser gesagt, Schrödingers Baby. Oder Schrödingers kleiner Herr Petrides.«

Nun musste ich widerwillig lachen. Und auch Anna kicherte.

»Entschuldige, Zoe, aber das ist leider alles etwas verrückt«, sagte Anna.

»Schon gut, es ist ja auch völlig verrückt. Und jetzt denkt er auch noch, dass etwas mit einem anderen Mann läuft und ich ihn sozusagen doppelt angelogen habe.«

»Naheliegend«, sagte Ilona. »Wie soll er auch von selbst darauf kommen, dass du dich künstlich befruchten lassen hast?«

»Genau genommen war es keine künstliche Befruchtung, sondern eine …«, begann ich, aber da winkte Ilona schon ab.

»Wie es heißt, ist doch völlig egal.«

»Wahrscheinlich kann man einfach nicht alles haben im Leben«, überlegte ich laut und streichelte sanft über meinen Bauch. »In meinem Fall heißt es entweder Kind oder Mann.«

»Ach Quatsch!«, sagte Anna energisch.

»Kein Quatsch. Zoe hat schon recht. Bei ihr ist es *Kind ohne Mann*. Bei mir *Mann ohne Kind*«, warf Ilona ein. »Und bei dir ...«, sie sah Anna nachdenklich an, »ach, bei dir ist es einfach nur ein riesiges Patchwork-Kuddelmuddel.«

Anna lächelte plötzlich.

»Zu diesem Kuddelmuddel gehören du und Zoe und der kleine Herr Petrides aber auch dazu.«

»Wie gut, dass es euch alle gibt«, sagte ich. »Das mit Hendrik habe ich leider völlig vermasselt.«

»Trotzdem. Irgendwie ist er ein Idiot, dieser Typ. Er hätte zumindest mit dir reden können, wenn er schon da ist«, warf Ilona ein. »Ehrlich gesagt, wenn er so blöd reagiert, dann ist es vielleicht ohnehin besser, wenn du nichts mehr von ihm hörst.«

Das war der Punkt, den ich selbst nicht verstand. Natürlich machte seine Reaktion allzu deutlich, was er von meiner Schwangerschaft hielt. Andererseits waren wir ja kein festes Paar gewesen und zumindest hätte ich von ihm erwartet – von dem Hendrik jedenfalls, den ich zu kennen glaubte –, dass er mit mir redete und nicht einfach sofort verschwand. Noch dazu, wenn er einen so weiten Weg auf sich genommen hat, weil er angeblich etwas sehr Wichtiges mit mir besprechen wollte.

Plötzlich hatte ich einen Gedanken, der mir gar nicht gefiel.

»Vielleicht kam er ja, um mir persönlich zu sagen, dass aus uns nichts werden kann«, sagte ich. »Und als er meinen Bauch sah, war er zunächst schockiert und vielleicht auch sauer, weil ich es ihm nicht gesagt habe. Aber letztlich hat sich damit für ihn alles erledigt. Deswegen ist er auch so schnell verschwunden.«

Meine Freundinnen sahen mich stirnrunzelnd an.

»Aber das ergibt doch überhaupt keinen Sinn, Zoe«, warf Anna ein. »Kein Mensch fliegt mal schnell von Uganda nach München, nur um jemandem persönlich zu sagen, dass er sich keine Beziehung vorstellen kann.«

»Aber weswegen soll er denn sonst gekommen sein?«, fragte ich.

»Vielleicht wollte er dir einen Heiratsantrag machen?«, überlegte Ilona.

»Wie kommst du denn auf diese Schnapsidee? Das würde weder zu ihm noch zu mir passen. Außerdem hätte er das auch nach seiner Rückkehr im Oktober tun können. So lange ist es ja nicht mehr bis dahin.«

»Hätte ja sein können. Ich kenne den Mann halt nicht.«

»Was, wenn er seinen Einsatz dort vorzeitig aus irgendeinem Grund abgebrochen hat, über den wir jetzt nur spekulieren könnten. Und sein erster Weg war zu dir, um dir das zu sagen. Als eine Art Überraschung«, suchte Anna nach einer weiteren Erklärung.

»Hmmm …«

Ganz nüchtern betrachtet, war das bisher für mich die einzige Erklärung, die tatsächlich ein wenig Sinn ergab.

»Hoffentlich meldet er sich bald, damit sich die Sache für dich aufklärt«, meinte Ilona. »Denn es ist wichtig, dass sich das aufklärt. Du kannst ja nicht dein Leben lang darüber nachdenken.«

Das wollte ich ganz bestimmt nicht. Ich musste erfahren, welchen Grund sein Besuch gehabt hatte.

In diesem Moment klingelte es an der Wohnungstür.

Wir sahen uns überrascht an.

»Und da ist er schon!«, rief Ilona.

Ich schluckte.

»Bitte geh du für mich zur Tür, Anna. Ich kann das jetzt nicht.«

»Na klar.«

Während sie das Zimmer verließ, griff ich nach Ilonas Hand und hielt mich an ihr fest.

»Keine Sorge, Zoe«, flüsterte sie, »Anna und ich stehen dir bei.«

Doch nicht Hendrik kam zu uns ins Wohnzimmer, sondern eine Frau.

»Hello, Zoe!«

Neben Anna stand die breit grinsende Holly, einen großen Rucksack auf dem Rücken und einen Trolley mit bunten Aufklebern in der Hand.

»Holly! Was machst du denn hier?«, fragte ich auf Englisch. »Deinen Fotos auf Instagram nach dachte ich, du treibst dich am Nordkap herum!«

Ich war seit unserem Kennenlernen ein fleißiger Follower ihrer Beiträge auf Social Media.

»Nicht mehr, meine liebe, Zoe. Aber es war traumhaft dort!«

Die britische Reisebloggerin stellte ihr Gepäck ab und kam auf mich zu.

»Du hast gesagt, wenn ich je in diese Gegend komme, soll ich mich unbedingt bei dir melden. And surprise, surprise – da bin ich nun!« Sie lachte laut, mit dem für sie typischen Gackern, das ich bereits auf den Kapverden kennengelernt hatte und das unglaublich ansteckend war.

Offenbar war gerade die Zeit der Überraschungsbesuche.

Aber jetzt war sie schon mal hier, und ich konnte sie nicht gleich wieder wegschicken, ich hatte sie damals ja quasi zu mir eingeladen. Und sie war auch nach meinem Unfall auf den Kapverden für mich da gewesen.

»Und was für eine wunderbare Überraschung, du bist ja schwanger, meine Liebe!«

Sie umarmte mich herzlich.

»Schön, dich zu sehen, Holly!«

»Sag mal, ist es für dich in Ordnung, wenn ich ein paar Tage hierbleibe?«, fragte sie.

»Aber klar doch!«, versicherte ich, weil ich es ihr versprochen hatte. »Leider kann ich dir im Moment nur das Sofa anbieten. Es ist aber echt ziemlich bequem.«

»Das ist doch ganz wunderbar und reicht mir völlig! Vielen Dank.«

Plötzlich fiel mir ein, dass am nächsten Tag die Maler kommen würden. Und Mina. Sie hatte angeboten, den ganzen Tag hier zu sein, damit die Männer eine Ansprechpartnerin hatten, während ich in der Praxis war.

»Ich hoffe, das stört dich nicht?«

»Ach was – gar nicht. Außerdem bin ich tagsüber ohnehin unterwegs«, winkte Holly ab.

Ich machte sie mit meinen Freundinnen bekannt.

»Du hast dich nach dem Unfall um Zoe gekümmert, oder?«, fragte Anna.

»Genau. Zoe hat auf den Kapverden so oft von euch erzählt, dass ich das Gefühl habe, euch schon ein wenig zu kennen«, erklärte Holly vergnügt.

Ilona übernahm es, die quirlige Engländerin mit bayerischem Bier, von dem ich glücklicherweise immer einen Vorrat für Gäste im Kühlschrank hatte, und einer Brotzeit zu versorgen, bei der Holly ordentlich zulangte.

»Das mit dem Bier könnt ihr hier wirklich gut in Bayern«, sagte sie, als Ilona ihr das zweite Glas einschenkte.

Natürlich wollte Holly alles über die Schwangerschaft wissen.

»Wie mutig von dir, Zoe!«, sagte sie dann. »Ich habe damals auch darüber nachgedacht, als die Anzahl meiner monatlich noch zur Verfügung stehenden Eier gerade so in eine Eierschachtel gepasst hätte und mir nicht mehr viel Zeit blieb. Aber dann war ich doch zu feige, es alleine durchzuziehen. Außerdem mag ich meine Unabhängigkeit und gehe einfach zu gerne auf lange Reisen – das wäre mit einem Kind nicht mehr auf diese Weise möglich gewesen. Aber ich bin mir sicher, du wirst das wuppen.«

Holly erzählte meinen Freundinnen von ihrem Reiseblog für Senioren, mit einer stetig wachsenden Leserschaft. Nun wollte sie einen Bericht über das Chiemgau, seine Sehenswürdigkeiten, Hotels und Gaststätten schreiben.

»Ich bin euch vor allem für jeden Geheimtipp dankbar!«, erklärte sie.

»Da fragst du am besten Anna und Ilona, die schon viel länger hier leben als ich«, riet ich ihr.

Die beiden schlugen vor, was ihnen gerade so einfiel, und Holly machte sich fleißig Notizen.

»Und rede doch mal mit meiner Mutter, wenn sie morgen hier ist, ob sie nicht auch noch Tipps für dich hat!«, schlug Anna vor.

»Super! Das mache ich.« Holly war begeistert.

Der Abend mit dem unerwarteten Gast verging wie im Flug, und es hatte gut getan, dass wir seit ihrem Eintreffen nicht mehr über Hendrik gesprochen hatten. Trotzdem hoffte ich nach wie vor, dass er sich bald melden würde. Aber ich konnte leider nichts erzwingen.

Es war schon ziemlich spät, als Anna und Ilona sich schließlich verabschiedeten. Beide schienen einigermaßen erleichtert zu sein, dass nun jemand bei mir war, der mich aufmunterte und ablenkte.

Holly war tatsächlich ein unkomplizierter Gast und ließ sich auch von den Handwerkern und Mina nicht stören, die ziemlich früh auf der Matte standen. Wir frühstückten noch gemeinsam, und Mina versorgte Holly mit weiteren Geheimtipps für ihren Blog. Da ich den Rest der Woche die vorerst letzten Patienten behandeln und dann an Hiltrud übergeben würde, würde ich erst am Wochenende richtig Zeit für Holly haben. Doch sie war ohnehin viel auf Achse auf der Suche nach urigen Gaststätten und Ausflugszielen, die man nicht in jedem Reiseführer fand.

Am Samstag machten wir gemeinsam einen Ausflug mit dem Schiff zur Fraueninsel im Chiemsee. Das war nun zwar kein Geheimtipp, aber trotzdem ein ganz besonders schönes Fleckchen Erde, das ich Holly zeigen wollte.

»Wow! Wie toll es hier ist!«

Sie war begeistert. Während wir langsam die von herrlich blühenden Gärten gesäumten Wege entlangspazierten, machte sie viele Fotos und sprach Informationen auf ihr Handy, die sie später für ihren Artikel nutzen würde.

Nachdem wir das alte Kloster besichtigt hatten und ich ihr

im Klosterladen einen Likör als Geschenk gekauft hatte, setzten wir uns auf eine Bank am Ufer des Sees und sahen den Enten und Möwen zu, die sich im Wasser tummelten.

»Du bist anders als auf den Kapverden, Zoe«, sagte Holly plötzlich und sah mich mit einem feinen Lächeln an.

»Wie meinst du das?«

»Auf der Insel wirktest du abenteuerlustig, neugierig, furchtlos – aber auch irgendwie ein wenig getrieben, als wärst du auf der Suche. Die Frau hier am Chiemsee erlebe ich als ruhig, sehr fokussiert und fast ein wenig vorsichtig.«

»Ich gehe mal davon aus, dass es an der Schwangerschaft liegt«, sagte ich mit einem lässigen Schulterzucken.

»Das sicherlich … Es ist dir ja auch anzusehen, wie glücklich du als werdende Mutter bist. Aber irgendwas scheint dich auch zu bedrücken, nicht wahr?«

Ich hatte ihr bislang nichts von Hendrik gesagt und versucht, mir nicht anmerken zu lassen, dass mich etwas belastete. Fünf Tage war es nun her, dass er in Prien gewesen war, und seitdem hatte er sich immer noch nicht gemeldet.

»Ja … es gibt da etwas«, gab ich zu, und dann erzählte ich ihr alles. Ich beschönigte nichts.

Holly hörte mir aufmerksam zu und nickte nur immer wieder mal oder schüttelte ungläubig den Kopf.

»Ich weiß nicht, was los ist, und frage mich andauernd, warum Hendrik einfach wieder verschwunden ist. Klar, ich hätte ihm meine Schwangerschaft nicht verheimlichen dürfen. Aber das erklärt trotz allem nicht sein Verhalten.«

»Weißt du, was jetzt wirklich spannend wäre?«, fragte sie.

»Was?«

»Wenn dieser Hendrik jetzt neben mir sitzen und mir seine

Version erzählen würde. Dann könnte ich vermutlich verstehen, was genau das Problem bei euch ist.«

»Tja … das würde ich mir auch wünschen«, sagte ich und seufzte. »Aber er meldet sich nicht, obwohl ich ihn schon unzählige Male angerufen habe.«

»Was würdest du ihm denn sagen, wenn er sich doch melden würde?«

»Na das, was ich dir erzählt habe.«

»Sonst nichts?«

»Aber genau das muss er doch wissen.«

Doch sie schüttelte den Kopf.

»Das Einzige, das er wirklich wissen muss, ist, ob du ihn liebst«, sagte sie und spielte gedankenverloren mit einem Ring an ihrem rechten Ringfinger.

»So einfach ist das nicht, Holly. Denn ich werde bald Mutter sein.«

»Trotzdem, wenn dieser Mann weiß, dass du ihn liebst, dann kann er ganz offen zu dir sein. Und du wirst die Wahrheit erfahren, weswegen er hier war. Ich denke, das ist auch der Schlüssel zu dem, wie er zu dir als baldige Mutter steht.«

»Ich weiß nicht. Vielleicht lasse ich ihn besser einfach los. Ich möchte nichts erzwingen.«

Sie sagte nichts dazu. Eine Weile lang saßen wir nur schweigend da.

»Ich habe Krebs, Zoe«, sagte sie plötzlich, fast wie nebenbei. Ich sah sie erschrocken an.

»Holly …«

»Die Einzelheiten erspare ich dir, aber ich habe wohl nur noch wenige einigermaßen gute Monate vor mir.«

»Das tut mir sehr leid.«

»Ja … mir auch. Aber solange ich noch kann, will ich auf Reisen gehen, so viel wie möglich erleben und es an andere Menschen weitergeben. Zu wissen, dass nach meinem Tod andere genau dieselben wunderschönen Plätze sehen, in meinen Lieblingsrestaurants essen werden oder durch bestimmte Landschaften reisen, weil sie durch meinen Blog darauf Lust bekommen haben, gibt mir ein Gefühl, als ob ich dadurch auch ein wenig hierbleiben und weiterreisen dürfte.«

Ich fand ihre Worte sehr traurig und irgendwie auch sehr schön.

Plötzlich schweifte ihr Blick in die Ferne.

»Hätte ich vor vielen Jahren einem bestimmten Menschen die Wahrheit gesagt, egal wie schwierig, ja gar unmöglich sie mir damals erschien, dann wäre ich vielleicht nicht alleine auf Reisen gegangen, sondern mit dem Mann, den ich liebte. Und mit ihm hätte ich ein Land entdeckt, das ich bisher nie gesehen habe.« Sie sah mich an und lächelte. »Zoe, ich denke, du verstehst, dass ich nicht die Reisen in andere Länder meine, sondern die Reise in die wunderbare Welt der Liebe.«

»Was ist aus diesem Mann geworden, Holly?«, fragte ich leise.

»Inzwischen ist er dort, wohin mich meine letzte Reise führen wird.«

Ich schluckte.

»Ich wünsche euch sehr, dass ihr beide euch dort finden werdet.«

»Das werden wir ganz bestimmt.«

Sie lächelte.

Eine Weile lang sagte keine von uns etwas.

»Du denkst also, dass es reicht, wenn ich ihm sage, dass ich ihn liebe?«, fragte ich schließlich.

»Tust du es denn?«

»Ja«, antwortete ich. »Auch wenn ich ein klein wenig stinkig auf ihn bin, dass er sich einfach so davongemacht hat.«

»Je mehr uns nahestehende Menschen mit ihren Handlungen verwirren, desto wichtigere Gründe gibt es meist für das Verhalten. Was du mir über ihn erzählt hast, lässt nicht darauf schließen, dass er ein Idiot ist.«

Ich nickte.

»Eigentlich nicht.«

Plötzlich griff ich nach meinem Handy und ohne noch weiter darüber nachzudenken, nahm ich eine Sprachnachricht für Hendrik auf und schickte sie ihm.

Holly nickte und lächelte.

»Das hast du gut gemacht.«

»Ich hoffe es … Sollen wir dann langsam aufbrechen?«

»Ja, aber lass uns noch den Moment festhalten und ein Selfie machen.«

Wir stellten uns vor das Wasser und rückten mit den Köpfen ganz nah zusammen. Holly hob das Handy, und wir lächelten in die Kamera.

Der Abschied am nächsten Tag fiel mir schwer.

»Kann ich denn wirklich nichts für dich tun, Holly?«, fragte ich, als wir am Bahnsteig standen und auf den Zug nach München warteten. Die nächste Etappe ihrer Reise.

»Doch. Du kannst meine Beiträge auf meinem Blog verfolgen und sie auf Instagram liken, damit ich immer weiß, dass du sie gelesen hast.«

Sie musste es nicht aussprechen. Wenn es keine neuen Reise-tipps mehr von ihr gab, dann war ihre Zeit gekommen.

»Natürlich werde ich das!«, versprach ich mit heiserer Stimme.

Ich umarmte sie und drückte sie an mich, so fest es mit mei-ner Kugel ging.

»Hey, noch ist es nicht so weit. Ich bin mir sicher, dass ich noch einige besondere Abenteuer erleben werde … Und natür-lich würde ich mich über ein Foto von deinem Baby freuen, wenn es da ist.«

»Kriegst du auf jeden Fall.«

Der Zug fuhr ein.

»Alles Gute, Holly.«

»Alles Gute, Zoe.«

Wir sahen uns noch mal in die Augen und nickten uns zu. Dann nahm sie ihr Gepäck und stieg in den Waggon.

Ich wartete nicht, bis der Zug abfuhr, sondern drehte mich um und ging nach Hause.

Kapitel 21

Ein Vater für ein Kind

Zwei Tage später saß ich beim Friseur. Die rote Farbe war in den letzten Monaten deutlich verblasst und der Ansatz stark nachgewachsen. Mein eigenes Hellbraun kam immer mehr zum Vorschein. Da ich in der Schwangerschaft nicht färben lassen wollte, versuchte die Friseurin, einen einigermaßen pfiffigen Haarschnitt hinzubekommen, der die zwei Farben irgendwie so aussehen ließ, als wäre das so gewollt.

»Passt die Länge so, oder soll ich noch ein wenig kürzen?«, fragte sie.

Bevor ich antworten konnte, klingelte mein Handy.

Hendrik!

»Da muss ich rangehen«, sagte ich, und mein Herz klopfte plötzlich wie wild.

»Hendrik!«

»Hallo? Zoe? Ich versteh dich ganz schlecht. Es ist so laut bei dir im Hintergrund.«

Die Haare der Kundin neben mir wurden gerade geföhnt.

»Ich bin beim Friseur. Kann ich dich in einer halben Stunde wieder anrufen?«

Er sagte etwas, das ich nicht verstand.

»Was?«

»Ich bin hier in Prien!«, rief er lauter.

Ich schluckte.

»Moment ... bitte ... bleib dran!!«

Ich bedeutete der Friseurin, dass ich gleich wieder da sein würde, und eilte mit nassen, noch nicht fertig geschnittenen Haaren und dem Umhang vor die Tür des Ladens.

»So, jetzt ... Du bist wirklich hier in Prien?«

»Ja, können wir uns sehen?«

Er ist tatsächlich hier!

»Aber natürlich! In gut einer Stunde bin ich zu Hause.«

»Okay ... dann komme ich zu dir.«

»Dann, bis dann ...«

»Zoe?«

»Ja?«

»Gibst du mir noch deine Adresse?«

Ich lachte kurz auf.

»Aber klar.«

Knapp eine Stunde später ging ich nervös im Wohnzimmer auf und ab. Ich hatte mich nach dem Friseur rasch geduscht und war in das Sommerkleid geschlüpft, das ich mir damals im Modeladen gekauft hatte. Es kam mir vor, als wäre das eine Ewigkeit her.

»Bitte drück mir die Daumen, kleiner Herr Petrides, dass alles gut geht!«, bat ich meinen ungeborenen Sohn.

Anna und Ilona hatte ich vom Friseurladen aus eine Nachricht geschickt und sie informiert. Ilona bot an, sofort zu kommen, wenn ich nach dem Gespräch moralische Unterstützung bräuchte. Und auch Anna wollte nach der Abendsprechstunde vorbeikommen. Ich versprach, mich später zu melden.

Während ich auf Hendrik wartete, stellte ich eine Flasche Wasser und zwei Gläser im Wohnzimmer bereit.

Tausend Gedanken schossen mir durch den Kopf, die alle in dem einen Wunsch mündeten, dass ich nach unserem Gespräch nicht am Boden zerstört sein würde.

Endlich klingelte es an der Haustür. Mit wildem Herzklopfen ging ich in den Flur, drückte auf den Türöffner und wartete in der offenen Wohnungstür, bis er nach oben kam.

»Hallo, Zoe!«

»Hallo, Hendrik. Bitte komm rein.«

Ich führte ihn durch den Flur ins Wohnzimmer. Er sah sich um.

»Gleichzeitig chic und sehr gemütlich«, sagte er, weil er offenbar meinte, irgendwas sagen zu müssen, und nahm auf dem Sofa Platz.

»Danke … Du trägst den Hühnergott!«, stellte ich fest.

Er griff an den Stein, der an einem Lederband um seinen Hals hing.

»Seit dem Tag, an dem du Heiligenhafen so fluchtartig verlassen hast«, sagte er. »Er ist mein Glücksbringer.«

»Das freut mich.«

Ein gutes Zeichen – oder?

Ich setzte mich ihm gegenüber in einen Sessel und schenkte Wasser in die Gläser.

»Möchtest du Kaffee oder Tee?«

Er schüttelte den Kopf.

»Im Moment nicht, danke.«

Ich versuchte in seinem Blick zu ergründen, in welcher Absicht er gekommen war. Nur um ein letztes klärendes Gespräch zu führen, bevor es endgültig vorbei war?

»Zoe. Zunächst möchte ich mich bei dir entschuldigen. Ich … es war nicht richtig, dass ich einfach so verschwunden bin, ohne eine Erklärung. Allerdings war ich zu diesem Zeitpunkt echt überfordert. Ich war zwei Tage lang von Gulu aus hierher unterwegs gewesen, hatte kaum Schlaf gehabt und … also das, was ich dann vor deiner Praxis sah, hat mich völlig aus der Bahn geworfen.«

»Meinen Bauch, meinst du?«, fragte ich und versuchte zu lächeln.

»Ja … Ich brauchte ein paar Tage für mich, um das zu verdauen.«

»Wo warst du denn in der Zwischenzeit?«

»In Hamburg, ich habe meine Mutter besucht … Und dann kam diese Nachricht von dir.«

Er holte sein Handy heraus.

»Hendrik … Es gibt so viel zu erklären. Bitte gib uns die Gelegenheit dazu. Aber ich möchte schon jetzt, dass du eines weißt. Ich liebe dich!«, hörte ich meine Stimme. Es war die Nachricht, die ich ihm von der Fraueninsel aus geschickt hatte, nach meinem Gespräch mit Holly.

Er schob das Handy zur Seite.

»Ich habe mir den Kopf darüber zerbrochen, was das alles bedeuten soll, Zoe. Du hast mir deine Schwangerschaft verheimlicht, sagst mir aber, dass du mich liebst. Als ich dich in Prien sah, hatte ich keinen Zweifel, dass es einen anderen Mann geben musste …«

»Hendrik, bitte lass es mich erklären …«

Doch er unterbrach mich.

»Aber plötzlich begann ich nachzudenken. Die Zoe, die ich kenne oder zumindest zu kennen glaube, hätte es mir gesagt, wenn sie einen anderen Mann kennengelernt und es deswegen für uns keine Chance mehr gegeben hätte. Das hättest du doch?«

»Aber natürlich!«, sagte ich sofort.

Er nahm einen Schluck Wasser.

»Und deswegen kam ich zu der einzigen Erklärung, die für mich einen Sinn ergibt«, sagte er. »Ich habe in Heiligenhafen verhütet, aber vielleicht ist ja doch was schiefgegangen … Ist es mein Kind, Zoe?«

Er sah mich mit einer Intensität an, als versuchte er, meine Seele zu ergründen.

Für einen kurzen Moment überlegte ich, ihn in dem Glauben zu lassen. So wie Mina das vorgeschlagen hatte. Vielleicht wäre es ja wirklich für uns alle die einfachste Lösung? Für ihn, für mich und für das Baby. Niemandem würde es wehtun. Niemandem außer mir. Denn ich würde mit so einer Lüge niemals glücklich werden. Ganz abgesehen davon, dass inzwischen zu viele Leute wussten, wie es zu der Schwangerschaft gekommen war.

»Nein, Hendrik, es ist nicht dein Kind.«

»Also gibt es doch einen anderen Mann …«, sagte er leise. »Oder es gab ihn zumindest damals.«

Es war nun wirklich an der Zeit für die Wahrheit.

»Nein, Hendrik. Es gibt jetzt und gab auch damals keinen anderen Mann. Nur ein Röhrchen mit dem Samen eines anonymen Spenders.«

Er schaute mich so verdutzt an, dass ich fast gelacht hätte.

»Du hast dich künstlich befruchten lassen?«

»Genau genommen war es eine Insemination am 1. April in einer Kinderwunschklinik.«

»Zoe …«

Er versuchte, mich zu unterbrechen, doch ich sprach weiter. »Bitte lass mich dir das jetzt endlich alles erzählen. Das wollte ich schon so lange tun … Und hätte es auch schon längst tun sollen. Aber ich wusste einfach nicht wie.«

»Okay.«

Er rutschte auf dem Sofa nach vorne, bis er ganz an der Kante saß.

»An dem Morgen in Heiligenhafen, an dem wir uns begegneten, hatte ich einen Schwangerschaftstest gemacht. Ich war überglücklich, dass schon der erste Versuch geklappt hatte. Dann ging ich zu dem Vortrag, und plötzlich warst du neben mir. Nach all den Jahren. Ich konnte es nicht fassen! Es war so unglaublich schön, dich wiederzusehen und mit dir über unsere Erinnerungen zu reden, Zeit mit dir zu verbringen. Ich genoss diese Zweisamkeit und wollte nicht, dass die Nachricht über meine Schwangerschaft dich …«, ich suchte nach den richtigen Worten

»Dass sie mich was?«

»Nun ja … ich dachte, du könntest es nicht verstehen, weil du nichts mit Kindern am Hut hast und selbst nie welche wolltest.«

»Moment … wie kommst du darauf, dass ich keine Kinder möchte?«

Ich sah ihn verwirrt an.

»Du hast mir doch von dir und deiner Freundin Laura erzählt. Und dass ihr beschlossen habt, zugunsten eurer Karriere auf Kinder zu verzichten.«

Er schüttelte den Kopf.

»Aber nein! Ich habe mich nur deswegen für ein Leben ohne Kinder entschieden, weil ich Laura liebte. Oder, besser gesagt, glaubte, sie zu lieben. Jedenfalls habe ich ihren Wunsch respektiert und ihretwegen auf eigene Kinder verzichtet. Deswegen war es ja so schlimm für mich, dass ausgerechnet sie dann von einem anderen Mann schwanger wurde und sich total darauf freute, Mutter zu werden.«

Irgendwie hatte ich das Gefühl, plötzlich in einem völlig anderen Film zu sein. Konnte es sein, dass ich alles gründlich missverstanden hatte?

»Zoe, ich dachte, du möchtest niemals Kinder haben, weil du deine Unabhängigkeit zu sehr liebst!«, sagte er, und plötzlich begann er zu lachen. Doch mir war ausnahmsweise mal nicht nach Lachen zumute.

»Klar liebe ich meine Unabhängigkeit. Aber in den letzten Jahren wuchs der Wunsch nach einer eigenen Familie immer mehr. Da ich keinen geeigneten Partner kennenlernte und keine Zeit mehr verlieren durfte, habe ich mich schließlich entschieden, es alleine durchzuziehen. Und genau in dem Moment, als das klappte, warst du plötzlich wieder da! Ich hatte die ganze Zeit so ein schlechtes Gewissen, weil ich es dir nicht gesagt habe, Hendrik. Aber nur aus Angst, dass du mich mit einem Baby gar nicht haben wolltest. Deswegen bin ich auch in der Nacht aus deinem Zimmer geschlichen und nach Hause gefahren. Du kannst dir gar nicht vorstellen, wie schwer mir das fiel.«

»Weißt du, als ich dich sah, mit diesem Mann und einem Schwangerschaftsbauch … Das war für mich wie eine Wiederholung des Tages, an dem ich Lauras Schwangerschaftstest fand. Nur diesmal in einem viel fortgeschritteneren Stadium. Und es tat noch mehr weh. Wieder war da eine Frau schwanger, von der ich dachte, sie möchte keine Kinder.«

»Das muss dich wirklich sehr getroffen haben.«

Er beugte sich über den Tisch und griff nach meiner Hand. »Oh Zoe, wie können sich zwei Menschen, die sich ansonsten so gut verstehen, in dieser Angelegenheit so missverstehen?«, fragte er.

Ich zuckte mit den Schultern.

»Keine Ahnung … Und du wolltest wirklich Kinder haben?«, fragte ich sicherheitshalber noch mal nach.

»Wenn es sich mit der richtigen Frau ergeben hätte. Ja.«

»Ich hätte es dir gleich in Heiligenhafen sagen sollen. Nach unserer Nacht. Ich war echt feige.«

»Jetzt kann ich immerhin nachvollziehen, warum … Wann kommt dein Baby eigentlich zur Welt?«, fragte er.

»Um Weihnachten herum … Ich weiß, das ist ein blöder Termin für einen Geburtstag.«

»Stimmt«, gab er mir recht.

»Es wird übrigens ein Junge«, erzählte ich.

Er schüttelte lächelnd den Kopf.

»Zoe bekommt ein Baby … wer hätte das gedacht?«

»Und … und was bedeutet das jetzt für uns?«, fragte ich und merkte, wie angespannt ich war, als sein Blick plötzlich wieder ernst wurde.

»Bevor ich dir diese Frage beantworten kann, muss ich erst mit dir darüber reden, warum ich vorzeitig aus Uganda zurückkam.«

Ich verspürte plötzlich ein ungutes Kribbeln im Nacken.

»Muss ich mir Sorgen machen?«, fragte ich.

»Ehrlich gesagt hatte ich, als ich das letzte Mal nach Prien kam, um das mit dir zu besprechen, wesentlich mehr Angst vor deiner Reaktion als heute.«

»Wie meinst du das? … Oder halt, warte, ich muss vorher noch ganz dringend pinkeln. Der kleine Herr Petrides verwechselt meine Blase mit einem Trampolin.«

»Der kleine Herr Petrides?« Hendrik lachte wieder. »Du bist wirklich ein verrücktes Huhn, Zoe.«

Doch ich war schon aufgestanden und unterwegs ins Badezimmer.

»Bin gleich zurück!«

»Schätzchen, es scheint alles besser zu laufen, als ich befürchtet habe«, sagte ich kurz darauf leise zu meinem Bauch. Und ich redete mir ein, dass der Kleine auch froh darüber war. Wenn es seiner Mama gut ging, dann fühlte er sich in seiner rosafarbenen kleinen Kuschelhöhle sicherlich auch besser.

Als ich wieder zurück ins Wohnzimmer kam, stand Hendrik am Fenster.

»Es ist wirklich herrlich«, sagte er. »Was für ein toller Blick in die Berge.«

»Ja … ich lebe sehr gerne hier.«

Wir nahmen wieder Platz.

»Also … ich höre«, sagte ich, inzwischen mit einer fatalistischen Ruhe.

»Weißt du, dass wir beide offenbar dasselbe Problem hatten?«

»Wie meinst du das?«

»Du hast es ständig hinausgezögert, mir von deiner Schwangerschaft zu schreiben, und ich habe auch etwas hinausgezögert. Weil ich genau wie du umgekehrt Angst davor hatte, dass du dich dann vielleicht zurückziehen würdest.«

Was er mir wohl sagen wollte? Inzwischen war ich mehr als gespannt.

»Hast du mir deswegen immer seltener geschrieben?«, fragte ich.

»Auch. Aber es war wirklich äußerst schwierig in den letzten Wochen. Und letztlich konnte ich das nicht mit dir am Telefon besprechen oder in einer Nachricht.«

»Jetzt mach es bitte nicht so spannend, Hendrik! Oder hast du vielleicht auch ein Kind, das du mir verschwiegen hast?«, witzelte ich.

Hendrik lachte nicht.

»Wie ich dir erzählt habe, starben bei dem Brand vor ein paar Wochen einige Menschen. Auch Norma und ihr Freund Tikun, die beide als Krankenpfleger beschäftigt waren. Glücklicherweise konnte ihr Baby damals rechtzeitig aus dem Feuer gerettet werden. Unverletzt. Tikun verloren wir noch in derselben Nacht. Bei Norma sah so aus, als könnten wir den Kampf um sie gewinnen, als könnte sie es schaffen.«

Er schluckte. Ich griff nach seiner Hand und drückte sie und fragte mich gleichzeitig, was diese Frau mit uns beiden zu tun hatte.

»Obwohl sie trotz der Medikamente starke Schmerzen hatte, versuchte sie sogar, wieder Witze zu machen. Sie war es, die uns alle aufmunterte und uns Kraft gab. Doch von einem Tag auf den anderen ging es ihr plötzlich schlechter. Sie ließ mich holen und hat mich um etwas gebeten. Da mit Tikun auch der Vater des Kindes tot war, wollte sie, dass ich die Vormundschaft für das Baby übernehme. Ich habe ihr versprochen, mich um ihren Jungen zu kümmern. Sie ahnte wohl mehr, als wir es taten, dass sie es nicht schaffen würde, und wollte in dem Wissen sterben, dass gut für ihr Kind gesorgt wurde. Ihren Eltern, die in Berlin leben, konnte und wollte sie das Kind nicht geben. Diese hatten den Kontakt zu ihr abgebrochen, nachdem sie erfahren hatten, dass ihre Tochter von einem dunkelhäutigen Mann schwanger war. Damit ich auch nachweisen konnte, dass es Normas Letzter Wille war, haben wir ein Schreiben aufgesetzt, und sie hat es in Anwesenheit von mehreren Zeugen unterschrieben ... Tommy ist jetzt vierzehn Monate alt.«

»Ach, Hendrik ...« Mehr konnte ich im Moment nicht sagen, denn ich kämpfte mit den Tränen. Was für eine traurige Geschichte.

Er griff nach seinem Handy und rief ein Foto auf. Eine junge Frau mit flachsblonden kurz geschnittenen Haaren und unzähligen Sommersprossen hielt ein etwa einjähriges Kind auf dem Arm. Neben ihr stand ihr Freund Tikun, der Vater des Jungen. Sie strahlten glücklich in die Kamera.

»Das war nur wenige Tage vor dem Feuer.«

Er suchte ein weiteres Foto, das aktueller war.

»Was für ein süßer kleiner Kerl«, sagte ich leise.

Er nickte und sah mich dann wieder eindringlich an.

»Ich bin davon ausgegangen, dass du keine Kinder möchtest, Zoe. Deswegen war ich so hin- und hergerissen, weil auch mir klar geworden ist, dass ich dich liebe und ich dich nicht wieder verlieren möchte. Ich wünsche mir nichts mehr, als mit dir zusammen zu sein. Doch ich werde mein Versprechen halten und mich um Tommy kümmern. Er wird mit mir nach Deutschland kommen. Ein Adoptionsantrag ist bereits in die Wege geleitet. Es war mir sehr wichtig, das alles mit dir persönlich zu besprechen. Tommy hat so viel verloren, und er hat es verdient, in einem stabilen und glücklichen Umfeld groß zu werden. Deswegen bitte ich dich, deine Entscheidung gut zu überlegen.«

Wie aus heiterem Himmel musste ich an Mama Blanca denken und bekam eine Gänsehaut.

Die Kinder werden dich ganz schön auf Trab halten, hatte sie gesagt. Wie hatte sie das ahnen können?

»Du musst mir die Antwort nicht heute geben, Zoe. Es geht hier wirklich um viel. Und ich verstehe es völlig, wenn du noch ein wenig Zeit brauchst, um darüber nachzudenken«, sagte Hendrik.

»Es gibt etwas, das ich ganz sicher weiß. Ich möchte mit dir zusammen sein, Hendrik. Und da der kleine Tommy genauso zu dir gehört wie mein Zwerg hier zu mir« – ich legte beide Hände auf meinen Kugelbauch – »sehe ich nur eine Möglichkeit: Wir gehen das Wagnis ein und machen aus uns vieren eine Familie.«

Wow – ich habe es tatsächlich gesagt!

Dass dazu noch einige weitere Leute gehörten, würde ich ihm zu gegebener Zeit schon beibringen – vorerst reichte das wohl.

Hendrik sah mich eine Weile lang wortlos an, dann stand er auf und kam zu mir. Ich stand ebenfalls auf.

»Noch vor wenigen Tagen hätte ich nicht gedacht, dass das alles so eine Wendung nehmen würde«, sagte er.

»Ich auch nicht«, gab ich zu.

»Denkst du, wir überstürzen das alles, Zoe?«

»Keine Ahnung!«

Ich zuckte ein wenig ratlos mit den Schultern. »Natürlich erfordert so eine Entscheidung Mut. Aber was wäre denn die Alternative? Jeder zieht sein Kind allein irgendwo groß?«

»Keine schöne Vorstellung!«

»Eben. Außerdem ist es ja nicht so, dass wir uns erst vor Kurzem kennengelernt hätten. Auch wenn wir uns in den vergangenen Jahren weiterentwickelt haben, so wissen wird doch, wie es sich anfühlt zusammenzuleben und was so ungefähr auf uns zukommt.«

»Damals kamen wir jedenfalls super miteinander klar!«, sagte er mit einem leisen Lächeln und streichelte über meine Wange.

»Find ich auch«, murmelte ich, und plötzlich schlug mein Herz wieder schneller.

»Dann lass uns mutig sein!«, flüsterte er, und ich bekam eine Gänsehaut.

»Ja …«

Langsam beugte er sich zu mir, und wir küssten uns.

Kapitel 22

Pläne

Als Anna und Ilona am Abend mit vier Pizzen aus dem *Dolce Vita* vorbeikamen, stellte ich ihnen Hendrik ganz offiziell vor. Inzwischen platzten die beiden förmlich vor Neugierde, wie unser Gespräch gelaufen war, was ihnen unschwer anzusehen war.

»Schön, dass ich euch kennenlerne«, sagte er.

»Ich war auch schon ziemlich neugierig auf dich. Zoe war nämlich deinetwegen ganz schön durch den Wind!«, sagte Ilona fast ein bisschen vorwurfsvoll.

»Das kann man wohl sagen«, bestätigte Anna.

»Tut mir leid. Das war gewiss nicht meine Absicht«, beteuerte Hendrik.

»Aber jetzt wollen wir alles wissen«, verlangte Anna.

»Ihr werdet echt gleich staunen«, warnte ich sie vor. »Es ist ziemlich verrückt alles.«

»Mehr als verrückt!«, sagte Hendrik.

»Tja, dann legt endlich los!«, meinte Ilona.

Während wir aßen, erfuhren sie die ganze Geschichte. Und auch die beiden waren über diese Wendung mehr als überrascht.

»Ich habe Zoe von Anfang an gesagt, dass sie dir von der Schwangerschaft erzählen soll«, sagte Anna. »Euch wäre so viel erspart geblieben.«

»Es kann aber sein, dass die beiden diesen Umweg gebraucht haben«, überlegte Ilona. »Wer weiß das schon?!«

»Hm. Vielleicht hätte ich mich tatsächlich sogar entschieden, nicht nach Uganda zu gehen, wenn Zoe mir damals in Heiligenhafen schon von der Schwangerschaft erzählt hätte.«

»Echt?«, fragte ich erstaunt.

»Na ja … In diesem Fall wäre ich gerne in deiner Nähe gewesen, um herauszufinden, ob und wie sich das mit uns beiden entwickelt, und auch um von Anfang an dabei zu sein. Aber dann hätte ich Tommy niemals kennengelernt.«

»Sag ich doch – die beiden haben das einfach gebraucht«, triumphierte Ilona.

»Du hast ja recht!«, lenkte Anna ein.

»Und jetzt haben Hendrik und ich glücklicherweise alles geklärt!«

Ilona schaute zu ihm.

»Und dir macht das tatsächlich nichts aus, dass der kleine Herr Petrides aus einer Samenspende entstanden ist?«, fragte sie so direkt, wie sie nun mal war.

Hendrik schüttelte den Kopf.

»Im Idealfall wäre ich natürlich gern selbst der *Samenspender* …«, er setzte das Wort mit den Händen in Anführungszeichen, »… gewesen, aber ich kann ja gut nachvollziehen, wie es dazu kam. Was sollte ich dagegen haben? Außerdem kann ich es jetzt schon kaum erwarten, den kleinen Herrn Petrides kennenzulernen«, gestand er fröhlich.

Die Stimmung am Tisch war herrlich gelöst, und ich war sehr glücklich, dass es nach dem ganzen Durcheinander und den Zweifeln und Ängsten der letzten Wochen endlich Klarheit gab.

»Und ich freue mich auf Tommy«, beteuerte ich und lächelte Hendrik zu.

»Find ich echt super, dass du den kleinen Jungen adoptieren wirst«, sagte Ilona zu ihm.

»Ich auch. Hut ab. Das ist wirklich eine große Verantwortung. Du musst sicher noch mal nach Uganda, oder?«, wollte Anna wissen.

»Ja. Ich bleibe noch drei Tage hier am Chiemsee, dann geht es wieder zum Flughafen. Die gut zwei Wochen, die ich in Deutschland war, werde ich in Gulu noch dranhängen und komme deswegen erst Ende Oktober zurück. Aber diese Zeit brauche ich ohnehin, damit ich alles regeln kann, um Tommy mitzunehmen.«

»Ist das nicht sehr kompliziert?«, wollte Anna wissen.

»Leider ja. Aber Norma war Deutsche und nicht mit Tikun verheiratet. Tommy hat in Gulu keine Verwandten mehr, die ihn nehmen könnten. Das erleichtert einiges. Die Leute von der Hilfsorganisation werden mich bei allem unterstützen, auch mit ihrer Rechtsberatung.«

»Und wo ist der Kleine jetzt?«

»Um Tommy kümmert sich im Moment das ganze Team dort. Er ist ein echter Sonnenschein – wie seine Mutter. Ich muss gestehen, dass ich ihn schon vermisse. Seit ich weiß, dass ich für ihn verantwortlich bin, ist er mir noch mal mehr ans Herz gewachsen.«

»Das kann ich verstehen«, beteuerte Anna.

»Ich hoffe sehr, dass er den Umzug nach Deutschland gut verkraften wird. Es wird natürlich alles eine sehr große Umstellung für ihn werden.«

»Ich denke, dass es jetzt in diesem Alter noch einfacher ist, als es in ein paar Jahren wäre«, sagte ich.

»Ihr werdet mir jetzt aber nicht beibringen, dass ihr von hier wegziehen wollt?«, fragte Anna plötzlich.

»Wir hatten noch gar keine Gelegenheit, darüber zu sprechen«, sagte ich.

»Wage es ja nicht!«, sagte Anna leise.

Ich wusste, mit welchem emotionalen Auf und Ab sie gerade wegen Leos Umzug nach Wien zu kämpfen hatte und dass sie sich nicht vorstellen wollte, auch ich könnte womöglich bald nicht mehr hier sein.

Doch auch ich wollte nicht aus Prien weg. Die kleine Gemeinde am Chiemsee war mir längst eine Heimat geworden. Ich schaute zu Hendrik.

»Ich weiß, dass du ein tolles Angebot aus einer Praxis in Hamburg hattest. Aber ich suche auch schon seit einer Weile nach einem passenden Kollegen, der als zweiter Zahnarzt bei mir einsteigt.«

»Das wäre doch ideal«, rief Ilona sofort.

»Wir sind in der Praxis alle ein echt gutes Team«, erklärte Anna.

»Ich meine das jetzt wirklich ganz im Ernst, Hendrik«, beteuerte ich. »Könntest du dir das vorstellen?«

Hendrik lächelte.

»Mit dem Gedanken könnte ich mich tatsächlich anfreunden. Es ist schön hier in dieser Gegend. Ich glaube, Tommy und ich könnten uns sehr wohlfühlen.«

»Für kleine Kinder ist es hier ideal«, beteuerte Anna. »Es gibt tolle Kindergärten, Schulen und Freizeitangebote.«

Ich nickte plötzlich nachdenklich.

»Die Sache ist nur die, wenn wir tatsächlich zusammenziehen wollen und Jenny im neuen Jahr auch noch kommt, dann wird diese Wohnung hier zu klein für uns alle«, gab ich zu bedenken.

»Jenny?«, fragte Hendrik irritiert.

»Das Mädchen, das ich auf den Kapverden kennengelernt habe. Wenn alles klappt, dann wird sie im Januar für ein Jahr als Au-Pair hierherkommen. Und sie braucht unbedingt ein eigenes Zimmer.«

»Wow – das entwickelt sich langsam zu einem echt großen Ding«, sagte Hendrik und grinste schräg.

Das war wirklich viel auf einmal. Nicht nur für ihn.

Für einen Moment fragte ich mich, ob das nicht alles doch ein wenig zu schnell zu viel werden könnte. Würden Hendrik und ich damit auch noch genügend Raum für unsere erneut erblühende Liebe haben? Oder würde sich alles nur noch um die Kinder drehen? Doch ihn deswegen gehen lassen?

Ganz bestimmt nicht! Wer nicht wagt, der nicht gewinnt!

»Ich wüsste da ein Haus für euch, das relativ schnell frei sein kann«, unterbrach Anna meine Gedanken – sie wollte wohl wirklich nicht, dass wir über ein Wegziehen nachdachten. »Es ist zwar nicht riesig, aber es hat ausreichend Zimmer für euch alle und einen hübschen kleinen Garten.«

»Du meinst Pauls Haus, oder?«, fragte Ilona.

»Ja. Er ist nur noch ab und zu dort, wenn er mal wirklich ganz ungestört an seinen Übersetzungen arbeiten möchte. Und manchmal übernachten die Mädchen dort mit Freunden. Aber die meiste Zeit steht es leer, und deswegen möchte mein Mann es vermieten.«

»Das Haus wäre tatsächlich eine Alternative«, sagte ich. »Ganz in der Nähe gibt es einen Spielplatz und einen gemütlichen Biergarten.«

»Und schon hast du mich überredet«, sagte Hendrik schmunzelnd.

»Wenn ihr möchtet, könnt ihr euch das Haus morgen anschauen«, bot Anna an.

»Gern. Wenn das geht?«, fragte Hendrik.

»Klar.«

»Ich merke schon, ihr habt hier für alles ziemlich fix eine Lösung parat«, meinte Hendrik.

»Ich fürchte, es muss tatsächlich auch schnell gehen«, gab ich zu bedenken. »Wenn wir von Anfang an zusammenziehen wollen, müssten wir das mit einem Umzug bald entscheiden. Das würde es vor allem für Tommy einfacher machen, der dann mit eurer Rückkehr gleich in sein neues Zuhause ziehen könnte und nicht erst noch woanders unterkommt und sich dort eingewöhnt«, sagte ich.

»Das wäre wirklich gut für den Kleinen«, stimmte Hendrik mir zu. »Aber wenn es so schnell gehen soll, dann kann ich leider nicht mithelfen, was deinen Umzug betrifft.«

»Das kriegen wir schon hin. Mach dir da mal keine Sorgen. Wir packen alle mit an«, erklärte Ilona.

»Das Haus kann relativ bald ausgeräumt werden. Allerdings müsste man ein paar kleine Schönheitsreparaturen machen. Und einige Zimmer gehören neu gestrichen«, sagte Anna.

Ich lächelte.

»Ich kenne da jemanden. Herr Rixner wird sich bestimmt über einen neuen Auftrag freuen.«

Da Hendrik nur noch wenige Tage hier sein würde, schmiedeten wir fleißig weiter Pläne, und ich stellte glücklich fest, dass Ilona und Anna echt gut mit ihm klarkamen.

Als ich kurz in die Küche ging, um Getränke zu holen, folgte Anna mir.

»Und, was sagst du?«, fragte ich.

»Wenn man euch beide zusammen sieht, dann hat man das Gefühl, als wärt ihr schon ewig zusammen. Das wirkt sehr harmonisch und vertraut.«

»Wir kennen uns ja auch schon ewig. Auch, wenn wir dazwischen eine lange Auszeit hatten. Aber irgendwie haben wir uns wohl doch nicht zu sehr verändert.«

»Vielleicht hat genau diese Auszeit euch die Liebe gerettet.«

»Vielleicht. Es geht aber trotzdem alles rasend schnell, oder?«, fragte ich sie.

»Das schon, aber ich habe ein richtig gutes Gefühl. Außerdem weiß ich doch selbst am besten aus eigener Erfahrung, wie schnell es manchmal gehen kann.«

»Allerdings.« Ich grinste. »Ist das ansteckend?«

»Kann sein … Aber die Situation ist ja auch nicht einfach, und es bleibt kaum Zeit, um sich lange darüber Gedanken zu machen. Außerdem: Eine Garantie für eine Beziehung gibt es doch ohnehin nicht, ob man sich erst kurz kennt oder schon ewig. Und in eurem Fall ist da ja schon viel von früher da.«

»Das stimmt. Mehr sogar, als ich es mir hätte vorstellen können.«

»Und ich freue mich sehr, dass zwei kleine Jungs ziemlich tolle Eltern bekommen werden.«

»Und eure Lena Charlotte kann sich später mal einen der beiden schnappen.«

Anna lächelte.

»Lassen wir uns überraschen.«

Ich atmete einmal tief ein und aus.

»Mein Leben stellt sich grade ganz schön auf den Kopf!«, sagte ich.

»Allerdings. Wichtig ist, dass du dir sicher bist, das Wagnis einzugehen!«

»Auch wenn ich nicht weiß, woher dieser Mut kommt, aber so wie es aussieht – das bin ich!«

Nachdem Anna und Ilona längst weg waren, lagen Hendrik und ich eng zusammengekuschelt im Bett.

»Danke, Zoe!«, flüsterte er in der Dunkelheit.

»Wofür?«

»Dass du die bist, die du bist.«

»Dabei weiß ich doch selbst manchmal gar nicht, wer genau ich wirklich bin.«

»Für mich bist du jedenfalls der Mensch, mit dem zusammen ich mich am glücklichsten fühle.«

»Ich mich auch mit dir«, sagte ich.

Eine Weile lang schwiegen wir.

»Wir werden das alles schaffen, oder?«, murmelte er plötzlich.

»Na, das will ich doch hoffen! Auch wenn es vermutlich manchmal ein wenig chaotisch werden wird. Aber hey, viele Familien haben zwei und noch mehr Kinder. Die schaffen das ja auch alle.«

Er nickte.

»Außerdem werden Anna und Ilona uns unterstützen, wenn wir sie brauchen.«

»Mit den beiden hast du zwei wirklich besondere Freundinnen.«

»Allerdings. Und da gibt es noch einige andere, die du noch kennenlernen wirst. Wie heißt es doch immer so schön: Ein Kind braucht ein Dorf. Und das werden Tommy und der kleine Herr Petrides hier auf jeden Fall haben.«

»Hast du eigentlich schon einen Namen für das Kind?«, fragte Hendrik.

»Ich möchte ihn nach meinem Vater benennen.«

»Wie schön! Das passt super!«, sagte Hendrik, der meinen Vater kennengelernt hatte, kurz bevor er starb.

»Finde ich auch.«

»Zoe, es tut mir leid, dass ich noch mal für ein paar Wochen wegmuss und du jetzt so viel ohne mich erledigen musst«, sagte er zerknirscht.

»Das muss dir nicht leidtun. Du musst mir nur fest versprechen, gut auf dich aufzupassen und gesund mit dem Jungen zurückzukommen.«

»Versprochen.«

Wir küssten uns. Ich spürte, wie er seine Hand auf meinen Bauch schob.

»Man kann es wirklich kaum fassen, dass da ein kleiner Mensch heranwächst.«

Plötzlich rutschte er nach unten, so dass sein Kopf neben meinem Bauch war.

»Hey Kleiner, ich freue mich schon sehr auf dich!«, sagte er.

»Ich bin mir sicher, dass es ihm genauso geht, auch wenn er es noch nicht weiß.«

Nachdem wir am nächsten Tag das Haus angeschaut hatten, war Hendrik begeistert.

»Ein perfekter Ort für eine Familie.«

»Mir gefällt es auch sehr gut«, sagte ich und überlegte bereits, wer welches Zimmer bekommen sollte.

Wir vereinbarten, dass der Umzug Mitte Oktober stattfinden sollte. Bis Hendrik mit Tommy Ende Oktober kommen würde, sollte alles fertig sein. Das bedeutete für mich noch viel Arbeit und Organisation bis dahin, aber ich fühlte mich ziemlich fit und würde viel Unterstützung bekommen.

»Schön – ich freue mich zu wissen, dass ich mit euch so tolle Mieter bekomme«, sagte Paul. Sein Handy klingelte.

»Entschuldigt, da muss ich kurz rangehen!«

Er verschwand aus dem Zimmer.

»Echt ein netter Typ, Annas Mann.«

»Ist er … Was meinst du, sollen wir uns dieses Zimmer schnappen als unser Schlafzimmer?«

Es hatte einen kleinen Balkon zum Garten.

»Ja … Hier passt ein riesiges Bett rein«, stimmte Hendrik zu und grinste.

»Hendrik?«

»Ja?«

Mein Herz schlug plötzlich schneller. Seit letzter Nacht ging ein Gedanke in meinem Kopf herum.

»Denkst du, die Sache mit Tommys Adoption wäre einfacher, wenn wir beide verheiratet wären?«

So, jetzt hatte ich es ausgesprochen!

»Zoe, ist das jetzt ein indirekter Heiratsantrag?«, fragte er, und seine Augen funkelten vergnügt.

»Du hast mich durchschaut!«, antwortete ich aufgeregt.

»Wenn du mich nur deswegen heiraten möchtest, weil es womöglich die Adoption vereinfachen könnte, dann sage ich nein.«

»Puh, du machst es mir nicht gerade leicht ...« Ich holte tief Luft und nahm dann seine Hand. »Also gut ... Hendrik Scholler, ich habe mich zweimal total in dich verliebt. Und ich finde, das ist ein ziemlich deutliches Zeichen. Ich wünsche mir, dass wir beide den Rest unseres Lebens zusammen verbringen. Mit unseren Kindern. Und zwar mit offiziellem Segen. Willst du mein Mann werden?«

Mein erster Heiratsantrag.

»Zoe Petrides. Nachdem auch ich mich zweimal in dich verliebt habe, ist das womöglich tatsächlich ein deutliches Zeichen. Ja. Ich möchte dein Mann werden«, machte er es kurz.

»Wehe, du hättest Nein gesagt!«, murmelte ich erleichtert, dann zog er mich an sich, und wir küssten uns.

Als wir uns wieder voneinander lösten, schaute er mich mit einem Blick voller Liebe an.

»Ich freue mich sehr darauf, mit dir verheiratet zu sein, Zoe ... Und vielleicht hilft es ja tatsächlich, die Adoption zu erleichtern. Danke!«

»So bin ich eben! Außerdem wärst du ab der Geburt automatisch der rechtliche Vater des kleinen Herrn Petrides, und diese Vorstellung mag ich sehr.«

»Ich auch!«

Ich gab ihm noch mal einen kurzen Kuss, dann holte ich mein Handy aus der Tasche und wählte eine Nummer.

»Ilona? Wie schnell kannst du einen kleinen Hochzeitsumtrunk organisieren?«

»Hochzeitsumtrunk?«

Wie gerne hätte ich jetzt ihr Gesicht gesehen!

Es war das Verrückteste, das ich jemals gemacht hatte. Und ich
hatte wirklich schon viel Verrücktes in meinem Leben gemacht.
Die Bürgermeisterin ermöglichte es uns, noch vor Hendriks
Abreise einen Termin für die standesamtliche Trauung zu be-
kommen. Außerdem wollte sie es sich nicht nehmen lassen, die
Zeremonie persönlich durchzuführen. Hendrik ließ sich von
einem Kurier die Geburtsurkunde aus Hamburg überbringen.
Leider schafften wir es in der kurzen Zeit nicht, alles so zu or-
ganisieren, dass seine Mutter zur Hochzeit anreisen konnte.
Doch wir hatten eine andere Idee, damit sie dabei sein konnte.
Wir würden sie einfach per Video dazuholen.

»Dass bei dir und deinen Freundinnen immer alles so schnell
gehen muss?«, sagte Ben, der sich spontan als mein Trauzeuge
zur Verfügung gestellt hatte, während Ilona in dieser Funktion
Hendrik zur Seite stehen würde.

»Tut mir leid, Ben. Aber so sind wir eben.«

»Er ist übrigens ein cooler Typ«, flüsterte er. »Ihr passt toll
zusammen. Und du siehst ganz bezaubernd aus.«

»Danke!«

Da natürlich keine Zeit geblieben war, ein Brautkleid zu besorgen, trug ich heute das helle Kleid, das ich an dem Tag an-
hatte, als ich mit meinen Freundinnen in die Kinderwunschklinik gefahren war. Sinnbildlich stand dieses Kleid für mich für
einen Neuanfang und passte somit vermutlich besser zu diesem
Tag, als ein noch so teures Hochzeitskleid es je gekonnt hätte.

Mina hatte es für mich noch rasch ein wenig abgeändert, damit es an der Taille nicht zu eng war. Und auch bei der Oberweite musste sie ein wenig nachhelfen.

»Ich hätte ja nie gedacht, dass ich das mal sagen würde«, flüsterte Ilona. »Aber pass bloß auf, dass deine Brüste nicht rausspringen.«

Ich lachte leise.

»Nur kein Neid!«

»Pfff.«

Plötzlich stand Hendrik vor mir.

»Du siehst wunderschön aus, Zoe.«

»Danke! Du auch!«

Er lächelte.

»Bist du so weit?«

»Ja!« In diesem Moment spürte ich einen ordentlichen Tritt. Der kleine Herr Petrides hatte wohl auch nichts dagegen – es konnte losgehen.

Drei Stunden vor seiner erneuten Abreise nach Uganda gaben wir uns im Rathaus das Eheversprechen. Im Kreis weniger Menschen, die nicht nur gute Freunde, sondern für mich Familie waren. Und es sicherlich in Zukunft auch für Hendrik und unsere Kinder sein würden.

Nach einem kleinen Umtrunk mit Häppchen standen Hendrik und ich nun am Bahnhof. Das Wetter hatte am Morgen erheblich abgekühlt, und ein nasskalter Wind pfiff uns am Bahnsteig um die Ohren. Wir warteten darauf, dass der Zug einfuhr.

»Irgendwie gemein, dass du die Hochzeitsreise ohne mich machst«, scherzte ich in dem Versuch, mir nicht anmerken zu

lassen, wie schwer es mir fiel, mich gleich von ihm verabschieden zu müssen.

»Tja … wir leben eben in ziemlich modernen Zeiten«, sagte
er mit einem übertriebenen Schulterzucken.

»Bei uns läuft wohl generell alles ein wenig anders«, stellte
ich fest.

»Allerdings – und ich finde das spannend. Eines weiß ich bestimmt: Mit dir wird das Leben ganz sicher nie langweilig werden.«

»Dito!«

Hendrik nahm mein Gesicht zwischen seine Hände.

»Hab ich dir übrigens schon mal gesagt, dass ich dich liebe,
Zoe Petrides-Scholler?«

Wir hatten uns darauf geeinigt, dass ich künftig einen Dop-
pelnamen trug.

»Nicht in der letzten halben Stunde«, antwortete ich.

»Dann hole ich das schleunigst nach«, sagte er und flüsterte
mir die drei Worte ins Ohr. Ich bekam eine Gänsehaut.

»Ich liebe dich auch, mein Ehemann«, flüsterte ich.

»Die Hochzeitsnacht holen wir nach!«, versprach er.

»Denkst du, wir kommen mit zwei kleinen Kindern in den
nächsten Jahren überhaupt jemals dazu?«, fragte ich, nur halb
im Spaß.

Er lachte, dann sah er mich mit einem intensiven Blick an,
der mir ein wildes Flattern im Bauch bescherte, mit dem der
kleine Herr Petrides diesmal nichts zu tun hatte.

»Ich werde dafür sorgen, dass wir unsere Hochzeitsnacht bekommen werden, Zoe. Deine Freundinnen werden sicherlich
als Babysitter einspringen.«

In diesem Moment fuhr langsam der Zug ein. Wir gaben

uns einen letzten Kuss zum Abschied. Ganz plötzlich hatte ich ein mulmiges Gefühl. Fast so, als wäre es ein Abschied für immer. Am liebsten hätte ich ihn festgehalten.

»Komm bloß wieder zurück«, forderte ich eindringlich.

»Was denkst du denn? Natürlich komme ich wieder zurück, mein Schatz! Und du passt bitte gut auf dich und den kleinen Herrn Petrides auf! Ich werde versuchen, mich so oft wie möglich bei dir zu melden.«

»Ja! Und mach bitte viele Fotos und Videos dort. Und ganz viele von Tommy, auch mit den Leuten dort. Dann machen wir für ihn ein tolles Album für später. Und einen kleinen Film aus der Zeit, in der er als Baby in Uganda gelebt hat.«

»Das ist eine wunderbare Idee, Zoe. Ich bin mir sicher, du wirst eine super Mama für ihn sein.«

»Ich werde zumindest mein Bestes versuchen«, beteuerte ich. Gestern hatten wir schon einige Videos von mir für Tommy aufgenommen, damit er auf diese Weise schon ein wenig mit mir vertraut wurde.

Noch eine kurze Umarmung. Dann nahm Hendrik seinen Trolley und stieg ein.

»Gute Reise!«

Ich blieb noch stehen, bis er an seinem Platz war. Von dort aus winkte er mir aus dem Fenster zu, so lange, bis der Zug abfuhr. Mir war nach Heulen zumute.

Stell dich nicht so an, Zoe!, schimpfte ich mit mir selbst. Dann fischte ich mein Handy aus der Tasche und schrieb eine Nachricht an Anna und Ilona.

Heute Abend Dolce Vita?

Es dauerte nicht lange, und beide schrieben zurück. Ich lächelte und reservierte telefonisch einen Tisch.

Kapitel 23

Der kleine Herr Petrides und Tommy

»Und wenn es auch diesmal wieder nicht klappt?«, rief ich und war den Tränen nah. Seit zwei Tagen hatte ich nichts von Hendrik gehört.

»Bitte Zoe, reg dich nicht auf, das ist nicht gut für dich«, beschwichtigte Anna mich.

Doch ich konnte nicht anders, als mich aufzuregen.

»Morgen ist mein offizieller Entbindungstermin, und Hendrik und Tommy sind immer noch nicht hier! Manchmal habe ich das Gefühl, dass sie nie mehr kommen werden.«

»Sag doch sowas nicht, Zoe! Es dauert eben länger als gedacht, bis sie die ganzen Papiere und notwendigen Unterschriften zusammenhaben.«

Doch ich verstand nach wie vor nicht, warum das so kompliziert sein konnte.

Ilona kam mit einem Karton voller Weihnachtsschmuck ins Wohnzimmer des neuen Hauses, das ich in den letzten Wochen mit Hilfe meiner Freunde eingerichtet hatte. In der Mitte stand eine große Nordmanntanne, die Ben erst vorhin gebracht hatte. Alles war bereit für die Ankunft von Hendrik und Tommy. Und natürlich auch für die Ankunft des kleinen Herrn Petrides. Doch bei allem musste ich mich ge-

dulden, und das strapazierte meine Nerven mehr, als mir guttat.

»Sollen Chris und ich schon anfangen, den Baum zu schmü-
cken?«, fragte Ilona. In diesem Jahr hatten die beiden beschlossen, die Feiertage gemeinsam am Chiemsee zu verbringen, um
mich zu unterstützen.

»Ja, bitte.«

Dabei war es mir im Moment absolut schnuppe, ob der
Baum geschmückt war oder nicht. Ich wollte einfach nur, dass
Hendrik sich endlich meldete.

»Alles gut, Zoe?«, fragte Anna und schaute mich besorgt an.

»Ja … Ich habe gerade nur wieder so starke Rückenschmer-
zen … aber das ist ja auch kein Wunder, bei der Kugel, die ich
mit mir herumtragen muss.«

Ich streichelte über meinen Bauch, der tatsächlich riesig war.
Manchmal fragte ich mich insgeheim, ob meine Frauenärztin
nicht doch ein Kind übersehen hatte.

»Leg dich ein wenig hin, wir machen das hier schon alles«,
schlug Anna vor.

»Ich kann mich nicht hinlegen, da werde ich nur ganz verrückt«, sagte ich und beschloss, Ilona und Chris beim Schmü-
cken des Baumes zu helfen. Auch wenn ich das eigentlich mit
Hendrik und Tommy hatte machen wollen.

»Wow – der ist toll geworden!«, rief Ben, als er später noch mal
vorbeikam, um die Einkäufe zu bringen, die er für mich erledigt hatte. Alle kümmerten sich wirklich rührend um mich.
Dabei war ich in der letzten Zeit nicht unbedingt immer ganz
einfach gewesen. Doch alle waren sehr geduldig mit mir
und hatten Verständnis für die außergewöhnliche Situation.

Inzwischen wartete ich schon über eineinhalb Monate länger auf Hendrik und Tommy als ursprünglich geplant. Wie sollte ich da ruhig bleiben?

»Danke Ben …«

»Gern … sag mal, du siehst ein wenig blass aus. Ist alles gut?«

»Wir sagen ihr schon die ganze Zeit, dass sie sich hinlegen soll«, meinte Ilona. »Aber du kennst sie ja.«

In diesem Moment fiel eine Kugel vom Baum und zerbrach in Hunderte von Scherben.

»Oh, die habe ich wohl nicht richtig befestigt«, sagte Ilona. »Ich kehr gleich alles auf.«

»Das ist sicher ein schlechtes Zeichen. Ich glaube, es ist ihnen etwas passiert«, sagte ich. »Ich spüre es schon die ganze Zeit.«

»Unsinn! Was glaubst du, wie viele Kugeln bei mir jedes Weihnachten zu Bruch gehen?«, versuchte Anna mich zu beruhigen.

Doch ich schüttelte den Kopf. Dieses Gefühl ging einfach nicht weg. Es war wie eine düstere Wolke, die seit seiner Abreise ständig über mir schwebte und immer nur dann für eine kurze Zeit verschwunden war, wenn Hendrik sich aus Uganda gemeldet hatte.

Ben nahm mich an den Schultern.

»Zoe. Sieh mich an. Du musst jetzt damit aufhören, dich so verrückt zu machen. Bitte!«

»Weißt du was? Wir gehen jetzt eine ganz kleine Runde spazieren«, schlug Anna vor. »Es wird dir guttun, wenn du ein wenig rauskommst.«

Tatsächlich tat mir die Bewegung an der frischen Luft gut, auch wenn wir wirklich nur ein kleines Stück gingen. Die Sonne schien, und es war so warm, dass es eher nach Frühling aussah als danach, dass in zwei Tagen Heiligabend war.

»Zoe, ich weiß, dass du dir Sorgen um die beiden machst. Aber sie werden sicher bald kommen.«

»Aber …«

Doch sie ließ mich nicht ausreden.

»Hör mir zu. Diese Unruhe, die du jetzt erlebst, die kennen viele Frauen kurz vor der Geburt. Auch ich hatte immer wieder ein mulmiges Gefühl. Vor allem, als ich mit Emma schwanger war. Ich hatte Angst, dass mir und dem Baby etwas bei der Geburt passieren könnte und damit meine ältere Tochter plötzlich keine Mutter mehr haben würde. Das kommt davon, weil man unglaublich verletzlich ist und zudem noch die Verantwortung für einen kleinen Menschen trägt. Man bangt, dass alles gut geht. Das ist völlig normal.«

Sie schaffte es tatsächlich, mich zu beruhigen und aufzumuntern. Als wir zurück nach Hause kamen, war ich sogar richtig vergnügt. Die dunkle Wolke hatte sich verzogen. Ben, Chris und Ilona waren im Wohnzimmer und dekorierten das Zimmer noch überall mit Weihnachtsschmuck.

»Sollen wir uns heute etwas zu essen liefern lassen?«, fragte ich.

Ben schüttelte den Kopf.

»Musst du nicht. Ich habe beim Biometzger zwei Brathähnchen besorgt. Die sind schon im Ofen. Dazu gibt es Reis und Salat.«

Dankbar schaute ich von einem zum anderen.

»Es tut mir leid, dass ich in der letzten Zeit so anstrengend bin. Ihr seid alle so großartig, ich wüsste gar nicht, wie ich es ohne euch schaffen sollte.«

»Hey, du musst es ja nicht ohne uns schaffen!«, beteuerte Ilona.

Ich wischte mir eine Träne aus den Augenwinkeln. Jetzt wollte ich ganz bestimmt nicht heulen.

»Der Baum ist toll geschmückt«, sagte ich. »Nur da oben, da ist eine kleine Lücke.«

»Ich mach das schon«, sagte Chris.

»Lass mich die Kugel noch aufhängen. Wenn ich selbst schon so eine Kugel bin.«

Sie lachten. Und mir war zum ersten Mal seit langer Zeit leicht ums Herz. Alles würde gut gehen!

Ich wählte aus den restlichen Sachen in der Schachtel eine rote Kugel.

»Kommst du da überhaupt hin?«, fragte Chris.

»Klar.«

Ich streckte den Arm nach oben. In diesem Moment klingelte mein Handy, das auf dem Tisch lag.

»Das ist Hendrik!«, rief Anna aufgeregt.

Mein Herz begann schneller zu schlagen.

Endlich!

Ich wollte nur noch schnell die Kugel befestigen und streckte mich noch ein wenig mehr, damit ich an die leere Stelle kam. Doch mein großer Bauch hatte meinen Schwerpunkt verlagert, und ich konnte plötzlich das Gleichgewicht nicht mehr halten.

Alles schien in Zeitlupe abzulaufen, als ich zunächst den Baum umriss und dann mit ihm zu Boden stürzte.

»Zoe!«, schrien alle entsetzt auf und waren sofort bei mir, um mir zu helfen, während das Handy immer weiter klingelte.

»Geh doch mal jemand ran!«, rief ich hilflos zwischen den Ästen des Baumes.

Ben und Chris packten mich vorsichtig und halfen mir auf. Meine Beine schlotterten.

»Legen wir sie aufs Sofa!«, sagte Chris.

Endlich hatte das Klingeln aufgehört, und ich sah aus den Augenwinkeln, dass Ilona telefonierte.

»Moment, erst muss ich sie von den Scherben befreien, damit sie sich nicht schneidet!«, rief Anna aufgeregt.

»Oh Gott! Hoffentlich ist dem Baby nichts passiert!«, hörte ich Bens besorgte Stimme, während Anna vorsichtig die Scherben entfernte.

»Das glaube ich nicht«, sagte Chris. »Der Baum hat den Sturz abgefangen.«

»So, jetzt könnt ihr sie hinsetzen«, sagte Anna, und sie führten mich zum Sofa.

Langsam legte ich mich hin.

»Du hast ein paar kleine Schnitte, aber nichts Schlimmes. Ich hole Desinfektionsspray und Pflaster«, sagte Anna und eilte rasch aus dem Zimmer.

Ilona kam zu mir und hielt mir das Handy entgegen.

»Hendrik will dich sprechen.«

»Zoe? Was ist passiert?«, fragte er aufgeregt.

»Endlich meldest du dich! Ich habe mir solche Sorgen um euch gemacht«, rief ich erleichtert ins Telefon, ohne auf seine Frage einzugehen. Zu lange hatte ich auf seinen Anruf gewartet.

»Alles ist gut bei mir und Tommy. Mehr als gut. Wir sind schon am Flughafen.«

»Wirklich?«

»Ja … Es gibt zwar eine kleine Verspätung hier, aber es dauert trotzdem nicht mehr lange, dann sind wir bei dir. Aber wie geht es dir? Ilona hat gesagt, du bist gestürzt.«

»Ja. Und ich habe dabei den ganzen Weihnachtsbaum umgerissen. Aber ich verspreche, dass wir das alles bis zu eurer Ankunft wieder schön hinkriegen.«

»Zoe, das ist doch jetzt nicht so wichtig! Hauptsache, dir geht es gut.«

»Das tut es. Und natürlich ist es wichtig. Schließlich soll Tommy den schönsten Weihnachtsbaum sehen, den es gibt, wenn er zu uns kommt!«

Ich versuchte, mir nicht anmerken zu lassen, dass mich eine Welle von Schmerz überrollte.

»Du bist einfach wunderbar. Ich liebe dich und kann es kaum mehr erwarten, dich zu sehen!«

»Ich dich auch. Bis bald!«

Ich legte rasch auf, bevor ihm auffiel, dass es mir doch nicht so gut ging. Er sollte sich auf der Rückreise keine Sorgen machen.

»Bitte ruft sofort einen Krankenwagen!«, sagte ich, und dann stöhnte ich laut auf.

Ilona sah mich entsetzt an.

»Zoe! Mach jetzt bloß keinen Quatsch.«

Anna kam mit dem Verbandsmaterial zurück.

»Wieso Quatsch? Meine Fruchtblase ist gerade geplatzt!«, presste ich unter Schmerzen hervor.

»Du musst sofort ins Krankenhaus!«

»Sag ich doch.«

»Ich rufe an«, rief Ben.

»Und sag bitte auch meiner Gynäkologin Bescheid!«

»Klar!«

Anna desinfizierte rasch die kleinen Schnittwunden.

»Notfalls muss Chris helfen, das Kind zur Welt zu bringen«, versuchte ich trotz meiner Schmerzen einen Scherz zu machen. »Immerhin hat er das im letzten Jahr auch bei dem Kind von Annas Exmann hingekriegt!«

»Ich bin schwer dafür, dass du deinen Sohn im Krankenhaus bekommst«, sagte Chris schnell. Ihm war anzusehen, dass er überhaupt nicht erpicht darauf war, das noch einmal zu erleben.

Plötzlich griff ich nach Ilonas Arm und zog sie zu mir.

»Wenn ich das heute nicht überlebe …«, begann ich.

Doch Ilona schüttelte vehement den Kopf.

»Du bist eine Superheldin! Dir kann nichts passieren! Hörst du, nichts!«

»Trotzdem … ihr kümmert euch um den kleinen Herrn Petrides. Und um Hendrik und Tommy.«

»Wenn es dich beruhigt – natürlich tun wir das. Aber es wird alles gut gehen«, sagte Ilona. »Denn du bist nicht nur eine Superheldin, sondern auch ein Glückskind mit einem ganzen Team von Schutzengeln.«

Plötzlich erinnerte ich mich an meinen Glücksbringer, den ich um den Hals trug, und umschloss ihn mit der Hand. Ich dachte an Mama Blanca. Sie hatte so vieles geahnt, was tatsächlich eingetroffen war. Erst vor ein paar Tagen hatten wir uns per Videochat unterhalten, nachdem endgültig feststand, dass Jenny im Januar zu uns kommen würde. Sie hatte immer wieder gesagt, dass Jenny mir eine große Hilfe mit den Kindern sein würde. Plötzlich überkam mich eine große Ruhe. Ich wusste instinktiv, dass alles gut gehen würde. Ich bedauerte nur, dass Hendrik nicht bei der Geburt dabei sein konnte, aber dafür brachte er unseren zweiten Sohn zu uns.

Am 23. Dezember um 1.47 Uhr – ihm war offenbar Pünktlichkeit genauso wichtig wie mir – kam mein Sohn zur Welt. Der Sturz hatte keinen Schaden angerichtet, sondern nur die Wehen ausgelöst.

»Er ist völlig gesund, Frau Petrides-Scholler«, sagte die Hebamme, als sie mir das nackte Bündel in die Arme legte.

Verzaubert schaute ich das kleine Wesen an.

»Willkommen mein Kleiner!«, murmelte ich und streichelte ihm vorsichtig über den Kopf.

»Was für ein prächtiger Junge«, sagte Anna und schoss ein paar Fotos.

Ich sah sie an.

»Danke, dass du mir beigestanden hast … Aber vergiss nicht, du hast mir was versprochen …«

Sie lächelte.

»Alles was im Kreißsaal passiert ist, bleibt auch im Kreißsaal.«

Und das war auch gut so!

»Kannst du Ilona bitte kurz reinholen?«

»Klar … Sie bombardiert mich ohnehin schon die ganze Zeit mit Nachrichten.«

Auch Ilona war hin und weg und kämpfte sichtlich mit den Tränen.

»Er ist echt supersüß … auch wenn er noch nicht viele Haare hat«, sagte sie flapsig.

»Die kommen schon noch«, versprach Anna.

»Wie heißt er denn jetzt eigentlich?«, fragte Ilona.

»Er bekommt den Namen meines Vaters: Sebastianos. Allerdings in der abgekürzten Version: Sebastian.«

»Wie schön, Sebastian Petrides-Scholler. Das passt zu ihm«, sagte Anna.

»Nur Sebastian Scholler«, erklärte ich. »Die Kinder müssen denselben Familiennamen tragen, deswegen haben wir uns auf Scholler geeinigt. Diese Variante war wegen der Adoption von Tommy am einfachsten.«

»Verstehe, aber für mich wird Sebastian immer irgendwie der kleine Petrides bleiben«, meinte Ilona.

»Sebastian? Hieß nicht auch der nette Typ damals bei der Befruchtungsklinik so, der uns mit dem Auto geholfen hat?«, fragte Anna plötzlich nachdenklich.

»Reiner Zufall«, beteuerte ich und lächelte.

Als die beiden mich kurz allein ließen, schickte ich ein Foto des Babys an Holly. Pünktlich vor den Feiertagen war sie zurückgekehrt nach England in ihre ehemalige Heimatstadt Dorchester. Noch ging es ihr einigermaßen gut, hatte sie mir vor ein paar Tagen geschrieben, und sie postete weiterhin fleißig Tipps und Fotos auf ihrem Reiseblog.

Nur wenige Minuten später kam eine Sprachnachricht von ihr: »Liebe Zoe, herzlichen Glückwunsch! Was für ein süßer kleiner Kerl. Gib ihm ein dickes Küsschen von der ollen Holly! Und auch dem kleinen Jungen aus Uganda, wenn er mit deinem Mann bei dir eintrifft. Großartig, wie das alles gelaufen ist. Ich freue mich sehr für euch. Habt eine wunderbare Zukunft!«

Die Mitteilung endete mit ihrem ansteckenden Lachen.

Ich fühlte mich ziemlich gut, und auch Sebastian war so fit, dass wir nach den ganzen Untersuchungen auf meinen eigenen Wunsch hin schon am Mittag nach Hause durften.

Wieder waren alle da, um mir zu helfen. Bis auf Paul und Anna. Sie waren unterwegs zum Flughafen, um Hendrik und Tommy abzuholen.

Das Baby schlief in einer Wiege neben dem neuen Sofa, das Ben und Emma kurzfristig organisiert hatten, nachdem ich das alte mit meinem vorzeitigen Blasensprung unbrauchbar gemacht hatte.

Ich lag da und betrachtete dankbar das kleine Wunder.

»Willkommen zu Hause, mein Schatz!«

Offenbar war ich eingeschlafen, denn plötzlich hörte ich draußen Leute und erkannte Hendriks Stimme. Sebastian schlief noch immer tief und fest. Ich rappelte mich hoch und wollte aufstehen. Doch mein Kreislauf spielte nach dem Schlaf und den Anstrengungen der Geburt noch nicht ganz mit, und so blieb ich vorsichtshalber sitzen.

Die Tür ging auf, und obwohl Heiligabend erst morgen war, war es für mich schon jetzt wie Weihnachten, als Hendrik mit Tommy auf dem Arm das Wohnzimmer betrat.

»Hallo Zoe«, sagte Hendrik. »Darf ich dir unseren Sohn Tommy vorstellen?«

Er kam zu mir ans Sofa und ging in die Hocke, damit ich mit dem Kind auf Augenhöhe war.

Ich versuchte, meine Tränen wegzublinzeln, und lächelte den kleinen Kerl an, der angesichts der langen Reise, die er hinter sich hatte, erstaunlich munter wirkte.

»Hallo Tommy«, sagte ich, und mir wurde bewusst, dass ich in diesem Moment zum zweiten Mal Mutter wurde. Doch ich würde es langsam und vorsichtig angehen lassen, damit er sich an all das Neue gewöhnen konnte.

»Schau mal, Tommy, das ist dein kleiner Bruder«, sagte ich, obwohl er das natürlich noch nicht verstehen konnte, und deutete zur Wiege. Tommy schaute neugierig hinein.

Doch nur kurz, denn der Weihnachtsbaum mit den vielen bunten Kugeln schien ihn weit mehr zu interessieren als ein schlafendes Baby.

Anna, die sich während der Fahrt schon ein wenig mit Tommy angefreundet hatte, nahm ihn an der Hand und ging mit ihm zum Baum.

»Darf ich dir unseren Sohn Sebastian vorstellen?«, fragte ich heiser.

»Hallo Sebastian«, flüsterte Hendrik und streichelte sanft mit dem Finger über seine Stirn.

Er konnte sich offenbar kaum sattsehen an dem Kleinen in der Wiege. Dann drehte er sich zu mir um.

»Zoe …«

Hendrik nahm mich endlich in den Arm und drückte mich ganz fest. Und jetzt erst war das Glück für mich perfekt. In diesem Moment brauchten wir keine Worte.

Epilog

Eine Torte für Jenny und Hendrik

Obwohl der 12. Januar auf einen Wochentag fiel, war die Praxis heute geschlossen. Wir würden am Nachmittag nicht nur Hendriks Geburtstag feiern, sondern warteten vor allem schon freudig auf die Ankunft von Jenny, die in knapp zwei Stunden in München landen würde. Ben und Ilona hatten angeboten, sie dort abzuholen, und waren bereits unterwegs. Da es schon seit dem frühen Morgen schneite, hatten sie für die Fahrt mehr Zeit eingeplant, um auf jeden Fall rechtzeitig am Flughafen zu sein.

Bei uns gab es ein Familienfrühstück im Bett. Zumindest für die Jungs. Sebastian nuckelte gemütlich an meiner Brust, während Tommy mit Hilfe von Hendrik einen Frühstücksbrei futterte, auf den der Kleine ganz versessen war.

Wir alle hatten von der ersten Minute an unser Bestes gegeben, ihm die Umstellung so leicht wie möglich zu machen, trotzdem hatte es in den ersten Tagen einige Anlaufschwierigkeiten gegeben, die jedoch völlig verständlich waren. Die Welt, in die Tommy gekommen war, unterschied sich komplett von der Welt, die er bisher gewohnt war. Andere Menschen, ein anderes Klima, anderes Essen, Düfte und Geräusche. Anfangs durfte Hendrik kaum aus dem Zimmer gehen. Sobald Tommy ihn nicht mehr sah, wurde er unruhig oder weinte, und nur

Hendrik konnte ihn dann beruhigen. Um es ihm so einfach wie möglich zu machen, hatten wir sein Kinderbett zu uns ins Schlafzimmer direkt an unser Bett gestellt. Doch meistens nahmen wir ihn inzwischen zu uns in die Mitte. Es dauerte zwar oft lange, bis er einschlief, aber dann schlief er tief und fest und wurde meistens noch nicht einmal wach, wenn Sebastian sich meldete.

Mir war es vom ersten Moment an nicht schwergefallen, den kleinen Kerl ins Herz zu schließen, und inzwischen hatte Tommy sich auch an mich gewöhnt und Zutrauen gefasst. Manchmal war es ein Balanceakt, aber ich versuchte, ihm das Gefühl zu vermitteln, dass er für mich genauso wichtig war wie das Baby.

Sebastian war inzwischen satt. Während ich darauf wartete, dass er ein Bäuerchen machte, hatte Tommy seinen Brei aufgegessen und griff nach seiner Holzschildkröte, um mit ihr zu spielen.

»Im letzten Jahr hätte ich mir im Leben nicht vorstellen können, dass ich nur ein Jahr später an meinem Geburtstag mit meiner Frau und meinen zwei Söhnen im Bett sitzen würde«, sagte er mit amüsiertem Blick zu mir.

»Ich habe mich auch höchstens – und das mit ganz viel Glück – als alleinerziehende Mutter eines Kindes gesehen. Mit Männern hatte ich zu dieser Zeit völlig abgeschlossen.«

»Und jetzt hast du zwei Jungs und einen Ehemann.« Er lachte. »So schnell kann sich das Leben drehen! Und auch wenn wir beide vom Schlafmangel Augenringe haben, groß wie Wagenräder, und es immer noch in den Sternen steht, wann wir unsere verpasste Hochzeitsnacht nachholen können, möchte ich keine Sekunde missen.«

»Ich auch nicht … Apropos Hochzeitsnacht. Schau mal in deine Nachttischschublade, da ist ein Geschenk für dich.«

»Ein Geschenk? Hey, wir hatten doch ausgemacht, uns gegenseitig nichts zu schenken«, warf er ein.

»Schau doch einfach mal nach«, sagte ich und lächelte.

Er griff in die Schublade und holte ein längliches Päckchen heraus. Neugierig zog er die rote Schleife ab.

»Ich kann dir schon mal verraten, das werde ich in unserer Hochzeitsnacht tragen«, flüsterte ich.

»Okay … Jetzt bin ich aber gespannt.«

Langsam hob er den Deckel und schaute dann etwas verwirrt.

»Da ist ja nichts drin«, sagte er verdutzt.

»Eben. Und genau das werde ich tragen«, murmelte ich mit einem eindeutigen Zwinkern.

»Ach Zoe …«, sagte er und grinste.

Er beugte sich zu mir, um mich zu küssen. Doch da entdeckte ich etwas in seinen Haaren.

»Sag mal, ist das Schokobrei oder …«, ich sprach nicht weiter und wich zurück.

Hendrik fasste sich vorsichtig an den Kopf.

»Wo?«

»Ein wenig links!«

»Ah, da!«

Er schaute auf seinen Finger, schnupperte vorsichtig.

»Entwarnung, das ist tatsächlich Schokobrei!«, sagte er erleichtert und griff nach einem Papiertaschentuch, um sich abzuwischen. In diesem Moment gab Sebastian einen lauten Rülpser von sich, und wir mussten lachen. Auch Tommy fand das äußerst lustig und begann, übermütig im Bett auf und ab zu hüpfen. Hendrik packte ihn und hob ihn in die Luft.

»Du bist jetzt ein kleiner Flieger!«, sagte er, und der Junge konnte gar nicht genug bekommen.

Vorsichtig legte ich Sebastian in die Wiege.

»Kann ich schnell duschen gehen?«

»Klar …«

Ich holte frische Sachen aus dem Kleiderschrank und ging ins Badezimmer. Nach einer raschen Dusche löste ich Hendrik ab. Sebastian war inzwischen frisch gewickelt zufrieden wieder eingeschlafen.

»Komm Tommy, wir machen Frühstück für Papi!«, sagte ich und ging mit ihm in die Küche.

Während ich den Tisch deckte, saß Tommy auf seiner Spieldecke und beschäftigte sich mit einem Spielzeugauto.

Es klingelte an der Haustür. Anna, Mina und Emma kamen, die natürlich unbedingt bei der Ankunft von Jenny dabei sein wollten. Als Tommy Mina sah, blitzten seine dunklen Augen vor Freude auf, und er rannte ihr strahlend entgegen. An Mina hatte er von der ersten Sekunde an einen Narren gefressen. Und so war Annas Mutter inzwischen öfter bei uns als meine Freundinnen. Wenn Hendrik in der Praxis war, sprang sie als Babysitter ein und unterstützte mich, bis bei uns hoffentlich bald eine Art Routine eingekehrt war. Wobei ich mich fragte, ob das in den nächsten 18 Jahren jemals der Fall sein würde.

»Mein Tommy-Schatz!«, rief sie nun, als er ihre Hand packte und sie zur Spieldecke zog. »Ich komme ja schon!«

»Mutter blüht regelrecht auf, wenn sie mit Tommy zusammen ist«, sagte Anna.

»Ja. Die beiden sind echt ein cooles Team!«, sagte Emma, die eine große Schachtel trug.

»Was ist das denn?«, fragte ich.

»Unsere Torte. Für Jenny und Hendrik«, sagte sie. »Aber die gibt es erst, wenn Jenny auch hier ist. Sie sollte inzwischen in den Kühlschrank.«

»Ich glaube, da ist kein Platz mehr. Stell sie besser auf die Terrasse!«

»Okay«, sagte Emma und verschwand nach draußen.

»Und? Bist du schon ein wenig aufgeregt, wegen Jenny?«, fragte Anna.

»Klar. Vor allem hoffe ich, dass sie sich hier bei uns wohlfühlen wird.«

»Bestimmt wird sie das! Entspann dich mal. Es wird ihr sicher bei euch gefallen. Und wir sind ja auch noch alle da. Ihr wird gar nichts anderes übrigbleiben, als gern hier zu sein!«

»Du hast recht. Danke! Für alles! Ohne euch würde ich das echt nicht schaffen.«

Ich umarmte sie kurz.

»Aber dafür sind wir doch da!«

Hendrik kam herein, seine Haare noch feucht vom Duschen.

Anna und Mina gratulierten ihm, und auch Emma, die gerade wieder hereinkam.

»Kaffee ist gleich fertig«, sagte ich zu Hendrik, während ich am Kaffeeautomaten hantierte.

»Den Kaffee nehme ich. Für euch haben wir eine andere Idee!«, meinte Anna und grinste ihre Mutter und Emma verschwörerisch an. Mina nickte ihr zu, und Emma zwinkerte.

»Wir haben lange überlegt, was wir dir zum Geburtstag schenken könnten, Hendrik«, sagte Anna.

»Ihr braucht mir doch wirklich nichts …«, begann Hendrik, doch Anna unterbrach ihn.

»Eigentlich habt ihr ja schon alles. Aber was ihr zwei kaum habt, ist Zeit für euch beide. Deswegen haben wir in dem kleinen neuen Café am See einen Tisch im Wintergarten für euch reserviert. Dort kannst du mit Zoe in Ruhe ein Geburtstagsfrühstück genießen, welches natürlich auf unsere Kosten geht – und wir drei passen inzwischen auf die Jungs auf.«

Hendrik sah sie überrascht an.

»Echt? Jetzt? Zoe und ich ganz alleine?«

»Ganz alleine.«

»Aber Jenny kommt doch bald …«, begann ich.

»Jenny kommt frühestens in zweieinhalb Stunden, bei dem Schneefall wohl eher später. Ihr habt also ausreichend Zeit. Wir kümmern uns hier um alles.«

»Na jetzt macht schon!«, sagte Mina und scheuchte uns fast aus dem Haus.

Es war herrlich, in dem kleinen Café zu sitzen, mit Blick auf die verschneite Landschaft am See, und zu wissen, dass die Kinder gut aufgehoben waren.

»Das ist echt ein super Geburtstagsgeschenk«, sagte Hendrik und nahm einen Schluck Kaffee, bevor er in ein Croissant biss.

»Für mich auch …«

In diesem Moment kam eine Nachricht von Ben.

»Ben schreibt, dass die Maschine im Landeanflug ist.«

Hendrik sah auf die Uhr.

»Ich bestelle mir noch eine Tasse Kaffee, und dann fahren wir nach Hause. Möchtest du noch Tee?«

»Nein, danke«, winkte ich ab und griff noch mal nach dem Handy. Mehrmals am Tag schaute ich auf Hollys Instagram-

Account und hoffte, wieder einen Beitrag von ihr zu sehen. Das letzte Mal hatte sie an Silvester ein Foto gepostet. Und zwar das Selfie, das wir von uns beiden auf der Fraueninsel gemacht hatten. Dazu hatte sie nur geschrieben: *Gutes neues Jahr euch allen! Ich freue mich auf die nächste Reise.*

Auch wenn ich es nicht wahrhaben wollte, so interpretierte ich das als ihren besonderen Abschiedsgruß an mich. Ich seufzte.

Hendrik griff nach meiner Hand. Er wusste, was mich beschäftigte.

»Schade, dass du Holly nicht persönlich kennengelernt hast«, sagte ich.

»Die Bilder und Berichte auf ihrem Blog haben mir viel über diese Frau erzählt. Jedenfalls bin ich ihr sehr dankbar, dass sie dich motiviert hat, mir diese Sprachnachricht zu schicken. Sie hat sicherlich einen Anteil daran, dass wir beide jetzt zusammen sind.«

»Ja … das hat sie. Und deswegen wird sie auf eine besondere Art immer ein wenig zu unserer Familie gehören.«

»Patchwork der besonderen Art«, sagte Hendrik.

»Ja, das können wir!«

Wir waren längst wieder zurück zu Hause und warteten ungeduldig auf die Ankunft von Jenny, die sich wegen des starken Schneefalls weiter verzögerte. Anna und Emma hatten im Wohnzimmer bereits alles für die kleine Willkommensfeier vorbereitet.

»Sie kommen!«, rief Emma, die am Fenster stand.

Mein Herz klopfte plötzlich schneller. Ich reichte Anna das Baby und ging hinaus.

Ben öffnete gerade die hintere Tür des Wagens und half Jenny beim Aussteigen, während Ilona eine Reisetasche und die Krücken aus dem Kofferraum holte.

»Hallo Zoe!«, rief Jenny mir mit einem breiten Grinsen zu. Sie trug eine für die Temperaturen viel zu dünne Jacke und hatte ein oranges Tuch um den Kopf geschlungen. Wir würden schleunigst wärmere Sachen für sie besorgen müssen.

»Hallo Jenny! Kommt schnell ins Haus!«, rief ich.

Da es mit den Krücken auf dem rutschigen Boden zu gefährlich war, hob Ben die junge Frau einfach hoch und trug sie ins Haus. Er machte das auf so eine lässige Weise, dass es für Jenny offenbar völlig okay war. Vorsichtig stellte er sie im Flur ab, und Ilona reichte ihr die Krücken. Und jetzt konnte ich mich nicht mehr zurückhalten. Ich umarmte sie und drückte sie an mich!

»Herzlich willkommen bei uns, Jenny!«, sagte ich und löste mich dann wieder von ihr.

»Vielen Dank, dass ich hier sein darf!«, sagte sie langsam auf deutsch. »Ich freue mich sehr!« Inzwischen hatte sie unsere Sprache schon so gut gelernt, dass sogar eine einfache Unterhaltung möglich war. Trotzdem würden wir uns anfangs hauptsächlich auf Englisch verständigen, um es Jenny leichter zu machen.

»Wir freuen uns sehr, dass du da bist!«

Ich half ihr, die Jacke auszuziehen, und dann gingen wir zu den anderen ins Wohnzimmer.

»Das sind mein Ehemann Hendrik, meine Freundin Anna, ihre Mutter Mina und Emma, ihre Tochter«, stellte ich sie vor, und alle begrüßten sie herzlich. »Und das sind unsere Söhne Tommy und Sebastian.«

Tommy sah das dunkelhäutige Mädchen neugierig an, das ihn vermutlich an die Menschen in seiner Heimat erinnerte.

»Hallo, Tommy«, begrüßte Jenny ihn fröhlich, und er kam langsam auf sie zu. Schon wenige Minuten später saß sie mit ihm am Tisch und baute einen Turm aus bunten Holzklötzen.

»Die Reise war sicher sehr anstrengend. Möchtest du dich ein wenig ausruhen?«, fragte ich Jenny.

»Der Flug war toll, und ich bin überhaupt nicht müde.«

»Das freut mich. Hast du schon Hunger?«

»Nicht viel.«

»Ich finde, es ist jetzt Zeit für die Torte!«, sagte Mina.

»Unbedingt!«, meinte Ilona.

»Ich hole sie«, bot Emma an.

»Und ich mach Kaffee und Tee!«, sagte Ben.

»Danke. Ich verpasse dem kleinen Kerl hier mal eine frische Windel!«, erklärte ich.

»Warte, ich komme mit«, sagte Ilona und folgte mir ins Badezimmer, wo die Wickelkommode stand.

»Darf ich den kleinen Herrn Petrides wickeln?«, fragte Ilona. Ich grinste, weil sie ihn immer noch so nannte.

»Klar!«

Gleich darauf öffnete sich die Tür, auch Anna kam herein.

»Braucht ihr meine Hilfe?«, fragte sie.

»Wir schaffen es alleine, aber du kannst uns gerne Gesellschaft leisten!«, sagte ich.

»Genau das war mein Plan!«, meinte sie mit einem verschmitzten Lächeln.

»Gut, dass es jetzt so viele Babysitter für die Jungs gibt!«, sagte Ilona, während sie den Strampler öffnete. »Dann können wir hoffentlich bald mal wieder ins *Dolce Vita* gehen.«

»Ja, es ist wirklich mal wieder dringend an der Zeit!«, sagte ich.

»Ich organisiere alles für nächste Woche, okay?«, bot Anna an.

»Okay!«, sagten Ilona und ich gleichzeitig.

Wenig später saßen wir alle am Tisch, und Jenny und Hendrik durften gemeinsam die Torte anschneiden. Es herrschte eine ausgelassene Stimmung, die mich fast ein wenig an den Tag mit Jennys Familie auf den Kapverden erinnerte. Ich hatte Mama Blanca versprochen, ihr Bescheid zu geben, wenn Jenny bei uns angekommen war. Sie wartete bei Donny darauf, dass wir uns meldeten. Und so holten wir sie per Videochat zu unserer kleinen Runde dazu. Jenny beteuerte ihr, dass sie die Reise bestens überstanden hatte und es ihr gut ginge. Dann fungierte sie wieder als Übersetzerin.

Wir versprachen noch mal alle, dass wir gut auf Jenny aufpassen würden.

»Ich habe es damals schon geahnt, dass du eine wichtige Rolle im Leben meiner Enkelin spielen würdest!«, sagte sie mit einem Lächeln.

Genau das hatte ich auch gespürt. Seit dieser Begegnung hatte sich auch mein Leben auf unglaubliche Weise verändert. Ich schaute zu Hendrik, der genau in diesem Moment ebenfalls meinen Blick suchte. Und das Strahlen in seinen Augen spiegelte mein Glück wider.

Danksagung

Ich möchte mich von ganzem Herzen bedanken bei

… meinem wunderbaren Verlag mit all den tollen Mitarbeiterinnen und Mitarbeitern, dass ich auch die Geschichte von Zoe – der dritten Freundin im Bunde – schreiben durfte!

… Anna-Lisa Hollerbach, meiner Lektorin!

… Alexandra Baisch, meiner Redakteurin!

… Johannes Wiebel und Max Meinzold für das wieder einmal großartige Cover!

… Franka Zastrow und Christina Gattys, meinen Agentinnen!

… meiner allerliebsten Familie und meinen Freunden!

… Christian Lex!

… und natürlich all meinen Leserinnen und Lesern!

Im Mai 2020, kurz nachdem Corona unser Leben auf so unvorstellbare Weise auf den Kopf gestellt hatte, kam ein kleiner Kater in unsere Familie: Rocky. Der graugetigerte Zwerg hat unser aller Herzen im Sturm erobert. Er war neugierig, abenteuerlustig, mutig, frech, verspielt, ziemlich klug, aber vor allem war er total verschmust. Rocky hat mich ständig zum Lachen und zum Staunen gebracht und mir unzählige glückliche Momente geschenkt. Er hatte Spaß daran, mich von der Arbeit abzulenken, und oft gelang ihm das auch, und wenn er dann müde war und sich in meinem Büro zum Schlafen in ein Körbchen legte – das eigentlich für die Ablage der Buchführungsunterlagen gedacht ist –, dann war die Welt immer in Ordnung. Rocky liebte es, draußen herumzustreunen, auf Bäume zu klettern und durch die Wiesen zu jagen. Leider kam er am 3. September 2021 nicht mehr von einem seiner abenteuerlichen Ausflüge zurück. Es ist ein ganz kleiner Trost, dass er von lieben Menschen sofort beim Tierarzt abgegeben wurde, auch wenn für ihn jede Hilfe zu spät kam. Aber so erfuhren wir, was mit ihm passiert war. Bei der Tierarztpraxis Dr. Augenstein möchten wir uns von Herzen bedanken, dass wir dort Abschied von unserem Kater nehmen konnten und überhaupt für die jahrelange gute Betreuung unserer Haustiere. Leider haben die Leute, die Rocky zur Praxis gebracht haben, ihren Namen nicht hinterlassen, und so konnten wir uns nicht persönlich bei ihnen bedanken, was uns sehr wichtig gewesen wäre.

Mein wunderbarer kleiner Rocky, danke, dass du – leider viel zu kurz – ein so wunderbarer Teil unseres Lebens warst. Ich hoffe, du streunst jetzt glücklich zusammen mit Kater Fleck irgendwo über die Wiesen! Du fehlst mir so sehr! Hab dich lieb, mein kleiner Zauberkater!

Rezepte

Cachupa Bavaria

Zutaten:

1 EL Öl

2 große Zwiebeln, gehackt

200 g Chorizo, in kleine Würfel geschnitten

2 große Karotten, in ½ cm dicke Scheiben geschnitten

1 kleine Petersilienwurzel, gewürfelt

1 kleine Steckrübe, gewürfelt

2 Paprikaschoten, gewürfelt

1 große Süßkartoffel, in große Würfel geschnitten

2 Kartoffeln, in große Würfel geschnitten

½ kleiner Hokkaido-Kürbis, in große Würfel geschnitten

5–6 Blätter Wirsingkohl oder Weißkohl, in Streifen geschnitten

2 Knoblauchzehen, gehackt

3 Tomaten, gewürfelt

Gemüsebrühe

150 g weiße Bohnen – über Nacht eingeweicht

150 g Wachtelbohnen – über Nacht eingeweicht

1 kleine Dose Mais

2 Hähnchenschenkel

1 Hähnchenbrustfilet
2–3 TL Piment
4 EL Tomatenmark
etwas Zucker
Salz und Pfeffer
Chili-Soße (z.B. Piri Piri Soße)

Zubereitung:

Öl in einem großen Topf erhitzen und die Hälfte der gewür-
felten Chorizo leicht anbraten. Zwiebel, Paprikaschote, Petersilienwurzel, Steckrübe, Karotten hinzugeben und gut umrühren. Nach ein paar Minuten mit Brühe aufgießen und Salz und
zwei Teelöffel Piment dazugeben. Geflügelfleisch mit Salz und
Pfeffer würzen und in einer Pfanne (Grillpfanne) auf allen Seiten leicht anbraten (wir haben das auf dem Grill gemacht), danach mit den eingeweichten Bohnen in den Topf zum Gemüse
geben.

Ca. 20 Minuten mit geschlossenem Deckel köcheln lassen,
dann Tomaten, etwas Zucker, Knoblauch, Tomatenmark, Kürbis, Kartoffel, Süßkartoffel und Kohl dazugeben. Mit Gemüsebrühe aufgießen, bis alles gut bedeckt ist. Wer möchte, kann
einen Teil der Gemüsebrühe durch Weißwein ersetzen. Ca.
1 Stunde köcheln lassen. Bei Bedarf noch Brühe hinzugeben
und immer wieder umrühren. Am Ende den Mais aus der Dose
und die restliche Chorizo in den Topf geben und noch mal mit
dem restlichen Piment, Salz und Pfeffer abschmecken und ein
paar Minuten kochen. Mit der Chili-Soße kann jeder selbst
noch im Teller nach Geschmack würzen.

Leider fehlten uns für die Zubereitung des bekannten kapverdischen Gerichtes einige typische Zutaten, wie getrockneter

Mais oder Maniok und Kochbananen, deswegen haben wir heimische Zutaten genommen und daraus unser *Cachupa Bavaria* kreiert. Das Schöne ist, dass man bei diesem Gericht die verschiedenen Zutaten (und auch den jeweiligen Anteil an der Menge) nach persönlichem Geschmack individuell variieren kann.

Wir haben das Cachupa einmal in der Variante *Cachupa rica* (mit Fleisch) gemacht und einmal in einer veganen Variante, in die wir zusätzlich eine Dose schwarze Bohnen gegeben haben. Beliebt auf den Kapverden ist auch die Variante mit Fisch.

Als Beilage gab es bei uns auf dem Grill gebackene Hefefladen und Salat. Auch Weißbrot passt gut dazu. Cachupa lässt sich toll aufwärmen und schmeckt – uns – am nächsten Tag sogar fast noch besser.

Kartoffel-Gemüsetaler im Bierteig mit Süßer-Senf-Mayo

Zutaten Taler:

1 EL Olivenöl
1 TL Zucker
1 große Zwiebel, fein gehackt
2 Karotten, in kleine Würfel geschnitten
1 große Paprika, fein gehackt
Petersilie, fein gehackt
4 mittelgroße am Vortag gekochte Kartoffeln

Semmelbrösel nach Bedarf
Salz, Pfeffer
1 Ei

Zutaten Bierteig:
2 Eier
150 g Mehl
Salz
100 ml Bier
Sonnenblumenöl zum Ausbacken

Zubereitung:
Olivenöl in einer großen Pfanne erhitzen, Zwiebel, Karotten und Paprika mit etwas Zucker anbraten. Zum Abkühlen zur Seite stellen.

Die gekochten Kartoffeln schälen und fein reiben. Das abgekühlte Gemüse, frische Petersilie, Ei, Salz und Pfeffer dazugeben und gut verrühren. So viele Semmelbrösel hinzugeben, bis eine gut formbare Masse entsteht, die aber nicht zu kompakt sein sollte. In den Kühlschrank stellen.

Währenddessen aus Eiern, Mehl, Salz und Bier einen dickflüssigen Teig herstellen.

Aus dem Gemüse-Kartoffel-Teig kleine Pflanzerl/Taler formen.

Reichlich Öl in einer Pfanne erhitzen.

Die Taler kurz von beiden Seiten in den Bierteig tauchen, dann in das heiße Fett geben und langsam von beiden Seiten goldgelb ausbacken. Auf Küchenkrepp abtropfen lassen und bis zum Servieren zum Warmhalten bei ca. 80–100 Grad in den Backofen stellen.

Süßer-Senf-Mayo

Zutaten:

    100 ml Milch (mit 1,5 % Fett)
    200 ml Sonnenblumenöl
    3 EL süßer Senf
    etwas Salz nach Geschmack

Zubereitung:

Milch und Sonnenblumenöl in einen hohen Rührbecher geben. Mit dem Pürierstab aufmixen, bis die Masse cremig fest wird. Etwas Salz (vorsichtig dosieren) und den süßen Senf dazu. Noch mal mixen.

Die Mayo passt zusammen mit einem gemischten Salat toll zu den Gemüsetalern.

Bens Kürbis-Linsen-Kokos-Curry mit Birne und Mango

Zutaten:

    1 EL Kokos- oder Sonnenblumenöl
    2 große Zwiebeln, gehackt
    2 Karotten, in ca. ½ cm dicke Scheiben geschnitten

1 rote Paprikaschote, in Würfel geschnitten

1 gelbe Paprikaschote, in Würfel geschnitten

½ kleiner Hokkaido-Kürbis, in Würfel geschnitten

2–3 Zehen Knoblauch, fein gehackt

2 Lauchzwiebeln, in feine Ringe geschnitten

1 feste Birne, in Würfel geschnitten

1 reife Mango, in Würfel geschnitten

250 ml Kokosmilch

etwas Gemüsebrühe

100 g rote Linsen, gewaschen

Ingwer frisch, ca. 1 × 1 cm, fein gehackt

2–3 EL Erdnussbutter

2–3 EL Tomatenmark

2–3 EL Currypulver

2 TL indisches Gewürz

½ TL Zimt

Salz und Pfeffer

Chilischote, gehackt (wer es etwas schärfer mag)

Zubereitung:

Öl in einem großen Topf erhitzen. Gemüse hineingeben und kurz anbraten. Kürbis dazu. Gewürze, Salz, Pfeffer und Tomatenmark hinzugeben, umrühren und rasch mit der Kokosmilch und Gemüsebrühe aufgießen, bis alles knapp bedeckt ist. Bei geschlossenem Deckel ca. 20 Minuten leise köcheln lassen, dann Mango und Birne dazugeben.

Achtung: Zwischendrin immer wieder mal umrühren und falls nötig noch etwas Brühe hinzugeben!

Nach weiteren ca. 20 Minuten die gewaschenen Linsen in den Topf geben. Nachdem die Linsen weich sind – etwa nach

15 Minuten –, Erdnussbutter dazugeben und gut umrühren. Abschmecken und bei Bedarf noch weitere Gewürze bzw. Erdnussbutter und Tomatenmark dazugeben.

Serviervorschlag: mit Joghurt und Naan-Brot.

Torte für Jenny und Hendrik

Zutaten:

Teig:
4 Eier
160 g Zucker
2 Päckchen Vanillezucker
200 g Mehl
3 gestrichene TL Backpulver
70 g flüssige Butter, abgekühlt

Füllung Creme:
500 ml Schlagsahne
2 Päckchen Sahnesteif
1 Becher Frischkäse
1 Becher Schmand oder Sauerrahm
einige Tropfen Mandelaroma oder Buttervanille
(nach Geschmack)
1 Päckchen Vanillezucker
4 EL Zucker

Füllung Fruchtspiegel:
300 g frische Beeren (oder tiefgefrorene Beeren)
3 EL Zucker
1 Päckchen Vanillezucker oder Mark von frischer Vanille

Weitere frische Beeren, z. B. Heidelbeeren, Erdbeeren, für die
Füllung nach Geschmack.

100 g Pekannüsse oder Walnüsse, gehackt und kandiert in ca.
1 EL Zucker

Zubereitung:

Teig:
Eier, Zucker und Vanillezucker einige Minuten lang cremig
aufschlagen. Gesiebtes Mehl mit Backpulver dazugeben und
verrühren. Am Ende die geschmolzene Butter dazugeben und
kurz verrühren.

Runde Backform mit Backpapier auslegen, den Rand mit
Butter bestreichen, dann den Teig einfüllen. Bei ca. 175 Grad
ca. 40–45 Minuten backen (je nach Ofen). Abkühlen lassen.

Fruchtspiegel:
Die Beeren mit Zucker und Vanillezucker (oder frischem Va-
nillemark) ein paar Minuten kochen und dann pürieren. Abkühlen lassen.

Creme:
Sahne mit Sahnesteif und etwas Zucker steif schlagen. Schmand
mit Frischkäse, Zucker, Vanillezucker, etwas Mandelaroma

(oder nach Wunsch auch mit einem Likör nach Geschmack) verrühren und die Sahne vorsichtig unterheben.

Die ausgekühlte Torte halbieren. Boden mit Fruchtaufstrich bestreichen. Frische Beeren (nach Wahl auch anderes Obst) und gehackte kandierte Nüsse darauf verteilen. Creme darüberstreichen und den Tortendeckel daraufsetzen. Die Torte mit der restlichen Creme komplett bestreichen und mit übrigen Beeren und/oder Nüssen oder anderen Zutaten dekorieren.

Sollten etwas Creme und Zutaten übrig bleiben, kann man daraus kleine Desserts in Gläser schichten.

Ich wünsche gutes Gelingen beim Kochen und Backen und einen guten Appetit! Und wie immer gilt, der eigenen Kreativität sind keine Grenzen gesetzt.